THOMAS BRÄNDLE

DAS GEHEIMNIS VON MONTREUX

EIN KRIMINALROMAN
ZUM SONDERFALL SCHWEIZ

Umschlagfoto, Gestaltung, Typografie und Satz:
Atelier Jean-Marc Seiler, Zürich

Druck und Bindung: Konkordia GmbH, Bühl/Baden D

ISBN 978-3-952 3334-1-9

Wolfbach Verlag Zürich

Für meine Eltern Yvonne und Karl

„Ich glaube, jeder Schriftsteller ist an sich Anarchist. Das heisst, er ist gegen die Gewalt, für die Vernunft. Ein ewiger Protest des Menschen gegen die Welt des Menschen. Ohne das gibt es keine Schriftsteller. Der Schriftsteller verdient diese Bezeichnung nur, wenn er in dieser Position des Rebellierens ist. Er rebelliert eigentlich in jeder Situation. Er ist auch in jeder Gesellschaft, die denkbar ist, Rebell. Ich kann mir keine Gesellschaft denken, in der der Schriftsteller nicht die Position der Rebellion bezieht."

Friedrich Dürrenmatt, Schriftsteller und Maler, 1921–1990

KAPITEL 1

„Wer nicht über den Tellerrand hinausschaut,
wird in der Suppe ersaufen, die er nicht auslöffeln möchte."

William Shakespeare, Dichter, 1564–1616

Der blaue Audi fegt wie ein Geschoss über den trockenen Asphalt der Hauptstrasse, biegt nach der Post in die Waldheimallee und folgt die nächsten Minuten zügig dem steil ansteigenden Strassenverlauf, bis er beim Höhenweg zwischen der Schönwart und dem Kurhaus in eine unscheinbare Seitenstrasse schwenkt. Fast lautlos rollt der sportlich designte Viertürer auf den Vorplatz eines grossen Anwesens mit einer weissen, zweistöckigen, modernen und frei stehenden Villa mit Flachdach, viel Glas und hellem Holz. In der offenen Garageneinfahrt stehen ein schwarzer Porsche Cayenne, ein hellblauer 5er BMW und ein silberner Mercedes Roadster, der legendäre mit den Flügeltüren. Auf dem Platz davor sind mehrere Fahrzeuge parkiert, auch Streifenwagen der Zuger Kantonspolizei. Emsig gehen Frauen und Männer in Uniform und Zivil umher.
Franziska Fischer lässt alle Seitenfenster herunter, bevor sie aus ihrem Audi steigt. Sie mag es überhaupt nicht, in einen von der Sonne aufgeheizten Wagen zu steigen. Sie wäre verschwitzt, bevor sie durchlüften könnte. Wer weiss, wie lange sie hier bleiben muss, bis sie ihr Foto knipsen kann. Sie hat kaum den Wagen verlassen, da löst sich einer der Uniformierten aus dem geschäftigen Treiben und kommt geradewegs auf sie zu. Fischer erschrickt für einen Moment. Hat man sie bereits erkannt und will sie wieder abwimmeln? Sie versucht bei jedem heiklen Einsatz ein wenig anders auszusehen.
„Frau Kleinert?"
Franziska Fischer nickt stumm.
„Ich bringe Sie hin."
Sie ist überrascht, versucht sich aber nichts anmerken zu lassen. Irgendwie kam sie zwar noch immer zu ihren Bildern, aber

dass sie gleich von der Polizei empfangen und zum Ziel geführt wird, das ist neu. Franziska Fischer ist eine attraktive Frau Mitte 30. Dass ihr Körper nicht mehr so muskulös ist wie zu ihren Leichtathletikzeiten, hat sie locker weggesteckt. Sie hat schnell gemerkt, dass ihre weiblicher gewordenen Rundungen auf die Herren der Schöpfung wesentlich anziehender und weniger einschüchternd wirken. Und sie geniesst die Aufmerksamkeit der Männer, obwohl sie sie meistens abblitzen lässt. Sie ist eigentlich gern Single, unabhängig und immer offen für Möglichkeiten, denn im Gegensatz zum Beruf ist ihr in Liebesdingen die Sehnsucht oft lieber als die Erfüllung. Gross und schlank ist sie. Das war sie schon zu Schulzeiten. Da war sie genau genommen sogar dünn, um nicht zu sagen spindeldürr. Damals mochte sie ihren Körper überhaupt nicht. Sie fühlte sich immer wie eine Giraffe unter Pinguinen. Erst durch die sportlichen Erfolge und das Interesse mehrerer Herrenmagazine an Aktfotos freundete sie sich mit ihrem Körper langsam an. Fotos für die Öffentlichkeit hat sie aber nie machen lassen. Ihr Trainer baute ihr Selbstbewusstsein auf und festigte es durch alle Niederlagen hindurch. Vor allem am Anfang ihrer Karriere war sie sehr darauf angewiesen. Sie hat auch ein schönes Gesicht, aber irgendwie wirkt es wie verschoben. Der Mund ist schräg, die Nase leicht gebogen, als wäre sie einmal gebrochen gewesen, und eines der Augen ist weniger geöffnet als das andere, vor allem wenn sie müde ist. Das lange Haar hat sie sich nie abgeschnitten. Selbst an den Europameisterschaften im Fünfkampf trug sie ihre unverkennbare dunkelbraune Löwenmähne offen auf den dritten Platz.
Sie folgt dem Polizisten ins Haus. Durch ein kahles Foyer, so kahl, als wäre hier noch niemand eingezogen, kommen sie in den ausnehmend grosszügig gestalteten Wohnbereich, dominiert von riesigen Wandbildern mit wirren, unkenntlichen Motiven, schwarzen Ledersofas auf Chromgestellen und einer Glasfront, die sich über die ganze Südseite zieht, mit einem atemberaubenden Panoramablick auf den Rossberg und den Wildspitz. Ganz links sieht man die noch immer schneebedeckten Gipfel des Mythenmassivs. Es ist ein wunderschöner, sonniger Tag.
„So, ab hier finden Sie sich selber zurecht, Frau Kleinert. Wenn Sie Fragen haben, wenden Sie sich an den die Ermittlungen leitenden Beamten Rechsteiner. Das ist der Dicke dort hinten."

Fischer betritt die Terrasse. Die riesige Fläche ist nur von wenigem Grünzeug in grossen Töpfen unterbrochen. Das Panorama erweitert sich mit dem freien Blick nach unten auf das Dorf und den Ägerisee. Überall stehen Beamte in Uniform, dazwischen manche im Anzug, selbst die Frauen tragen Hosenanzüge. Ganz vorne auf der Terrasse aus weissem Sandstein, mitten unter freiem Himmel, steht ein Bett von beachtlichem Format. Die scharlachrote Bettwäsche ist zerwühlt. Auf dem Boden daneben liegen mehrere Kissen. Ein seltsam unpassender Geruch kriecht Fischer in die Nase. Sie kann ihn nicht einordnen. Er passt überhaupt nicht zur vorgefundenen Kulisse. Dann entdeckt sie die Quelle des penetrant werdenden, schweren Gestanks. Der Swimmingpool ist bis zum Rand mit einer tiefschwarzen Flüssigkeit gefüllt. Mittendrin ist eine leichte Erhebung zu erkennen. Es ist ein menschlicher Körper mit von sich gestreckten Armen. Kopf und Rumpf sind nach unten gerichtet und komplett von der zähflüssigen, schwarzen Masse überzogen. Fischer zieht sich die Sonnenbrille vom Gesicht.
„Was ist denn das für eine Sauerei?"
„Öl!", bekommt sie zur Antwort.
Eine ältere Frau mit zu einem Pferdeschwanz zusammengebundenen, rotblonden Haaren ist an sie herangetreten.
„Öl? Sie meinen, der ganze Pool ist mit Öl gefüllt?"
Die Frau nickt nur.
„Und wer liegt da drin?"
„Dreimal dürfen Sie raten."
„Etwa Landolt selber?"
Die Beamtin macht grosse Augen und nickt mit dem Kopf.
„Und was hat das Bett hier auf der Terrasse zu suchen?"
„Landolt hatte heute Nacht offenbar weiblichen Besuch. Es müssen mindestens zwei Frauen gewesen sein. Eine hatte schwarze, die andere blonde Haare."
Fischer zieht anerkennend eine Augenbraue nach oben.
„War eine davon seine Frau?"
Die Blondine schüttelt den Kopf.
„Die ist zu Hause in Argentinien, bei ihrer Familie. Sie sind Kleinert, die neue Fotografin?"
„Wieso wissen Sie, dass ich …?"
„Na, hören Sie mal. Ich bin schliesslich bei der Kripo."
Die Kriminalbeamtin grinst und tippt mit dem Zeigefinger auf die riesige Kamera um Fischers Hals. Fischer schüttelt ertappt

den Kopf. Dann nähert sie sich ohne jemanden zu grüssen dem Pool. Sie beginnt Fotos zu machen. Bis jetzt hat sie zumindest noch niemanden dafür anlügen müssen. Zwei uniformierte Polizisten schauen ihr dabei zu, als hätten sie lange darauf warten müssen.
„Haben Sie die Nachbarn schon befragt?“, erkundigt sich Fischer, ohne mit einem Blick zu prüfen, ob die Beamtin ihr gefolgt ist.
„Wir sind dabei. Aber die wohnen alle ausser Sichtweite“, antwortet diese.
Fischer sieht zu, wie die zwei Uniformierten schliesslich den leblosen Körper aus dem Pool ziehen. Sie wirft einen langen Blick auf das Bett, dann einen ins grüne Tal mit dem pittoresken, dunkelblauen See. Eine bizarre Szenerie.

KAPITEL 2

„Die beste Arznei für den Menschen ist der Mensch.
Der höchste Grad von Arznei ist die Liebe."

Philippus Theophrastus Paracelsus, Arzt, Naturforscher und Philosoph, 1493–1541

Am späteren Nachmittag hat Franziska Fischer das Ägerital verlassen, sitzt in einem Strassencafé auf dem Landsgemeindeplatz unten in der Stadt, auf dem Tischchen vor sich Notizpapier, Schreibzeug, eine Tageszeitung und eine Tasse Kaffee. Dazwischen der Laptop, von dem sie die geschossenen Bilder an die Redaktion mailt. Den Blazer hat sie ausgezogen und über den zweiten Stuhl gehängt. Sie klappt das Handy auf und drückt eine der gespeicherten Nummern.
„Hallo Jenny, habt ihr die Fotos gekriegt? Okay! Checkt bitte alles ... die Partei, Familie, die Geschäftsleitung und die Verwaltungsräte seiner Firma, seine Nachbarn, Verbindungen zu Umweltschutzorganisationen, Transportunternehmen ... wie das Öl in den Pool gekommen ist? Es ist kein Lieferant aus der Region. Und von den Nachbarn will offenbar niemand was gesehen haben."
Fischer klappt den Laptop zu.
„Ob ich was über die beiden Frauen weiss?", wiederholt sie.
„Nur, dass es möglicherweise drei waren."
Fischer presst die Lippen zusammen.
„Ja, der Saubermann hatte es faustdick hinter den Ohren. Die Frau fliegt mal eben nach Hause und er veranstaltet eine Orgie unter freiem Sternenhimmel. Vielleicht hat er so seine Wahl zum Bundespräsidenten nachgefeiert, wer weiss."
Nun hört Fischer einen langen Moment grinsend zu.
„Und was gönnst du dir nach der Arbeit, Jenny?", fragt Fischer, verabschiedet sich und steckt das Handy in die Innentasche ihres Blazers.
Für einen Moment versinkt Franziska Fischer in ihre eigene, private Gedankenwelt. Während sie über den gepflasterten

Landsgemeindeplatz auf den See hinaussieht, erinnert sie sich an ihre grosse Liebe. Sehr oft waren sie abends hier in der Zuger Altstadt gemeinsam spazieren und zum Abendessen. Es waren drei herrliche, romantische Sommer, leidenschaftlich und frei von Sorgen. Hätte sie in dieser Zeit nicht so viel trainieren müssen, hätte die Beziehung vielleicht sogar um einiges länger gehalten, vielleicht bis heute, denkt sie wehmütig. Eigentlich hat sie sich regelmässig über seine Toleranz, seine Geduld und sein Verständnis gewundert. Auch er war in das feste Korsett einer Unternehmertätigkeit eingespannt, fand aber immer Zeit, um sie zu sehen, ihr zuzuhören, wenn sie jemanden zum Reden oder Streicheleinheiten brauchte. Als sich ihr die Möglichkeit eröffnete, an den Leichtathletik-Europameisterschaften teilzunehmen, liess sie irgendwie alles hinter sich und konzentrierte sich nur noch auf dieses eine Ziel. Plötzlich war er aus ihrem Leben verschwunden, so plötzlich, wie er eingetreten war.
Das erste Mal begegneten sie sich an einem Konzert von Elton John im Zürcher Hallenstadion. Sie war von einer Freundin dahin mitgenommen worden, die dort auf eine Gruppe aus ihrem Spanischunterricht traf. Er war einer davon. Sie standen den ganzen Abend nebeneinander, er machte witzige Bemerkungen zu Elton Johns Bühnenkostümierung, obwohl der inzwischen nicht mehr so ausgeflippt daherkam wie noch in den 1970ern, kannte von jedem Song das Erscheinungsjahr, die Hintergründe und den Text. Als er allerdings bei „Your song" mitsingen wollte, klang das so schräg, dass sie ihn am Arm hielt, ihn ansah und den Kopf schüttelte. In diesem Moment passierte es. Er schaute sie auf eine so vertraute, liebe Art an, dass sie wahrscheinlich mit rotem Kopf und verlegen zu Boden blickte. Er hatte es natürlich sofort bemerkt. Bei der Zugabe, als Sir Reginald Dwight, wie die von der englischen Königin geadelte Popikone mit richtigem Namen heisst, noch einmal richtig gefühlvoll in die Tasten haute und sich mit „Sacrifice" und „Little Jeannie" von seinem Schweizer Publikum verabschiedete, hielten sie bereits Händchen. Danach sahen sie sich über Wochen fast jeden Tag, entweder bei ihm in Zug oder bei ihr in Solothurn.
„Schau mal, das ist doch Rolf Landolt?", hört Franziska eine Stimme am Nebentisch.
„Rolf Landolt?", fragt eine zweite.
„Christian Landolts Sohn, der Chef der Kolin Group. Wer den

mal vor den Traualtar schleppt, hat auch für den Rest seines Lebens ausgesorgt."
Franziska Fischer sieht dem Herrn, umgeben von einem halben Dutzend Männern, manche mit Sonnenbrillen, andere mit Aktentaschen, alle in dunklen Anzügen, einen kurzen Moment in die Augen. Ihre Blicke scheinen sich in diesem Moment zu kreuzen. Ob er noch nichts weiss vom Tod seines Vaters, fragt sich Franziska. Er sieht so seltsam gefasst aus. Eilig geht die Gruppe weiter und verschwindet zwischen der grossen Vogelvoliere am Seeufer und der Pizzeria Felice Richtung Altstadt. Ob sie ihm folgen sollte? Vielleicht kann sie ein paar gute Fotos schiessen? Sie entscheidet sich anders, lehnt sich in den Stuhl zurück und geniesst die abendlichen, noch wärmenden Sonnenstrahlen. Zug hat den schönsten Sonnenuntergang der Welt. Das hörte sie drei Sommer lang.

KAPITEL 3

„Ihre Meinung ist zwar widerlich, aber ich würde mich totschlagen lassen, dass Sie sie sagen dürfen.“

Voltaire, Autor, Kirchenkritiker und Wegbereiter der Französischen Revolution, 1694–1778

Marco Keller sitzt vor dem Fernseher, seit Stunden schon. Das Schweizer Fernsehen berichtet ausführlich über den Tod von Christian Landolt. Während im Fernsehen nur Landolts Haus und Archivaufnahmen von Landolt gezeigt werden, hat die bekannteste Boulevardzeitung des Landes ein grosses Foto mit der Leiche auf der Titelseite. Auf dem Bild ziehen zwei Beamte einen schwarzen Körper an den Armen aus dem mit Öl gefüllten Swimmingpool. Seit Längerem schon wundert sich die ganze Nation, wie die Zeitung immer wieder an die exklusivsten Fotos herankommt und an Auflage dazugewinnt. Etliche Jahre wurden Grabreden auf das Boulevardblatt gehalten, die inzwischen verstummt sind. Erst vor wenigen Tagen brachte die Zeitung Bilder von Landolt an Markus Karrers Hochzeit. Karrer ist CEO einer grossen Schweizer Bank, der Helvetik Kredit, einem weltweit führenden Institut für Vermögensverwaltung. Die erwirtschafteten Renditen seien zwar mässig, aber die Schweizer Diskretion und die politische Stabilität des mitteleuropäischen Landes wären eben auch ein Wert, heisst es. Karrer hatte das dritte Mal geheiratet, und zwar eine über 20 Jahre jüngere Literaturwissenschaftlerin. Interessanterweise habe er sie bei einem Maskenball kennen gelernt, plauderte er bei einem seiner seltenen Interviews aus dem Nähkästchen. Interessant deshalb, weil sie mit dem Basler Karneval, der so genannten Basler Fasnacht, eigentlich gar nichts anfangen könne. Er hingegen ist ein bekennender, geradezu süchtiger Fasnächtler. Er gehört zu einer der zahlreichen „Guggenmusigen“, spielt Pauke und trägt das Kostüm eines Hofnarren, wie ihn sich die Fürsten und Könige im Mittelalter gehalten haben. Die

Hochzeit wurde unter strengsten Sicherheitsvorkehrungen gefeiert. Die Presse hatte keinen Zutritt. Nur besagte Boulevardzeitung brachte anderntags einmal mehr exklusive Bilder von der illustren Hochzeitsgesellschaft und der schicken Party. An den Stammtischen, in den Cafés und an ihren Arbeitsplätzen fragten sich die Einwohnerinnen und Einwohner des Landes, wieso Landolt zu Karrers Hochzeit eingeladen wurde. Landolt war vor über 15 Jahren unschön und mit viel öffentlicher Aufmerksamkeit aus dem Verwaltungsrat von Karrers Bank komplimentiert worden. Karrer und Landolt hatten sich heftig zerstritten, weil sich Landolt im Fernsehen gegen den Beitritt der Schweiz zur Euro-Union ausgesprochen hatte. Landolt war damals noch der Inhaber eines global agierenden Konzerns in der Kunststoffbranche und bereits wichtiges Mitglied des Nationalrates, der grossen neben der kleinen Kammer, dem Ständerat. Landolt führte in der öffentlichen Wahrnehmung quasi im Alleingang einen politischen Feldzug gegen das gesellschaftliche, mediale und wirtschaftliche, auch das politische Establishment der Schweiz, das sich im Vorfeld geschlossen für den Beitritt ausgesprochen hatte. Und das Volk liebte ihn dafür, denn noch einige Monate vor der entscheidenden Abstimmung wurden die Gegner in den Medien flächendeckend als nationalistische Ewiggestrige der Lächerlichkeit preisgegeben. Die Gegnerschaft, das war schon damals ein grosser Teil der Schweizer Bevölkerung. Sie hatte aber kaum bedeutende Exponenten auf ihrer Seite, sondern machte nur die sprichwörtliche Faust im Sack. Landolt avancierte in dieser Situation zum Volkstribun. Der schwerreiche Grossindustrielle glänzte durch seine scharfzüngige Rhetorik, einen entwaffnenden Schalk und sein für einen Politiker ungewohnt bodenständiges Auftreten. Er liess kein Schwingfest, keine Parteiversammlung, keinen Auftritt in einer Gemeindeturnhalle, keine Möglichkeit aus, um sich unter das Volk zu mischen, mit deftigen Sprüchen auf die „Classe politique“ zu schimpfen und mit einer einfachen, direkten Sprache zu zeigen: Ich bin einer von euch. Er war Mitglied der SVP, einer kleinen Partei, die bis anhin kaum 5% Wähleranteil auf sich vereinen konnte, der Partei der Landwirte und kleinen Gewerbeunternehmer, die erst während des Zweiten Weltkriegs, also fast hundert Jahre nach der Staatsgründung, eines der sieben Regierungsmitglieder stellen konnte. Die Parteigänger waren stolz auf ihren Multimillionär, der immer offener ihre Bewegung, wie sich die Partei selber bezeichnet, finanzierte, die ebenso immer offensichtlicher in vielen Themen auch Landolts ganz persönliche Meinung als ihre eigene übernahm. Landolt erweckte die verschlafene Partei zu einer politischen Kraft, die sich bei fast jeder Abstimmung gegen alle anderen Parteien des Landes stellte. Mit jeder gewonnenen Abstimmung legte sie ein bis zwei Prozente Wähleranteil zu. Damals, 1992, war Keller ein junger, politisch interessierter Mann und fasziniert vom leidenschaftlichen Patriotismus dieses kraftvollen, scheinbar nie ermüdenden, auch geschäftlich und familiär erfolgreichen Politikers. Es war in jenen Jahren unvorstellbar, dass dieser Mann einmal geachtetes Mitglied des Schweizer Bundesrates, der nationalen Regierung, werden würde, in der er sich gelegentlich immer noch als Oppositionspolitiker gebärdete, dabei immer wieder kalkuliert den Zorn der Elite auf sich zog und sich doch zunehmend zum Staatsmann, kompetenten Minister und Vorsteher des Eidgenössischen Volkswirtschaftsdepartements mauserte. Keller ist inzwischen selber Mitglied des Parlaments, des Nationalrates. Trotz jugendlicher Bewunderung für Landolt kandidierte er seinerzeit aber für die Liberalen. Ihm bisher Unbekannte, Mitglieder der Gottfried-Keller-Gesellschaft, waren an ihn herangetreten, hatten ihn auf seine familiären Wurzeln angesprochen, seine charakterlichen Qualitäten, sein öffentliches Engagement gelobt, seinen Wahlkampf finanziert und ihn auch in seiner politischen Tätigkeit beraten, die er die ersten Jahre wie aufgetragen still und ohne viel Aufhebens erledigte. In dieser Zeit wuchsen auch das Vertrauen und die gegenseitige Loyalität zwischen ihm und seinen Gönnern, einer kleinen Gruppe innerhalb der FDP. Die FDP, die freisinnig-demokratische Partei, ist die Gründerin der modernen Schweiz, die Hüterin der auf der Welt einmaligen direkten Demokratie. Der berühmte Schriftsteller und freisinnige Politiker Gottfried Keller war eine der schillerndsten Figuren der Gründungsjahre der modernen Schweiz um 1848 – und Marco Kellers Urahne.

KAPITEL 4

„Alle Dinge sind Gift und nichts ist ohne Gift.
Die Menge allein macht, dass ein Ding Gift ist."

Philippus Theophrastus Paracelsus, Arzt, Naturforscher und Philosoph, 1493–1541

„Vor zwei Tagen habe ich noch mit ihm gesprochen. Es ging um eine Spende für ein grosses Tierheim. Das kantonale Parlament hatte den Kredit für die Sanierung gestrichen und da habe ich ihn angerufen, ob er dem Verein aus der Patsche helfen könne", erzählt die Stimme am anderen Ende des Telefons.
Fischer schmunzelt. Sie weiss von vielen Spenden, die Landolt gemacht hat. Vor allem als er noch Alleinherrscher der Kolin Group war, einem der grössten Kunststoffproduzenten der Welt, zeigte er sich oft als spendabler Gönner benachteiligter Menschen und Institutionen. Zwar schimpfte er meistens, wenn der Staat glaubte, er müsse Tätigkeiten ausüben, die privatwirtschaftlich besser erledigt werden könnten, dennoch subventionierte er immer wieder schwächere Marktteilnehmer aus der eigenen Portokasse. Als Landolt völlig überraschend vom Bundesparlament in die Landesregierung gewählt worden war, trat er umgehend von allen Mandaten in der Wirtschaft zurück. Inzwischen wird die Kolin Group erfolgreich von seinem ältesten Sohn Rolf geführt.
„Ist es wirklich wahr, dass man seine Leiche im mit Öl gefüllten Pool gefunden hat?", erkundigt sich der Mann am Telefon.
„Haben Sie die Fotos nicht gesehen, Herr Waser?", fragt Franziska Fischer.
Waser ist Landolts politischer Statthalter im Kanton Zug. Der ehemalige Landolt-Intimus hatte für die regionale SVP die Aufbauarbeit geleistet.
„Doch, aber irgendwie bringe ich den leblosen Körper nicht mit unserem vor Energie strotzenden Christian Landolt zusammen. Das Foto erinnert fatal an das legendäre Pressebild mit ihm, damals auf Sizilien", antwortet Waser fast weinerlich.

„Es ist zu hoffen, dass der Fall schnell aufgeklärt wird. Haben Sie seine Frau auch schon sprechen können?“, stellt Fischer die nächste Frage.
„Ich konnte sie telefonisch in Buenos Aires erreichen. Sie will Anfang nächster Woche zum Staatsbegräbnis aus Südamerika zurück sein“, sagt Waser.
„Unter uns gesagt, wollte sie eigentlich gar nicht mehr zurückkommen“, fährt Waser in verschwörerischem Tonfall fort.
„Wie kommen Sie denn darauf?“, fragt Fischer verwundert.
„Christian spielte zwar immer den über alle Zweifel erhabenen, vorbildlichen Familienpatron, aber wie die berühmten Männer der US-amerikanischen Politikerfamilie Kennedy teilte er die Frauen auf in Göttinnen, die man heiratet und mit denen man Kinder zeugt, und in namenlose und vor allem schamlose Gespielinnen fürs Bett.“
Fischer schluckt. Das würde natürlich zur bizarren Kulisse auf Landolts Terrasse passen. Trotzdem! Wieso plaudert dieser Waser ungefragt derart intime Dinge aus? Was bezweckt er damit? Franziska Fischer hat ein ungeheures Talent, selbst am Telefon ein Vertrauensverhältnis aufzubauen. Obwohl die Leute wissen, dass sie Journalistin ist, erzählen sie fast immer mehr, als sie ursprünglich wollten. Als Franziska Fischer von der schweizerischen Sporthilfe noch nicht finanziell unterstützt worden war, hatte sie Studium und Sportkarriere immerhin als erfolgreiche Telefonverkäuferin finanziert. Aber Waser ist ein abgebrühter Politiker, der im Umgang mit den Medien keine Blösse zeigt, nichts ohne Berechnung von sich gibt.
Inzwischen ist der seltsame Mord an Landolt ohnehin in sämtlichen Zeitungen des Landes Titelgeschichte. Die Medien überbieten sich mit Neuigkeiten und Unbekanntem aus Landolts Leben, aber pikante und den Ruf schädigende Details sind tabu. Christian Landolt war bis vor zwanzig Jahren eine auch national noch unbekannte Person. Nur seine schnell wachsende Firma sorgte wiederholt für Schlagzeilen, illustriert mit dem immer gleichen Foto des Inhabers. Erst als sich Christian Landolt von seiner ersten Frau nach Jahren einer geheim gehaltenen Trennung scheiden liess, um seine bildschöne, langjährige Geliebte, eine Argentinierin, zu heiraten, liess er sich immer öfter mit ihr, Maria Duhalde, an öffentlichen Veranstaltungen blicken. Das Phantom Landolt mutierte förmlich zum Partylöwen. Als einer seiner Öltanker vor der sizilianischen Küste kenterte und

einen Ölteppich biblischen Ausmasses verursachte, führte er nicht nur persönlich die Pressekonferenz durch, sondern liess sich auch bei den Aufräumarbeiten in Süditalien fotografieren. Das Foto von Landolt in gelben Stiefeln, wie er am Strand bei Palermo einen Seevogel säubert, ging um die ganze Welt. Das war auch die Geburtsstunde seines öffentlichen Engagements, seines raketenhaften politischen Aufstiegs. Auf morbide Art und Weise passt sein weltlicher Abgang ins Gesamtbild. Der Kreis hat sich sozusagen geschlossen.

„Was hältst du von den Mutmassungen der anderen Zeitungen, Jenny?“, fragt Fischer, die inzwischen den telefonischen Gesprächspartner gewechselt hat.
„Dass sich eine Gruppe militanter Umweltaktivisten für den Ölteppich revanchiert hat? Das ist ja wohl ziemlich weit hergeholt“, antwortet Jenny.
„Und wie gefällt es dir in Zug? Hast du schon einen reichen Wirtschaftsanwalt an Land gezogen?“
„Hier wimmelt es zwar von Kleiderboutiquen, aber weit und breit ist kein Millionär zu sehen, der mich mit Dolce & Cabbana einkleiden könnte“, scherzt Franziska Fischer. In der Stadt reiht sich ein nobles Kleidergeschäft an das andere.

Der Kanton Zug hat in den vergangenen 150 Jahren, vor allem in den letzten 50, wie kaum eine andere Region in Europa einen rigorosen Wandel durchgemacht. Noch 1850 war der kleine, sehr schön gelegene Kanton tiefste Agrarprovinz. Die Papiermühle bei Cham und die Florettspinnereien waren die wichtigsten Arbeitgeber weit und breit. In den 1920ern verschaffte der allgemeine Unmut über die Steuergesetze den Sozialdemokraten ihren ersten Sitz im Zuger Regierungsrat. Damals modellierten der Finanzdirektor und ein Zürcher Wirtschaftsanwalt eine Steuergesetzrevision, die eine steuerliche Privilegierung von Domizil- und Holdinggesellschaften zum Ziel hatte. Ähnliche erfolgreiche Modelle gab es bereits in anderen Schweizer Kantonen. Es lockten üppige Steuereinnahmen ohne die üblicherweise damit einhergehende Belastung für Menschen und Umwelt. Denn jene Firmen brauchten in Zug höchstens ein Büro zu unterhalten und benötigten ansonsten keine Infrastruktur. Obwohl sich die Freisinnigen und Sozialdemokraten bei der Abstimmung zur vom Finanzdirektor angeregten Steuerrevision im Kantonsrat aus Skepsis der Stimme enthielten, gab es bei der anschliessenden Volksabstimmung kaum Gegnerschaft. Die öffentliche Debatte wurde durch die gleichzeitig reformierte Viehbesteuerung dominiert, und die erhitzte die Gemüter wesentlich mehr. Als das Bundesgericht 1924 verlangte, dass solche kantonalen Steuermodelle für die interessierten Firmen mindestens eine richtige Niederlassung vor Ort bedeuten müsse, kam Zugs Nähe zum wirtschaftlichen Zentrum der Schweiz, also zu Zürich, zum Tragen. Zunächst beschäftigte die Bevölkerung allerdings die hohe Arbeitslosigkeit und die von der Landesregierung verfügte landwirtschaftliche Anbauschlacht während des Zweiten Weltkriegs. Jeder unversiegelte Quadratmeter Boden wurde als Ackerland eingesetzt, um die Lebensmittelversorgung der Bevölkerung sicherzustellen. Die Nachbarländer Österreich, Italien und Frankreich waren in den Händen der deutschen Diktatur unter Adolf Hitler, dem Regisseur des deutschen Volkswillens. Die Schweizer konnten nicht wissen, wie lange die Alliierten noch zuwarten würden, um den Kontinent von den Welteroberungsplänen jenes totalitären Regimes zu befreien. Und ob sie es überhaupt tun würden. Erst in den späten 1950ern wurde man auf das kleine Steuerparadies im Herzen Europas aufmerksam. Steuergesetzänderungen im umliegenden Europa, die Nähe zum internationalen Zürcher Flughafen, eine kompetente Steuer- und Kantonsverwaltung und die Pflege der Steuerruhe verschafften dem Kanton schliesslich den Nimbus einer diskreten Steueroase. Erst in den 80ern des 20. Jahrhunderts rückte Zug ins internationale Rampenlicht der öffentlichen Wahrnehmung. Affären um einzelne Firmen und den zwielichtigen Rohstoffhändler Mike Poor lenkten den Spot auf das politisch provinziell gebliebene Zugerland. Dennoch erwies sich die hier angewandte Laffersche Steuertheorie – kleine Margen, grosse Umsätze, gerne wird es deswegen das „Migrosprinzip“ genannt – als krisenfest. Der Zuzug von Firmen, auch Banken und Finanzgesellschaften, hält bis ins nächste Jahrtausend an, nimmt gar progressiv zu, was auch zu einem Anstieg der Mietzinse, der Lebenshaltungskosten und zu einer Verschiebung des Gewerbes in die nähere Umgebung führte.

Franziska Fischer war schon bald von den modernen Schul- und Verwaltungsgebäuden, dem Angebot im öffentlichen Verkehr und dem Meisterstück eines berühmten Architekten, dem

Bahnhof, beeindruckt. Der Kanton Zug zieht wirtschaftlich temporeich an den Nachbarkantonen vorbei und führt unzählige Ratings an, so dass es einem schwindlig werden kann. Fast ein Zehntel der direkten Bundessteuern kommen mittlerweile aus dem Kanton Zug, obwohl der lediglich 1,3% der Landesbevölkerung ausmacht. Zug ist heute einer der grössten Handelsumschlagplätze auf dem Globus.

KAPITEL 5

„Alle Menschen zerfallen, wie zu allen Zeiten so auch jetzt noch, in Sklaven und Freie; denn wer von seinem Tage nicht zwei Drittel für sich hat, ist ein Sklave, er sei übrigens wer er wolle: Staatsmann, Kaufmann, Beamter, Gelehrter."

Friedrich Nietzsche, Philosoph, 1844–1900

„Geht beim Zebrastreifen über die Strasse", mahnt Lehrer Rutschi seine Schüler, als sie aus dem Bus steigen.
Der Regen, der die Schulkasse nun schon den ganzen Tag auf ihrer Schulreise begleitet, provoziert die Jugendlichen, den direkten Weg zu nehmen, um auf die andere Strassenseite zu gelangen, statt zurück zum Fussgängerstreifen zu gehen. Auf der gegenüberliegenden Seite finden die zwei Dutzend Oberstufenschüler aus dem Kanton Basel und ihr Lehrer Pascal Rutschi einen trockenen Unterstand beim Schützenhaus.
„Immer am 15. November findet hier das traditionelle Morgartenschiessen statt. Weiss jemand, warum?" fragt Rutschi in die Runde.
„Am 15. November 1315 haben die Eidgenossen hier den Österreichern eins aufs Maul gehauen", antwortet eines der Mädchen roh.
„Genau, Janine. So könnte man es auch formulieren", lobt Rutschi seine vorlauteste Schülerin, der die Jungs trotzdem reihenweise nachlaufen.
Auf der Anhöhe, direkt oberhalb des Schützenhauses mit an schönen Tagen freiem Blick auf den Ägerisee, steht das Denkmal. Das burgähnliche Monument wurde vor knapp 100 Jahren gebaut und ist das wichtigste Mahnmal für das schweizerische Selbstverständnis, für alle Zeiten frei, unabhängig und Herr im eigenen Haus zu sein.
„Wollen wir uns zuerst im Restaurant ein wenig aufwärmen? Ich werde euch dann die Geschichte rund um die berühmte Morgartenschlacht erzählen", schlägt Rutschi vor. Die Schüler

sind natürlich sofort Feuer und Flamme. Im Restaurant Buechwäldli versammelt sich die Klasse um drei zusammengeschobene Tische. Sie sind die einzigen Gäste an diesem Nachmittag. Nachdem alle bestellt haben, beginnt Rutschi mit seiner Erzählung.
„Erinnert ihr euch an den Ausflug auf die Rütliwiese am Vierwaldstättersee?"
Die Schülerinnen und Schüler bejahen lauthals. Erst im vorangegangenen Herbst waren sie mit einem Dampfschiff von Luzern her auf die sagenumwobene Wiese am Vierwaldstättersee gereist, um den Geist der ersten Eidgenossen aus den Kantonen Uri, Schwyz und Unterwalden zu spüren. Rutschi zieht ein Buch aus seinem Rucksack. Er wirft einen Blick auf den von dicken Nebelschwaden verhangenen Ägerisee und schlägt dann das vorbereitete Kapitel auf.
„Der Schwur auf dem Rütli 1291. Der Mond stand hoch in den funkelnden Sternen, und das zarte Schleierband der Milchstrasse überspannte den nächtlichen Himmel über dem Vierwaldstättersee. Man spürte kaum das leise Lüftchen, das vom Gotthard her über den Urnersee strich und mit dem tanzenden Widerschein des Mondes spielte. Mächtig reckten die Urner- und Schwyzerberge ihre zackigen Häupter zum Himmel empor. Ringsum war alles still wie im schweigenden Raume eines Doms. Mensch und Tier schliefen. Nur auf der von Wald umsäumten Rütliwiese brannte ein kleines Feuer. Dort wachten ein paar Männer im flackernden Lichtschein. Sie redeten kaum miteinander. Umso aufmerksamer horchten sie gegen den See hinunter. Manchmal erhob sich Walter Fürst und schritt, tief in Gedanken versunken, zum Rande der Wiese, von wo aus er gegen die Ortschaft Brunnen hinüberblickte. Wie Firnschnee strahlte sein weisses Haupthaar im Mondschein. Vom See herab klatschten Ruderschläge. Die Schwyzerfreunde nahten heran..."
„Wer hat alles heisse Schokolade bestellt?", fragt die Bedienung.
Rutschi wartet, bis die Frau, offenbar die Chefin selber, alle Getränke verteilt hat. Einzig Janine bleibt ohne Getränk. Sie fragt nach Wasser ohne Kohlensäure. Rutschi blickt in die Runde. Er verspürt immer noch eine grosse Freude, wenn er seine Schülerinnen und Schüler für Schweizer Geschichte begeistern kann. Reisen durch die Schweiz macht er mit jeder Klasse, aufgeteilt

über drei bis vier Semester. Keiner seiner Schüler verlässt nach drei Jahren seinen Unterricht, ohne auf dem berühmten Rütli, im Berner Bundeshaus, im Bundesarchiv bei Schwyz, wo die 700 Jahre alte Verfassung ausgestellt wird, die erst ein einziges Mal für eine Ausstellung in den USA das Land verlassen hatte, und auf dem Gelände bei Morgarten, wo die erste grosse Freiheitsschlacht stattfand, gewesen zu sein.

„Die Schwyzer nahten heran. Sie landeten mit ihren beiden Nauen und stiegen den steilen Hangweg empor zum geheimen Platz auf der Rütliwiese. Ab Yberg stützten sie den alten Konrad Hunn, weil diesen die schwankenden Beine kaum mehr zu tragen vermochten. Walter Fürst schritt den Männern entgegen und begrüsste zuerst mit innigem Händedruck seinen geliebten Freund Werner Stauffacher. Hierauf begaben sie sich zum Feuer, wo die Urner ihre Schwyzerfreunde mit unterdrücktem Jubel empfingen. Bald tauchten aus dem Wald andere Männer auf. Die Kapuzen der Hirtenhemden hatten sie über den Kopf gezogen, und in den Händen hielten sie knorrige Stöcke. Es waren die Unterwaldner. Am frühen Abend schon hatten sie daheim ihre Höfe verlassen und waren, geführt vom jungen Arnold, zum versteckten Platz gekommen. Müde und doch zufrieden setzten sie sich beim Feuer nieder. Nachdem alle einander begrüsst und kennengelernt hatten, stieg Werner Stauffacher auf einen Stein, von dem aus er die Männerschar aus den drei Tälern gut überblicken konnte.

‚Im Namen Gottes stehen wir hier und reichen einander die Hände. Ein Wille, ein Ziel einigt uns: Frei wollen wir sein! In tiefster Not versprechen wir, einander zu helfen, im Kampfe gegen die Vögte zusammenzustehen und uns vor keiner Gewalt zu beugen. Ist einer unter euch, der nicht bereit ist, sein Leben, sein Gut und sein Blut zu opfern, so verlasse er den Kreis!'

Keiner regte sich. Alle schwiegen sie. Da sprach Stauffacher mit feierlichem Ernste das Gelöbnis:

‚So erhebet, meine Freunde von Uri, Schwyz und Unterwalden, eure Hand zum Schwure! Der dreieinige Gott sei Zeuge, dass wir beschlossen haben, unsere Freiheit gegen jede fremde Macht und Gewalt zu schützen für uns und unsere Kinder!'

Wie ein heiliger Chor erklang der Schwur in der stillen Nacht.

‚Wir geloben es!'

Die Hände senkten sich, und in das versunkene Schweigen sprach Walter Fürst andächtig wie ein Gebet die Worte:

‚Gott sei mit euch und eurem Bunde, meine Eidgenossen!'
Stauffacher fuhr fort:
‚Eidgenossen, wir sind entschlossen, unsere Peiniger, die Vögte, zu vertreiben. Wer einen Ratschlag weiss, der spreche sich aus!'
In den Reihen entstand wirres Gemurmel, das erst wieder verstummte, als Arnold vom Melchtal aus der Reihe trat und seinen Vorschlag kundtat:
‚Wir müssen die Herren mit List ergreifen. Am 11. November, also am Zinstag oder dann in der Neujahrsnacht, wenn wir unsere Geschenke in die Burgen tragen, kommen wir unbehelligt hinter die Mauern. Wir halten die Waffen unter unseren Hemden versteckt, und auf ein verabredetes Zeichen geht es los. Ein paar Dutzend Getreue genügen, um dem Vogt samt seinem Gesinde den Garaus zu machen.'
‚Gut gesprochen!', rief Rudolf Stauffacher, der ehemalige Landammann, dem jungen Unterwaldner zu. Lauter Beifall begleitete seine Worte. Arnold glühte vor Eifer und Begeisterung. Der vornehme Unterwaldner Landammann vom Oedisriet aber gab zu bedenken:
‚Männer, ihr vergesst, wie stark der Feind ist. Wenn wir die Vögte vertreiben, machen wir uns den Kaiser und seine verwandten Herzöge und Fürsten zu Feinden. Ich frage euch: Seid ihr bereit, mit schlechten Waffen gegen ein mächtiges Reiterheer zu kämpfen?'
‚Wir sind bereit! Der Kaiser ist tot! Wir werden die Reiter von den Rossen herunterholen!'
Die lauten Rufe tönten wild durcheinander. Nochmals versuchte der Landammann, die kampfesfreudigen Männer zur Besinnung zu bringen.
‚Wir sollten noch zuwarten mit dem Burgensturm, bis der neue Kaiser gewählt ist. Vielleicht wird es kein Habsburger mehr sein, und wir können ohne Waffen und Blut unsere Vögte loswerden.'
Wiederum wurde der Sprecher durch Zwischenrufe unterbrochen:
‚Albrecht, des Kaisers Sohn, ist nicht besser als sein verstorbener Vater. Er wird uns neue Vögte ins Land schicken. An Weihnachten schlagen wir zu!'
Auch der Urner Freiherr von Attinghausen wollte die Männer beschwichtigen:

‚Mit Waffe und Kampf richten wir gegen einen überlegenen Feind nichts aus. Wenn wir besiegt werden, gibt es schlimmere Zeiten, als wir sie jetzt erleben. Wir sollten dem neuen Kaiser unsere rechtmässigen Klagen vortragen und ihn um eine mildere Herrschaft bitten.'
Aber auch dieser Vorschlag kam bei den Männern nicht gut an.
‚Wir haben lange genug gewartet, und es hat alles nicht genützt!'
‚Gewalt muss mit Gewalt bezwungen werden!' rief Werner Stauffacher von Schwyz dem Urner Freiherrn entgegen. Im Osten begann es schon zu dämmern. Es war Zeit zum Aufbruch. Werner Stauffacher stellte die letzte Frage:
‚Wollt ihr den Kampf gegen die Vögte und ihren Anhang wagen?'
Wie aus einem Munde kam die Antwort:
‚Wir wollen es wagen, so Gott uns helfen wird!'
Entschlossen begaben sich die Bauern auf den Heimweg."

„Herr Rutschi, ich glaube, es hört auf zu regnen", meint eine der Schülerinnen.
Rutschi blickt aus seinem Buch auf und sieht durch die kleinen Fenster der heimeligen Wirtschaft. Tatsächlich! Sogar der Nebel hat sich inzwischen ein wenig gelichtet.
„Ich erzähle euch jetzt noch die Umstände, die zur ersten Freiheitsschlacht der schweizerischen Eidgenossenschaft geführt haben, dann habt ihr eine halbe Stunde Zeit, um das berühmteste Denkmal des Landes zu erkunden."
Ein begeistertes „Juhee" fegt durch den Raum. Die Wirtin lächelt über den Tresen zu Rutschi, während sie Gläser trocken reibt.
„Nach der Ermordung des Habsburger-Königs Rudolf I., versuchten die Oberhäupter der Dynastien Wittelsbach in Bayern und Luxemburg ihre Macht in der Schweiz auszubauen. Die Eidgenossen nutzten die politischen Umwälzungen dieser Zeit geschickt, um wechselnde Allianzen gegen die ungeliebten Habsburger zu schliessen. Im Januar 1314 eskalierten auch die Grenzstreitigkeiten zwischen den Schwyzern und dem unter habsburgischem Schutz stehenden Kloster Einsiedeln. Der nächtliche Überfall auf die Abtei provozierte den Habsburger Herzog Leopold I. von Österreich zur militärischen Unterneh-

mung, die am 15. November 1315 am Südende des Ägerisees mit einer vernichtenden Niederlage endete, obwohl das österreichische Heer mit 2500 Mann doppelt so gross war wie das eidgenössische. Zur unmittelbaren Folge der Schlacht gehörte der am 9. Dezember desselben Jahres erneuerte Bund vom August 1291 auf dem Rütli, wonach ohne Billigung der Bundesmitglieder keine Oberherren mehr anzuerkennen sind. Erst 1891 wird der 1. August anlässlich einer aufwendigen 600-Jahr-Feier zum nationalen Feiertag ausgerufen", doziert Rutschi frei, als rezitiere er diese Worte täglich.
„Und jetzt raus mit euch!"
Die Klasse lässt sich nicht zweimal bitten. Bis auf zwei Mädchen stürmen alle aus der Wirtschaft und über den Parkplatz ums Schützenhaus auf den sich den Hang hochschlängelnden Weg zu, wo das Monument steht. Die Wirtin nickt, noch bevor Rutschi fragen kann, ob sie wohl eine halbe Stunde auf die Sachen aufpassen könne. Er zieht sich die Jacke über und folgt seinen Schülern nach draussen. Oben beim Denkmal, zusammengebaut aus grossen, rohen Steinquadern, es sieht ein bisschen wie ein Kirchturm ohne Glocke aus, hat man vom terrassenähnlichen Vorbau eine fantastische Sicht auf den See und die Berge, den Rossberg und den Zugerberg, mit viel Fantasie sogar auf den Wildspitz, den Pilatus und die Rigi. Rutschi lehnt sich an die gemauerte Brüstung. Unten, direkt neben der Hauptstrasse gegenüber dem Restaurant Buechwäldli legt ein kleines Passagierschiff an. Vielleicht acht Leute steigen aus, scheinen einen Moment zu diskutieren. Einzelne zeigen mit ausgestreckten Armen zum Denkmal hoch, dann begeben sich alle miteinander ins Wirtshaus. Ziemlich in der Mitte des Sees erkennt man zwei Fischerboote. Egli, Hecht und Felchen soll es hier geben. Neben Rutschi hat sich ein grosser, dicker Mann mit Vollbart und auffälligem Schnauz, wie sie preussische Offiziere oder früher die Bierkutscher der Brauerei Baar zu tragen pflegten, hingestellt. Rutschi hatte ihn beim Hochgehen überholt, ihn gegrüsst, aber keine Reaktion erhalten. Er schnaufte schwer und war offensichtlich in Gedanken. Er trägt einen Filzhut und eine viel zu kleine Brille.
„Guten Tag. Schön, nicht?", spricht ihn Rutschi abermals an.
„Das Denkmal?", fragt der Angesprochene, ohne ihn eines Blickes zu würdigen. Er atmet schwer, tupft sich mit einem Papiertaschentuch die Stirn trocken.

„Die Aussicht!“, entgegnet Rutschi.
„Die Aussichten sind schlecht“, antwortet der Bärtige in griesgrämigem Tonfall, hebt den Hut und fährt mit der gespreizten Hand durch das volle, dunkle Haar.
„Sind Sie aus der Gegend?“
„Ich komme aus dem Muotatal hierher, fast jeden Monat einmal. Und Sie aus Basel, oder?“
Rutschi nickt amüsiert. Sein Dialekt ist unverkennbar. An der Schule wird er aber wegen seines Familiennamens von allen „Berner Leckerli“ genannt.
„Ein Muotataler also. Die Aussichten sind schlecht? Wie meinen Sie das?“
„Haben Sie die Tafel gelesen, gewidmet den Helden von Morgarten?“, fragt der urchige Schwyzer resolut.
Rutschi antwortet mit einem leisen „Ja, warum?“
„Alles geben sie zum Verkauf frei, unsere feinen Herren in Bern. Die Swissair haben sie an die Deutschen verramscht, die Swisscom ist als Nächstes dran. Jetzt wollen sie auch noch die Lex Koller aufheben, damit sich arabische Milliardäre bei uns einkaufen können. Kritiker und Patrioten werden als fremdenfeindliche, rechtsextreme Nationalisten verschrien. Sie wollen nicht sehen, dass sich die Reichen der Welt zu einer feudalistischen Internationalen vereinigt haben, denen die Politiker alles käuflich machen. Das Geld ist auf der Jagd nach billiger Arbeit, Volkseigentum und schuldenwilligen Regierungen.“
Rutschi ist etwas verdattert, weiss erst nicht, was er sagen soll.
„Es sind halt andere Zeiten. Europa vereinigt sich, auch wirtschaftlich“, gibt er schliesslich zu bedenken.
„Politisch sind wir ja noch immer unabhängig“, fügt Rutschi hinzu. Der Bärtige lächelt milde. Rutschi glaubt, darin etwas Abschätziges zu erkennen, was wohl ihm gelten soll.
Ein Schrei platzt ins Stimmengewirr der Jugendlichen. Rutschi erschrickt, der Bärtige blickt sich ebenfalls um. Hoffentlich ist keines der Kinder den Hang hinuntergefallen. Noch nie hat sich auf einer seiner Schulreisen jemand verletzt, denkt Rutschi.
„Was ist denn los?“, fragt Rutschi Janine, die völlig aufgelöst bei ihm ankommt.
„Herr Rutschi, da hinten liegt ein Mann. Ich glaube, er ist tot!“
Rutschi zögert einen Moment, dann lässt er sich von einem anderen Schüler hinter das Denkmal führen. Er drängt die Ju-

gendlichen beiseite. Tatsächlich, da liegt auf dem Kiesplatz an der Rückwand des Monuments eine Männerleiche, völlig durchnässt. Es ist eine vornehm gekleidete, hagere Gestalt mit kurzen, blonden Haaren. Zwar liegt auf dem Gesicht ein wenig Laub und es ist zu einer hässlichen, offenbar durch furchtbare Todesqualen verzerrten Fratze verstellt, aber Rutschi glaubt, den Mann schon einmal gesehen zu haben.
„Himmelsakra, das ist doch dieser Lehmann!", platzt es dem Bärtigen heraus, der sich inzwischen dazugesellt hat.
„Lehmann?"
„Ja, Jean-Claude Lehmann. Der aus dem Fernsehen."

KAPITEL 6

„Alles, was das Böse braucht, um zu triumphieren, ist, dass die guten Menschen nichts tun.“

Edmund Burke, Philosoph, 1729–1797

Der Wecker klingelt. Marco Keller rappelt sich aus den Decken und Kissen heraus, greift nach dem Wecker, um ihn abzustellen, und geht leicht schwankend ins Bad. Nach einigen Minuten kommt er zurück, setzt sich wieder auf die Bettkante und streckt sich nach der blonden Frau aus, die ungerührt liegen geblieben ist.

„Zarin, du musst zum Flughafen“, mahnt Keller, küsst ihren blossen Nacken und streichelt ihr über die Wange. Sie dreht sich zu ihm um und lächelt ihn an, ohne die Augen zu öffnen.

„Warum, Marco? Was soll ich am Flughafen?“, flüstert sie leise, als ob es sich um eine Geheimsache handelt.

„Dein Mann landet um 10.35 Uhr am Flughafen in Zürich, Nastija.“

„Mein Mann … wie das schon klingt“, meint sie und räkelt sich zur Seite, so dass ihr pfirsichgleicher Po, die schlanken, kräftigen Schenkel, eine wie geschnitzte Taille und der bronzefarbene, lange Rücken frei werden. Marco Keller kann seinen Blick nicht abwenden. Er sieht sich das Bild für Götter verzückt und lange an, streckt sich schliesslich nach ihrem Körper aus und küsst ihren einladenden Hintern, während sich die eine Hand zwischen ihren verschwitzten Schenkeln, die andere in ihrer hellen, zerzausten Mähne verliert.

Anastasija ist Russin. Sie hat bei einer Exportfirma in Kazan gearbeitet, als sie eines Tages von ihrem Chef gebeten wurde, mit einem Schweizer Geschäftsmann, einem Peter Berger, auszugehen und ein bisschen nett zu ihm zu sein. Er sei für die Firma ein wichtiger Mann. Falls das Geschäft zustande käme, könnte die Firma überleben, ansonsten müsste sie sich wie all die anderen einen neuen Job suchen. Anastasija wusste, dass es irgendwann so weit kommen würde. Sie wusste, dass sie den Job in der Buchhaltung nur bekommen hatte, damit sie ihr Chef eines Tages als Trumpfkarte würde ausspielen können. Sie war nicht dumm oder unbegabt, aber das Glück hat sie vor allem nie verlassen, weil sie eine schöne Frau ist. Darüber hat sie sich nie beklagt, sondern dem lieben Gott gedankt, dass er ihr Leben damit ein wenig einfacher machte. Das Leben in Russland blieb für das einfache Volk auch nach der Perestroika schwierig. Die Firma serbelte schon seit Monaten vor sich hin. Sie war ihrem Chef nicht böse, dass er sie um den Gefallen bat. Er hatte sie stets gut behandelt. Sie fühlte sich immer als Mensch und nie als hübsches Spielzeug von ihm wahrgenommen. Er war ein lieber Kerl. Viel zu lieb. Und wahrscheinlich deshalb als Unternehmer auch wenig erfolgreich. Viele zurückgekehrte junge Russen, die im Westen Ausbildungen oder Kontakte gemacht hatten, haben sich nach dem Niedergang des Sowjetreiches alles unter den Nagel gerissen, was vorher dem Staat gehörte. Wer die brutalsten Schlägertrupps hatte, bekam die Filets der russischen Wirtschaft für ein Butterbrot, spielte als Oligarch auf dem politischen, wirtschaftlichen und gesellschaftlichen Parkett in Moskau bald eine wichtige Rolle. Viele der schnell reich gewordenen Russen trauten der politischen Stabilität ihres Landes nicht und haben sich bald mit exorbitant gefüllten Kriegskassen im Westen nach Firmenbeteiligungen und lukrativen Investitionen umgesehen, wo sich meist auch ihr sozialer Status zum Besseren veränderte. In Russland wusste man, wie sie wohlhabend geworden sind. In Westeuropa oder den USA interessierte das niemanden mehr. Reichtum ist die Eintrittskarte in die europäische Oberschicht. Wassily Sidorov, Anastasijas erster, fast 15 Jahre älterer Freund, hatte sich in Moskau mit dem Geld holländischer und britischer Investoren Tausende Altbauwohnungen unter den Nagel gerissen, in welchen altgediente Offiziere der sowjetischen Armee ihren Lebensabend verbringen wollten. Die kleinen Wohnungen waren Teil der kargen Pension. Nach dem Kauf wurden die Mieter förmlich rausgeekelt, aus zwei Wohnungen wurde eine gemacht, teuer renoviert und an neureiche Russen verkauft, die sich in der Hauptstadt mit ihrem leicht verdienten Geld damit einen Stützpunkt zulegten, um von dort aus in die Partynächte und Theateraufführungen auszuschwärmen. Manche der Pensionäre wehrten sich. Als in den Moskauer Kanalisationen Dutzende Leichen alter Frauen und Männer gefunden wurden, machte Anastasija Schluss mit Wassily, obwohl er abstritt, damit etwas zu tun zu haben. Sie fürchtete sich vor ihm. Das Letzte, was sie seither von ihm gehört hatte, war die Information von früheren, gemeinsamen Freunden, dass er in der Schweiz Start-Ups, also viel versprechende Geschäftsideen finanziere und sich auch an mehreren Schweizer Traditionsfirmen beteiligt habe. Sogar der Schweizer Wirtschaftsminister habe sich schon auf einem seiner ausschweifenden Feste an der Zürcher Goldküste blicken lassen, erzählten sie. Der besagte Schweizer Geschäftsmann war glücklicherweise ein ungemein attraktiv aussehender Enddreissiger mit guten Manieren. Er behandelte Anastasija wie eine Prinzessin, führte sie zum Essen aus, nahm sie ins Theater mit und liess sich von ihr Kazan und Moskau zeigen. Einmal reisten sie im tiefsten Winter mit dem Zug nach St. Petersburg, fuhren mit einer Kutsche den märchenhaften Palästen der russischen Zaren entlang. Es war traumhaft. Viel schöner und romantischer, als sie es sich vorgestellt hatte. Sie verliebte sich sogar in den wohlhabenden, charmanten Westeuropäer, der sich immer nach ihrem Befinden und nach ihrer Familie erkundigte. Als er nach zwei Wochen noch immer keine Anstalten machte, sie ins Bett zu locken, begann sie das Ganze langsam etwas seltsam zu finden. Sie erzählte ihrem Chef davon. Der rümpfte nur ein wenig die Nase, so seien sie halt, die kultivierten Schweizer, und freute sich über die enormen Umsätze, die ihm durch den Schweizer Kontakt beschert wurden. Bei seinem dritten Aufenthalt in Kazan bat der Herr aus der Schweiz sie das erste Mal, mit ihm in seine Heimat zu fliegen. Sie war total aus dem Häuschen, erzählte ihren Freundinnen, ihrer Familie und ihrem Chef davon. Dessen Freude darüber hielt sich in Grenzen.

„Jetzt werden wir dich verlieren, Nastija. Aber du hast genug für uns getan. Du musst deine Chancen nutzen, solange du jung und schön bist", hatte er gesagt und ihr einen väterlichen Kuss auf die Stirn gegeben.

Als Anastasija Petrashova in Zürich angekommen war, sie musste aus organisatorischen Gründen alleine reisen, war sie überwältigt. Anastasija war in der Schweiz. Sie begeisterte sich für alles, was irgendwie schweizerisch schien. Die Schweiz war für sie das exotischste, bisher unerreichbarste Land der Welt.

Ein Paradies, in dem Milch und Honig flossen. Nach der Zollkontrolle wurde sie von einem älteren, freundlichen Herrn begrüsst, der ihr sofort das Gepäck abnahm. Peter Berger schickte ihr eine SMS, dass sie von seinem Mitarbeiter abgeholt werde. In gepflegtem Englisch bat er sie, ihm zu folgen. Die Leute auf dem Flughafen schauten ihr nach, als käme sie von einem anderen Stern.
„Was ist mit den Menschen los? Haben die noch nie eine russische Frau gesehen?“, fragte sie den Mann, als sie im Auto sassen. Der Chauffeur schmunzelte nur. Seine Augen blitzten schelmisch, als er sie über den Rückspiegel kurz musterte. Nach ein paar Minuten, als die Limousine mitten in der Limmatstadt Zürich im Stau stand, sagte er, dass sie unwahrscheinlich schön sei. Sie hätte des Gesicht einer Filmdiva und das blonde Haar, der pelzgesäumte, helle Mantel, das alles sei an sich schon sehr auffällig. Dass ihr offenkundig unschuldiges, mädchenhaftes Wesen, ihre leuchtenden Augen, die sich über jede Kleinigkeit freuten, in der abgeklärten Finanzmetropole Zürich echte Raritäten seien, behielt er für sich.
Sie war bereits zwei Tage in dem schönen Haus am oberen Zürichsee, irgendwo nach Stäfa, als sie ihren Schweizer Gastgeber das erste Mal nach ihrer Ankunft in der Schweiz zu Gesicht bekam. Er müsse länger in Südafrika bleiben, hatte er ihr telefonisch ausrichten lassen, ohne sie selbst ans Telefon gebeten zu haben. Ob wohl alle Schweizer Männer so distanziert und seltsam waren, fragte sie sich immer häufiger. Sie wusste gar nicht, ob er sich noch an ihr freute. Am ersten Abend, den er, zurückgekehrt aus Kapstadt, mit ihr zusammen im Haus verbrachte, bat er sie, doch im Gästezimmer zu schlafen. Er sei sehr müde. Immerhin küsste er sie erstmals auf den Mund, sogar einige Sekunden lang. Irgendwann um Mitternacht zog sie sich das Laken um ihren makellosen, festen Körper und schlich in sein Zimmer. Peter Berger schlief. Das Fenster war sperrangelweit geöffnet, obwohl es recht kühl war. Vor seinem Bett liess sie das Laken fallen, hob seine Decke an und schmiegte ihren nach Zärtlichkeiten dürstenden Körper an den seinen. Er erschrak dermassen, dass er wie von der Tarantel gestochen aus dem Bett fuhr. Zitternd und fast nackt stand er neben dem Bett und schaute sie völlig entgeistert an.
„Anastasija, was machst du hier?!“
„Peter, ich bin eine russische Frau. Ich kann nicht wochenlang

ohne Zärtlichkeiten und Sex mit einem Mann zusammen sein, in den ich mich verliebt habe."
Peter Berger hatte sich schnell wieder gefangen, setzte sich zu Anastasija auf die Bettkante und bedeckte seinen Körper mit einem Kissen. Sie lag nackt, mit aufgerichtetem Oberkörper wie gemalt zwischen den Decken. Er schaute sie an und lächelte versöhnlich.
„Bitte, geh in dein Zimmer zurück. Wir sprechen morgen darüber."
Beim Frühstück verhielt er sich so aufmerksam und zuvorkommend wie in den ersten Tagen in Kazan, als sie noch dachte, er würde dann wohl umso fordernder sein, wenn er sie nach Hause gefahren hatte. Er vermied jede Anspielung auf das nächtliche Intermezzo, gab ihr eine Kreditkarte, verabschiedete sich und flüsterte ihr dabei ins Ohr, dass er heute oder an einem der nächsten Abende mit ihr ins Restaurant Kronenhalle am Zürcher Bellevue essen gehe. Dort würde er sie dann seinen Geschäftsfreunden vorstellen. Private Freunde schien er keine zu haben. Zumindest sprach er nie davon.
„Mach dir einen schönen Tag in der Stadt. Kauf dir Kleider, geh am See spazieren und lass dich von Hansruedi in die Konditorei Sprüngli fahren. Wir sehen uns heute Abend, Nastija", sagte er und zog die Tür hinter sich zu.
Anastasija liess an der Zürcher Bahnhofstrasse kein Geschäft aus, kaufte aber fast nichts. Fremdes Geld auszugeben war ihr unangenehm und manche Preise für einen Mantel, ein Paar Schuhe oder auch nur einen Pullover entsprachen durchschnittlichen russischen Jahreseinkommen. Hansruedi Gröbli, der Chauffeur, der sie bereits am Flughafen abgeholt hatte, begleitete sie und beantwortete alle Fragen, die sie hatte. Und sie hatte viele Fragen. Zum Beispiel, warum die Menschen so kühl wirkten. Viele machen ein trauriges Gesicht und dabei leben sie im schönsten Land der Welt, sagte sie. Warum bloss? Und die Verkäufer reagierten kaum, wenn sie sie anlächelte. Als sie den Geschäftsführer eines Bijoutier-Geschäfts an der Hand berührte, zog er sie sofort wieder weg und vermied danach jeden Augenkontakt, bis sie den Laden verlassen hatte.
„Sie sind in mancherlei Hinsicht eine ungewöhnliche Frau. Das schüchtert die Männer ein", erklärte Hansruedi. Er schien sich an diesem Nachmittag bestens zu amüsieren. Sie betörte mit ihrer Herzlichkeit, ihrer natürlichen Art und ihrer sinnlichen

Ausstrahlung und ohne das übliche affektierte Verhalten attraktiver, wohlhabender Frauen einen Mann nach dem anderen. Aber statt sich an ihr zu freuen, wurden die Männer abweisend und verunsichert. Die ganze Bahnhofstrasse kam durcheinander, schien es Hansruedi Gröbli. Obwohl sie sich manchmal komplett übertölpelt vorkamen, wie Wachs dahinschmolzen, traten die Männer auf die gut besuchte Bahnhofstrasse, um ihr nachzuschauen, nachdem sie ihr Geschäft verlassen hatte. Am Paradeplatz bestaunte sie die Tramhaltestelle. Alles sei so sauber, so gut organisiert, ohne jede Hektik. Und alle Menschen seien so modisch und gepflegt angezogen.
„In Kazan stehen so gekleidete Leute nicht an Bushaltestellen, sondern steigen vor den Erstklasshotels in Taxis oder dunkle Limousinen“, erzählte sie Hansruedi.
Dann entdeckte sie die bekannte Konditorei Sprüngli.
„Von dort hat mir Peter immer Patisserie nach Kazan mitgebracht“, sagte sie und lief wie ein aufgeregtes, junges Mädchen über den Platz zum Schaufenster von Sprüngli. Hansruedi musste laut lachen, als er sah, wie sich Dutzende Köpfe nach ihr umdrehten, wie sie in ihrer sexy, aber dennoch damenhaften Garderobe über die Tramschienen stöckelte, die blonde Mähne wild umherflatternd. Im Geschäft drin erkannte sie sofort die Truffes, die sie so mochte. Peter Berger brachte ihr jedes Mal zwei Schachteln davon mit. Eine Schachtel mit weissen Truffes für sie, eine mit gemischten für ihre Eltern. Schweizer Schokolade-Truffes in Kazan, das war wie Beluga-Kaviar am Titicacasee. Sie betrachtete alles, freute sich an den feinen, sorgfältig gestalteten Dekorationen auf den Torten und der Patisserie. Jetzt erst erfasste sie ein regelrechter Kaufrausch.
„Wenn Sie das alles essen wollen, dann sehen Sie schnell aus wie eine russische Babuschka“, kommentierte Hansruedi die Kauforgie und lachte dabei die anderen Kunden an, die sich über die aufgedrehte Schönheit amüsierten, die schnell der aufmerksam beobachtete Mittelpunkt des Süssigkeiten-Paradieses wurde.
„Nastija? Bist du das?“
Anastasija drehte sich erschrocken um und schaute einem grossen, dunkelhaarigen Mann in die Augen, den sie Jahre nicht mehr gesehen hatte. Er hielt eine kleine, hübsche Frau an der Hand, die Anastasija fast abfällig von oben bis unten betrachtete, wie Hansruedi sofort registrierte.

„Was machst du in Zürich?“, fragte der Hüne, der unter einer schwarzen Lederjacke einen braunen Pullover trug und dadurch aussah wie der gut bezahlte Türsteher eines exklusiven Nachtclubs.
„Hallo Wassily. Wie geht es dir?“, entgegnete Anastasija kühl. Sie wirkte wie ausgewechselt, was Hansruedi besorgt zur Kenntnis nahm.
„Kann ich helfen?“, fragte er und stellte sich neben sie.
„Nein, Hansruedi. Das ist nur ein alter Bekannter aus Kazan. Wassily war einmal mein Verlobter, bis er sich ins Geld und die Geschäfte verliebte“, erklärte sie mit leicht säuerlichem Tonfall.
„Wassily? Wassily Sidorov?“, erkundigte sich Hansruedi.
Der Hüne nickte und zog seine Begleiterin demonstrativ an sich. Hansruedi kannte Wassily Sidorov natürlich. Nicht persönlich, aber aus dem Wirtschaftsteil der Neuen Zürcher Chronik und aus den Artikeln in den Schweizer Promi-Magazinen. Sidorov wurde innert weniger Wochen von der bösen russischen Heuschrecke zum Liebling der Schweizer Klatschpresse. Der gut aussehende Russe mit dem vielen Geld war schnell überall ein gern gesehener Gast. Nach kurzer Zeit liessen sich selbst richtige Prominente mit dem Russen fotografieren. Anfangs waren es vor allem Popsternchen, Teilnehmerinnen von Modelwettbewerben oder aus der Versenkung wieder auferstandene Schlagersänger, die selber öffentliche Aufmerksamkeit brauchten. Sein Geld rettete ein grosses Schweizer Transportunternehmen vor dem Konkurs, was ihn über Nacht national berühmt machte, weil er bei der entsprechenden Pressekonferenz hoch und heilig versprach, dass er keine Stellen abbauen und sein Engagement bei Kläy & Minder Logistics ein langes sein werde. Mit der Frau an seiner Seite war er in einem allabendlich ausgestrahlten Fernsehmagazin über prominente Menschen aus Kunst, Sport und Wirtschaft ständiger Interviewgast und in einer Schweizer Illustrierten zeigte er der Eidgenossenschaft sein Chalet im Berner Oberland, das vorher einem James-Bond-Darsteller gehört hatte. Die Schweizer Missen, die er für eine Werbekampagne buchte, um das Transportunternehmen wieder flott zu machen, schwärmten öffentlich von seinem charmanten Temperament und seinem süssen, aber männlichen Akzent. Ob er bald einen Schweizer Fussballclub kaufen wolle wie sein russischer Kollege in Grossbritannien, war die meist gestellte Frage in den

läppischen, immer gleichen Interviews. Sidorov war reich, aber in der Liga der jungen, russischen Milliardäre konnte er doch noch nicht mitspielen. Er konnte es sich nicht leisten, sein Geld mit Jachten oder Sportclubs zu vernichten. Niemand ahnte den Ursprung für seinen dennoch beträchtlichen Reichtum. Doch, ahnen konnte man es schon, aber wissen wollte man es nicht. Geld hat keine Geschichte. Geld ist so wunderbar neutral.
„Nastija, nun sag schon, was machst du hier in Zürich?“, fragte Sidorov erneut. „Ein Mann?“
Sie blieb stumm, warf einen Hilfe suchenden Blick zu Hansruedi. Der Russe lachte.
„Du bist immer noch die Gleiche. Wenn ich dich ertappt habe, schaust du verlegen weg und beisst in deine Unterlippe.“
„Wassily, ich muss jetzt gehen. Schön, dich wieder einmal gesehen zu haben. Hansruedi, haben wir alles?“
Anastasija gab ihm einen flüchtigen Kuss auf die Wange, seiner Begleiterin die Hand, die sie ihr wahrscheinlich am liebsten ausgerissen hätte, und verliess das Geschäft.
Am Abend, auf der Terrasse ihres Schweizer Domizils, liess sie ihren leicht bekleideten Körper von der Brise kühlen. Wie eine Elfe stand sie an der Brüstung, in der Hand ein Glas Prosecco, das ihr Peter gebracht hatte. Sie hatte ihm von Wassily erzählt, auch, wie er zu seinem Vermögen gekommen war. Peter stand nur da, hörte zu.
„Du wolltest mit mir reden, Peter.“
„Worüber?“, fragte er leise und stellte sich hinter sie.
„Über vergangene Nacht. Gefalle ich dir nicht mehr?“
Peter Berger stützte sich mit beiden Händen auf das Geländer, schaute auf den Zürichsee hinaus und schwieg lange.
„Nastija, du bist eine wunderschöne Frau. Jeder Mann wird mich um dich beneiden.“
Sie drehte sich zu ihm um.
„Reize ich dich sexuell nicht?“, fragte sie.
„Nastija, ich bin homosexuell.“
Sie liess das Glas fallen und schaute ihn entsetzt an, als hätte er ihr mit dem Tod gedroht. Er schaute weg und ging über die Terrasse ins Wohnzimmer zurück. Anastasija machte in dieser Nacht kein Auge zu. Am nächsten Tag fuhren sie beide nach einem sehr, sehr langen Gespräch in die Stadt zu einer Anwaltskanzlei. Dort wurde ein Ehevertrag aufgesetzt. Anastasija Petrashova wurde noch in derselben Woche Anastasija Berger.

Marco Keller küsst ihren Rücken und scheint nicht genug zu kriegen.
„Du bist die sexieste Frau, die ich je gesehen habe. Wäre ich schwul, würde ich das spätestens dann ändern, wenn ich dich kennengelernt habe“, flachst Keller.
„Peter liebt aber nun einmal Männer.“
„Zum Glück!“, bemerkt er und fährt ihr mit der Hand zwischen die Beine. Sie erschrickt und stösst einen kurzen, spitzen Schrei aus.
„Du hast kalte Hände, Marco!“
„Und du bist feucht und warm. Du kannst wohl nie genug kriegen, Nastija“, lacht er und beisst ihr ins Ohrläppchen. Sie wirft ihm ein Kissen an den Kopf. Gespielt taumelt er zurück.
„Wieso zum Glück?“, fragt sie und steigt aus dem Bett.
„Na, zum Glück für mich. Wären wir hier zusammen, wenn dein Peter dich nicht geheiratet hätte?“
Sie geht schweigend ins Bad und schliesst die Tür hinter sich zu. Er sucht seine Kleider zusammen. Sie sind im ganzen Zimmer verteilt. Die Hose findet er im Flur, zwischen ihren Stilettos, die sie noch im Treppenhaus ausgezogen hatte.
„Nastija, ich muss heute an die Fraktionssitzung. Sehen wir uns am Abend?“
Als sie aus dem Bad kommt, wiederholt er die Frage.
„Du und deine Politik. Ich kann heute Abend nicht. Ich muss Peter in die Oper begleiten. Irgendein hohes Tier vom Staatssekretariat für Wirtschaft hat ihn eingeladen. An solchen Veranstaltungen muss ich dann seine dümmliche Ehefrau spielen und seine potenziellen Geschäftspartner bezirzen.“
„Schade. Und morgen?“
„Ich rufe dich morgen Mittag an, Marco.“
Marco Keller strahlt wie ein verliebter Teenager. Nie hätte er es für möglich gehalten, dass er nach Franziska wieder einmal eine Frau so begehren würde.
„Am Wochenende fliege ich nach Kazan. Mein Vater ist krank.“
„Schlimm?“
„Nein, halt wieder seine Bronchien. Es ist immer dasselbe, sobald es etwas kühler wird. Ausserdem ist es Monate her, seit ich ihn und Mama das letzte Mal gesehen habe.“
Marco Keller hat inzwischen seine Garderobe zusammen. Jetzt fehlt nur noch die Krawatte. Während er sucht, löst sie sie vom

Sessel am Fenster und hält sie ihm entgegen.
„Schon vergessen, Casanova?“, foppt sie ihn.
„Natürlich nicht, meine wilde Zarin.“
Er küsst sie, schnappt sich die Tasche mit den Akten und verlässt seine kleine Berner Altstadtwohnung, die er sich nach einem halben Jahr im Parlament zugelegt hatte. Die tägliche Reise von seinem Wohnort Zug nach Bern während der jeweils dreiwöchigen Parlamentssessionen war ihm schnell lästig geworden. Andere haben Ferienwohnungen im Tessin.
Im Treppenhaus begegnet er Gianni, dem Hauswart.
„Signore Keller, was ist bloss los in diesem Land?“, spricht der ihn aufgeregt an.
„Ich weiss es nicht, Gianni. Aber ich vermute, Bundesrat Landolt wurde Opfer einer privaten Verstrickung …“
„Es gibt schon einen zweiten Mord … lesen Sie die Zeitung, Signore Keller. Es ist schrecklich!“
Ein neuer Mord? Marco Keller tritt eilig auf die Junkerngasse hinaus. Leichter Nieselregen. Dieser Sommer ist zum Weinen. Er schreitet zügig Richtung Bundesplatz, vorbei am Berner Münster.
„Konrad!“, ruft Keller, als er etwas weiter vorn seinen Parteikollegen sieht. Er beginnt zu laufen und spürt deutlich, wie wackelig er auf den Beinen ist. Die Liebesnacht hat ihm zugesetzt, die Kraft genommen. Boxer dürften vor einem wichtigen Kampf zwei, drei Tage lang keinen Sex haben, heisst es. Schliesslich hat er Konrad Pacher erreicht.
„Konrad, was ist denn jetzt wieder passiert?“
Konrad Pacher ist stellvertretender Vorsitzender der liberalen Fraktion und immer bestens informiert. Er wirkt meist etwas zerstreut, hat einen überraschend sarkastischen Humor, den man bei ihm so gar nicht vermuten würde, und gibt sich dennoch alle Mühe, nicht anzuecken. Nichts fürchtet er mehr, als plötzlich die Fraktion führen zu müssen und nicht über jedes Detail informiert zu sein. Es kommt vor, dass er die Fraktionsvorsitzende Manuela Holdener an einem Abend dreimal hintereinander anruft, um sich nach einer ergänzenden Information zu einem der Geschäfte auf der Traktandenliste zu erkundigen, das am nächsten Tag zu behandeln ist. Es ist bereits die dreizehnte oder vierzehnte gemeinsame Session, und Pacher musste noch nie kurzfristig die Fraktion übernehmen, weil die Holdener krank, verhindert oder unpässlich gewesen wäre.

„Hast du denn keinen Fernseher, Marco? Die berichten schon seit Stunden darüber."
„Worüber? Was ist denn passiert?"
„Eine Schulklasse hat ihn gefunden. Stell dir vor, direkt hinter dem Morgarten-Denkmal am Ägerisee."
„Wen gefunden?"
Pacher ist unübersehbar aufgeregt, gewissermassen durch den Wind, als ob er heute definitiv das erste Mal die Fraktion leiten müsse.
„Wen haben sie gefunden? Jetzt sag schon endlich."
„Sie haben ihm flüssiges Gold in den Rachen geleert. Stell dir diesen grauenhaften Tod vor, Marco! Und … und auf der Brust war ein Zettel … ‚Verräter' stand drauf … Marco, das war ein politischer Mord … bei uns in der Schweiz!"
Pacher verliert komplett die Fassung. Er schluchzt nur noch.
„Marco, was ist bloss aus diesem Land geworden? Landolts Mörder haben sie immer noch nicht gefunden. Es ist schon fast zehn Tage her … und du warst auch nicht am Staatsbegräbnis, als Landolt beerdigt wurde … die Holdener war stinksauer deswegen. Mit dir wäre die Fraktion vollständig anwesend gewesen."
Keller legt ihm die Hand auf die Schulter.
„Konrad, wen haben sie am Morgarten gefunden?"
„Lehmann!"
„Lehmann?"
„Ja, Jean-Claude Lehmann."
„Den Präsidenten der Schweizer Nationalbank?!"

KAPITEL 7

„Man muss das Wahre immer wiederholen, weil auch der Irrtum um uns herum immer wieder gepredigt wird und zwar nicht von einzelnen, sondern von der Masse, in Zeitungen und Enzyklopädien, auf Schulen und Universitäten. Überall ist der Irrtum obenauf, und es ist ihm wohl und behaglich im Gefühl der Majorität, die auf seiner Seite ist.“

Johann Wolfgang von Goethe, Dichter, Wissenschaftler und Staatsmann, 1749–1832

Die Fraktionssitzung verläuft chaotisch und wird nach einigen Stunden schliesslich abgebrochen. Fraktionschefin Holdener bittet die Mitglieder, sich bei den Medien mit Spekulationen und Schuldzuweisungen zurückzuhalten. In Bern wimmle es derzeit von ausländischer Presse, alle auf der Suche nach pointierten Statements. Vor allem die britischen Boulevardzeitungen seien sich für keine Schlagzeile zu schade, die die helvetische Langeweile aufs Korn nimmt. Die englischen Tageszeitungen überbieten sich seit der Judengold-Affäre regelmässig mit geschmacklosen Headlines über die Schweiz. Über die Ermordung Landolts kursieren die unglaublichsten Vermutungen. Von Kontakten zu lateinamerikanischen Diktaturen ist da die Rede, Landolts zweifelhaftes Geschäftsgebaren wird thematisiert, sein angeblich ausschweifendes Sexualleben bringt die höchste Quote und politische Gegner kommen reihenweise zu Wort, um die Auflagen der englischen Hetzblätter zu steigern. Immerhin, die Franzosen wie die Italiener halten sich zurück. Zumindest schafft es Landolt nach einigen Tagen nicht mehr auf deren Titelseiten. In Rom wurde kürzlich ein bekannter Kardinal in einem Bordell ermordet aufgefunden, was den Paparazzi im erzkatholischen Italien wesentlich mehr Aufmerksamkeit wert ist. Das offizielle Bern und die Schweiz sind in Aufregung. Wenige Wochen vor dem mysteriösen Mord an Christian Landolt wurde dieser noch von der vereinigten Bundesversammlung zum Bundespräsidenten gewählt. Noch vor

zehn Jahren galt Landolt überall als nationalistischer Oppositioneller und Ausländerhetzer und wurde mit österreichischen, holländischen und französischen Rechtsextremen, die es in ihren Ländern zum Teil bis zum Kanzler- oder Präsidentschaftskandidaten schafften, auf die gleiche Stufe gestellt. Sogar das ehrenwerte New Yorker Time-Magazine zierte mit Landolts Antlitz seine Titelgeschichte über Europas Anführer der national orientierten Politsaurier im seine politischen Grenzen auflösenden Europa. Es war unvorstellbar, dass Landolt dereinst das höchste Amt des Staates bekleiden würde.
Marco Keller trifft sich mit ein paar Kolleginnen und Kollegen aus dem Rat in einem der kleinen Cafés in den Berner Gassen, unweit des Stadtberner Zytglogge-Turms. Im Fernseher über dem Buffet läuft auf einem ausländischen Sender eine Reportage über den Mord an Jean-Claude Lehmann, den man an einem derart geschichtsträchtigen Ort gefunden hatte. Der historische Hintergrund zum Morgarten-Denkmal wird in wenigen Tagen fast jedem Europäer bekannt sein, die Spekulationen zur Symbolik des brutalen Mordes treiben immer seltsamere Blüten. Eine dänische Zeitung vermutet sogar, dass die Mitglieder eines geheimen Rütli-Ordens den Präsidenten der Nationalbank rituell geopfert haben. In einer ungarischen Fernsehsendung wird die Schlacht am Morgarten nachgestellt, wobei Lehmann die Rolle eines Spions des österreichischen Herrscherhauses zukommt.

„Drei Tage vor dem 100-jährigen Geburtstag der Schweizer Notenbank wird ihr Präsident, Jean-Claude Lehmann, mit flüssigem Gold erstickt beim berühmtesten Denkmal der Schweizer Geschichte aufgefunden. Auf einem Zettel steht nur das Wort ‚Verräter'. Ich komme mir vor wie in einem drittklassigen Krimi! Sind wir denn eine afrikanische Bananenrepublik geworden?!“, ereifert sich Bärtschi, der Fraktionschef einer christlich-fundamentalistischen Splitterpartei im Bundeshaus, der sich Keller und den anderen angeschlossen hat, obwohl er sonst ausnahmslos nur mit seinesgleichen zusammensitzt. Erst vor wenigen Monaten hatte er einen grossen Fernsehauftritt, weil er bei einer parlamentarischen Debatte behauptete, dass man Schwule heilen, auf den rechten Weg zurückbringen könne. Seine Leute seien wie immer ins „Le Berne“ gegangen und dort wolle sich Bärtschi nun wirklich nicht blicken lassen. Um

den Bärenplatz und beim Bundesplatz tummeln sich die Journalisten zu Dutzenden.
„Sogar ein TV-Team aus Venezuela und eines aus Kambodscha sind vor Ort“, erzählt Pacher.
„Vielleicht hast du mit deiner Interpellation schlafende Hunde geweckt, Nationalrat Keller?“, meint Bärtschi provokativ.
Marco Keller hat nicht richtig zugehört, sondern auf seinem Handy herumgedrückt. Anastasija hat ihm eine SMS geschickt, sie sei allein vom Flughafen nach Hause gefahren. Am Zürcher Airport wimmle es von angereisten Reportern und Fernsehteams und Peter habe wahrscheinlich seine Maschine verpasst. Er sei jedenfalls nicht an Bord gewesen. In Südafrika habe es Streiks gegeben. Er schreibt zurück, dass hier in Bern ebenfalls der Teufel los sei und er momentan gar nicht wisse, wie es weitergeht. Die Fraktionschefin halte sogar einen Abbruch der Session für möglich. Darüber hatte man schon nachgedacht, nachdem Bundespräsident Landolt ermordet gefunden wurde, aber das Ende der Staatstrauer fiel genau auf den ersten Sessionstag der letzten Woche und so beschloss man „business as usual“ fortzufahren, als ob nicht viel passiert wäre, typisch schweizerisch halt.
„Wen habe ich geweckt, Bärtschi?“, erkundigt sich Keller.
„Die Antwort der Regierung hat ja eher noch mehr Fragen aufgeworfen, als du gestellt hast, Marco“, stellt Bärtschi klar.
Keller tippt seine SMS an Anastasija fertig ein und schickt sie ab. Tatsächlich hat Marco Keller vor einigen Wochen eine Interpellation, also Fragen an die Landesregierung, eingereicht, die sich kritisch mit der Schweizer Nationalbank, der in den letzten zehn Jahren horrend gestiegenen Staatsverschuldung und dem Währungssystem als Ganzem auseinandergesetzt hat. Einige nationale Zeitungen hatten den Vorstoss dankbar aufgenommen und im Vorfeld darüber berichtet, was für eine gewöhnliche Interpellation eher ungewöhnlich war. Selbst in der Fernsehsendung „Rundblick“ hatte Keller einen kurzen Auftritt, wurde dann aber doch vor allem wieder nach seinem Vorfahren Gottfried Keller ausgefragt. Die Antwort des Finanzministers Bundesrat Binzegger war mündlich, vor allem kurz und bündig. Keller fühlte sich nicht ernst genommen und verlangte vom Präsidenten des Nationalrates das Wort am Rednerpult. Nach wenigen Sätzen war der Nationalratspräsident dermassen ungehalten, dass er Keller aufforderte, endlich

zum Thema zu sprechen. Keller war irritiert über die grundlose Belehrung, setzte sein Votum aber fort. Es war mucksmäuschenstill im Ratssaal, was sehr selten vorkommt. Normalerweise hält sich ein Grossteil des Parlaments in den Wandelhallen auf, flattiert der Presse, lässt sich von den Lobbyisten beraten, liest Zeitung oder trifft sich zu Kommissionssitzungen. Denn selbst die Berner Bundesparlamentarier sind keine Berufspolitiker. Die meisten gehen normalen Berufen nach oder haben ihren Lebensstandard so angesetzt, dass sie vom Mandatseinkommen leben können. Entsprechend stressig sind jeweils die Sessionen in der Hauptstadt. Viermal drei Wochen lang tagt das Parlament jährlich, um die Geschäfte des Staates zu beraten, Gesetze zu verabschieden, Verträge zu genehmigen, dem Bundesrat auf die Finger zu schauen. Neben der Arbeit im Parlament, in den Fraktionen und in den Kommissionen will man während der Zeit in Bern natürlich vor allem auch die Kontakte zu den Medien pflegen, möglicherweise einen Auftritt in den Tagesnachrichten, im „Rundblick" oder im „Politzirkus", einer national wichtigen, weil meinungsbildenden Diskussionssendung im Schweizer Fernsehen, wahrnehmen oder dies zumindest in die Wege leiten. Wer nicht im Fernsehen auftritt, der existiert nicht, wird möglicherweise nicht wieder gewählt. Die drei Wochen in Bern werden also immer optimal genutzt. So optimal, dass jede Parlamentarierin, jeder Parlamentarier einen Piepser auf sich trägt, damit man wenigstens rechtzeitig zu den Abstimmungen gerufen werden kann. Es ist jedes Mal wie in einem Hühnerstall, wenn die Ratsmitglieder von überall her in den Wandelhallen durch die Türen in den Nationalratssaal gesprungen kommen. Nach zwei, drei weiteren Minuten stellte ein Mitglied aus Kellers eigener Partei einen Ordnungsantrag, Nationalrat Keller müsse sein Votum abbrechen. Er spreche zu politisch unrelevanten Themen und Geldpolitik sei nicht Sache des Parlamentes, man habe die Gewaltentrennung zu respektieren. Keller verstand die Welt nicht mehr. Das Parlament stimmte ab. 92 Ratsmitglieder folgten dem Antrag, 92 waren dagegen und fanden, Keller solle weiterfahren. Die restlichen Parlamentsmitglieder, vorwiegend Angehörige der Liberalen, enthielten sich der Stimme. Sie wollten es sich mit keinem der beiden verscherzen, weder mit Keller noch mit Rudin, der den Antrag eingebracht hatte.

„Vielleicht hast du recht, Bärtschi“, sagt Pacher.
Keller winkt ab.
„Ach, Blödsinn!“
„Du wurdest gestern mit einer heissen Braut gesehen, Keller“, wechselt Bärtschi das Thema. Die Anwesenden erschrecken mehr über Bärtschis unchristliche Wortwahl als über die Frage selber. Schon mehrere Nationalratskolleginnen und -kollegen wollen Keller mit einer blonden, sehr attraktiven Frau gesehen haben. Manche hielten sie aufgrund ihrer mondänen Erscheinung für ein Callgirl eines exklusiven Escortservice. Keller wurde seit der Trennung von Franziska nur noch selten, eigentlich nie mit einer neuen Frau gesehen. Rudin soll sich bei einigen Kollegen erkundigt haben, bei welcher Agentur man sie wohl buchen könne. Ausgerechnet Rudin, der in jedem Interview seine Frau und seine Kinder erwähnt, um sich als Familienpolitiker zu positionieren.
„So? Und was willst du jetzt von mir hören, Bärtschi?“
„Man sagt, die Frau sei verheiratet.“
„So, sagt man das?“
„Du kennst Gottes Gebote, Nationalrat Keller, das sechste und das neunte?“
„Kennst du das achte, Bärtschi?“
Die Kollegen am Tisch lachen laut heraus. Das achte Gebot heisst, dass man kein falsches Zeugnis reden dürfe.
„Erstens bin ich auch privat ein Liberaler und zweitens solltest du dich besser um deine eigenen Schäfchen kümmern, Bärtschi“, beendet Keller das Gespräch und legt ihm das aufgeschlagene „Berner Tagesblatt“ vor die Nase. In einem grossen Artikel heisst es, dass sich die Damen des horizontalen Gewerbes während der Parlamentssessionen vermehrt auf die Region Bern konzentrierten, um den Herren aus Politik und Wirtschaft die einsamen Abende fern von zu Hause zu versüssen. Eine Dame aus dem Rotlichtmilieu brachte mit einer Buchveröffentlichung gar einen der Bundesräte in Bedrängnis. Obwohl sie keinen Namen nannte, schoss sich die öffentliche Meinung aus unerfindlichen Gründen auf den damaligen Bundesrat Tellenbach ein.
„So, meine Damen und Herren, ich mache einen Abgang. Ich habe noch ein paar Telefonate zu erledigen“, erklärt Keller, bezahlt die Runde, schnappt sich seine Aktentasche und verabschiedet sich auch von den anderen Gästen.

Keller ist kein Unbekannter in Bern. Als er vor fünf Jahren für den Kanton Zug das erste Mal in den Nationalrat gewählt worden war, machte seine Verwandtschaft mit Gottfried Keller schnell die Runde. Zahlreiche Interviews hoben den politischen Nobody über Nacht aus der grauen Masse der parlamentarischen Anzugträger. Marco Keller musste sich erst über die Geschichte und das Werk seines berühmten Ahnen schlau machen, damit es nicht zu peinlichen Situationen kommen konnte. Zwar wusste er, dass Gottfried Keller ein berühmter Schriftsteller war, aber er kannte weder seine Bücher noch sein politisches Wirken. Marco Keller war mit grossem Enthusiasmus nach Bern gegangen, der allerdings schnell verflogen ist. Die Arbeit eines Politikers empfand er bald oft als öde und zermürbend. Das Abarbeiten von Traktandenlisten langweilte ihn schnell, das Desavouieren des politischen Gegners fand er reine Zeitverschwendung und seine visionär-philosophischen Ansichten, die er in Voten und Zeitungskolumnen zum Besten gab, zogen zeitweise gar den Zorn der eigenen Partei auf sich. Er hält es in den vorgegebenen Leitplanken kaum aus und kann nicht verstehen, wie seine Partei, die FDP, zunehmend das eigene Staatsgebilde demontiert, sich immer auf Sachzwänge, die Globalisierung und eine vermeintlich ökonomische Logik berufend. Als die Swissair den Offenbarungseid leistete und schliesslich von der deutschen Lufthansa übernommen wurde, hat ihm das fast das Herz gebrochen, vielen Landsleuten das Selbstbewusstsein genommen. Dass die Chefs der damaligen Swissair vor Gericht auch noch freigesprochen wurden, die Richter meinten, das Volk habe mit seinem Abstimmungsverhalten das Unternehmen in eine schwierige Situation mit der Euro-Union gebracht, passt zu den fatalen Entwicklungen in der Schweiz. Immer mehr wird die Wirtschaft des Landes zu einem Selbstbedienungsladen für räuberische, verantwortungslose Manager und ausländische Kapitalgesellschaften, während die kapitalschwachen KMU- und Jungunternehmer wie ihre Angestellten nur überleben, wenn sie Arbeit haben. Dem Tauschen von Geld an der Börse wird inzwischen offen der höhere Stellenwert zugemessen als der Schaffung von echten Werten oder auch dem Aufziehen von Kindern. Wenn die Tagesschausprecherin „Und nun zur Wirtschaft" ankündigt, sind keine arbeitenden Menschen zu sehen, sondern die abstrakten Börsenkurse der 30 grössten kotierten Unternehmen des Landes.

Erfolgreiche Börsenhändler stehen auf der Skala der sozialen Statusleiter weit oben, mehrfache Mütter mitleidig belächelt weit unten. Man hat den Eindruck, dass es so beabsichtigt ist. Wer arbeitet, kann nicht erwerben, wer erwirbt, arbeitet nicht. Die moralisch fragwürdige Reichtumsmehrung wird gesetzlich legitimiert, so genannte Sozialschmarotzer, wirtschaftlich Schwache und Ausgegrenzte mit der zunehmenden Härte des Rechtsstaates verfolgt. Enorme Einkommensgefälle strapazieren den sozialen Frieden des Landes und die ewigen Tiraden europäischer Staatsmänner gegen den politischen Alleingang der Schweiz weichen das Selbstbewusstsein der eigensinnigen Eidgenossen immer mehr auf. Wie in Friedrich Dürrenmatts Theaterstück „Der Besuch der alten Dame“ vergiftet die Auseinandersetzung um oder die Aussicht auf Geld das soziale Gefüge, bringt Vergrabenes an die Oberfläche, treibt die niederen, vermeintlich kultivierten Instinkte vor sich her.
Keller geht unerkannt über den Bundesplatz, sieht den einen oder anderen Ratskollegen von Journalisten belagert. Es sind vor allem die Hinterbänkler, die sich nicht dafür zu schade sind, jede noch so dumme Frage zu kommentieren. Die Parteigranden haben sich längst diskret in ihre „geheimen“ Verstecke zurückgezogen. Der Himmel ist nach wie vor von Wolken verhangen und Petrus schickt den Nieselregen immer wieder auf die Bühne zurück, als würde er das begeisterte Klatschen der Beregneten hören. Keller denkt an Anastasija. Und immer, wenn er das tut, zaubert sich ein glückliches Grinsen auf sein Gesicht, das ihn fast ein bisschen dümmlich aussehen lässt.

Sie war mit ihrem Mann Peter Berger bei einem Empfang in der russischen Botschaft in Bern, zu dem auch Keller als Mitglied der Kommission für Aussenhandel eingeladen war. Die russisch-schweizerischen Wirtschaftsbeziehungen haben seit dem Zusammenbruch des Kommunismus mit jedem Jahr an Wichtigkeit und Komplexität zugenommen. Selbst Staatspräsident Wladimir Putin war auf dem Empfang zugegen. Die Medien haben aber erst zwei Tage später davon erfahren. Keller war die fröhlich und offen wirkende Russin mit dem Zobelkragen am hellen Mantel sofort aufgefallen. Aber das ging nicht nur ihm so. Manchem der anwesenden Männer war die Eifersucht auf Peter Berger richtig anzusehen, vielleicht auch ihm, Marco Keller. Während er mit dem ungarischen Handelsatta-

ché und einem Vertreter des Staatssekretariats für Wirtschaft zusammenstand – die beiden unterhielten sich angeregt über Putins generöse Art, die so gar nicht zu seiner erpresserischen Energiepolitik passt –, beobachtete er das Ehepaar Berger pausenlos. Er fand es seltsam, wie Berger kaum auf die Zuneigungsbekenntnisse seiner Frau reagierte. Wie konnte der bloss so gelassen und cool auf ihre Berührungen, ihre spielerischen Flirts und die hingehauchten Küsse reagieren, wenn sie neben ihm stand. Als sie alleine am Buffet war und innert Kürze das dritte weisse Schokolade-Truffe in den Mund schob, fasste er all seinen Mut zusammen und sprach sie an.
„Sie scheinen auf Liebesentzug zu sein", sagte er und entschuldigte sich im selben Moment für diese eigentliche Unverschämtheit. Sie strahlte ihn unvermittelt an.
„Sie gehen aber ganz schön ran?", entgegnete sie und lachte dazu wie ein sich hässlich fühlendes Mädchen, das endlich zum Tanzen aufgefordert wird.
„Wieso denken Sie, dass ich auf Liebesentzug bin, Herr ...?"
„Keller, mein Name ist Marco Keller."
Sie schnappte sich ein viertes Truffe von der schön angerichteten Pralinenplatte auf dem Dessertbuffet.
„Also, wie kommen Sie darauf, Herr Keller?"
„Heisshunger auf Schokolade ist ein untrügliches Zeichen, Frau Berger."
„Sie wissen, wer ich bin?"
„Ich denke, es wissen die meisten hier im Saal, wer Sie sind. Peter Berger ist ein erfolgreicher Geschäftsmann. Dass er auch noch ein erfolgreicher Ehemann ist, das war uns neu."
Anastasija Berger nippte an ihrem Glas und fixierte Keller mit ihren hellblauen Katzenaugen. Keller verlor sich beinahe in ihnen.
„Sie haben Recht, Herr Keller."
„Womit?"
„Mit dem Liebesentzug."
Keller verschluckte sich fast am Weisswein, mit dem er sich den ausgetrockneten Mund benetzen wollte.
„Rufen Sie mich an, wenn Sie Zeit haben", beendete sie die Konversation, steckte ihm beim Händeschütteln unauffällig eine von Hand beschriftete Karte zu und ging zu ihrem Mann zurück.
„Verbrennen Sie sich nicht die Finger. Schweizer Gemütlichkeit

und russisches Feuer vertragen sich schlecht", flüsterte eine Männerstimme von hinten. Keller drehte sich um. Wladimir Putins kalte Augen sahen ihn an, während er zielsicher nach einem Canapé mit Kaviar griff und es ohne lange zu kauen hinunterschluckte. Putins exzellente Deutschkenntnisse sind bekannt. Keller brachte keinen Ton heraus.
Drei Tage später hatten sie sich in Zug getroffen. Keller hatte sie angerufen, mit ihr etwas über den Empfang in der Botschaft geplaudert und sich dann verabredet.
„Das ist der berühmte Landsgemeindeplatz, Zugs Laufsteg der Eitelkeiten", beendete Keller die Führung durch Zugs Altstadt. Die Sonne schien noch immer kräftig vom Himmel, obwohl es schon später Nachmittag war, als Keller ihr den Stuhl beim Café Ritz zurechtschob, damit sie sich bequem setzen konnte. Sie bestellte einen Latte Macchiato, er einen Wodka Tonic. Nicht weil er ihn mochte, sondern eher um die russische Seele in sich zu entzünden. Das Herz stand längst in Flammen.
„Mir ist das Ganze etwas unangenehm, Herr Keller."
„Ich heisse Marco."
„Anastasija Berger, geborene Petrashova", sagte sie mit dünner Stimme. Sie trug eine enge Jeans, eine weisse Bluse und darüber einen violettfarbenen Blazer.
„Was ist dir unangenehm, Anastasija?"
„Ich war am Empfang wohl etwas beschwipst, als ich einfach auf deinen Annäherungsversuch eingegangen bin."
„Bereust du es?"
„Das nicht. Aber was denkst du von mir? Ich weiss inzwischen, was man von russischen Frauen in der Schweiz denkt."
„Na ja, etwas perplex war ich schon."
Die Serviererin brachte die Getränke. Keller winkte einem vorübergehenden Bekannten.
„Du scheinst hier alle zu kennen."
„Der Kanton Zug ist ein kleiner Kanton. Wenn man einer Zunft, einem Rotaryclub und einem Sportverein angehört, dann kennt man bald jede und jeden", erklärte Keller locker.
„Und wer war das eben?", fragt sie interessiert.
„Das ist der Stapi und amtierende Narrenvater von Baar."
„Stapi und Narrenvater?"
„Entschuldige, mit Stapi meint man hier den Stadtpräsidenten."
„Und mit dem Narrenvater?"

„Den obersten Fasnächtler … oder vielleicht etwas wie einen Karnevalsprinzen."
„Und das ist ein Politiker?", fragte sie weiter.
„Ja, der Anführer der Narren ist meistens ein Politiker", antwortete Keller, die Wortspielerei erst jetzt realisierend.
„Putin als Karnevalsprinz … das kann ich mir gar nicht vorstellen", meinte Anastasija lachend.
„Wir sind vom Thema abgekommen, Anastasija."
Sie rückte sich im Stuhl zurecht, als müsse sie eine Rede vor illustrem Publikum halten.
„Ich mag meinen Mann sehr, aber er hat ein Problem mit Frauen", setzte sie das begonnene Gespräch fort.
„Dieses Problem möchte ich auch haben", scherzte Keller und entfernte mit der Serviette flink und ohne Vorwarnung Anastasijas Schaumschnauz von ihrer Oberlippe. Er entschuldigte sich umgehend dafür.
„Und das ist mein Problem hier in der Schweiz", sagte sie leicht aufgedreht.
„Der Schaum im Latte Macchiato?"
„Nein, dass die Schweizer Männer sich offenbar ständig entschuldigen, wenn sie sich mal getrauen, etwas frecher zu sein."
„Du bist immerhin eine verheiratete Frau, Anastasija."
Anastasija erzählte Marco Keller die ganze Geschichte. Wie sie ihren Mann kennen und lieben gelernt hatte, wie er sie auf Händen trug, verwöhnte und umworben hatte, die Ernüchterung in der Schweiz, als er ihr gestand, dass er auf Männer stehe, sein gesellschaftliches und geschäftliches Fortkommen aber unbedingt eine Ehefrau erforderte, die gewisse Attribute mit sich brachte. Er sei zuvor so oft gescheitert, dass er glaubte, sie nur mit einer Lüge ködern zu können, zumindest mit einer Täuschung an sich binden musste. Er erzählte so viel von sich, interessierte sich für alles, was mit ihr zu tun hatte, und wollte immer auch mit ihren Eltern sprechen, wenn er anrief, obwohl sie kaum ein Wort Englisch verstanden. Sie hatte sich so in ihn verliebt, dass ihre Welt vollkommen aus den Fugen geriet. Sie führe zwar ein beneidenswert freies Leben, liebe ihren Peter immer noch, wenn auch auf eine rein platonische Art und Weise, und habe sich nun mit ihrem Ehemann arrangiert. Nach der Hochzeit dachte sie lange, dass sie ihn doch noch „ändern" könnte. Wie naiv sie war. Inzwischen sei ein halbes Jahr ver-

gangen und Peter habe von Anfang an gesagt, dass sie sich einen Liebhaber zulegen dürfe, solange es geheim bliebe und ihm keinen gesellschaftlichen Nachteil verursache.
„Aber als Frau hat man es hier in der Schweiz gar nicht so leicht. Entweder bekommen die Männer Angst, sie lassen die Finger prinzipiell von einer verheirateten Frau oder sie stehen auf Männer“, spielte sie kokett die Verzweifelte. Keller wusste nicht, ob er lachen oder betroffen sein sollte. Seither treffen sie sich in Zug, Bern oder für ein paar gemeinsame Tage in Rom, Paris oder Heidelberg.

KAPITEL 8

„Wer etwas verstehen will, muss den Sinn, aus dem es hervorgegangen ist, selbst in seiner Brust tragen."

Jeremias Gotthelf, Pfarrer und Schriftsteller, 1797–1854

Mont Pèlerin bei Montreux am Genfersee, 1947

„Möchten Sie noch etwas Kaffee, Professor von Hayek?", fragt der Kellner den allein im Frühstückssaal sitzenden Herrn.
„Ja, wenn er wirklich heiss ist, gerne", antwortet der schmächtige Herr um die Fünfzig, ohne aufzublicken. Er ist damit beschäftigt Notizen zu machen.
„Sie sind früh auf den Beinen. Ich habe gesehen, dass Sie bereits spazieren waren", bemerkt der Kellner, während er die Tasse auffüllt.
„Die Aussicht auf den Genfersee und die Berge ist fantastisch, vor allem morgens. Ich bin auch zu Hause kein Langschläfer", erklärt von Hayek gutgelaunt.
„Oh, Verzeihung, das wollte ich nicht."
Etwas verstört will der Kellner die Kaffeetropfen entfernen, die er auf dem auf dem Tisch liegenden Manuskript hinterlassen hat.
„Das macht doch nichts. Es ist nur eine Notiz. Sie muss ohnehin noch ins Reine geschrieben werden."
Der Kellner lässt sich nicht beirren und tupft mit einer Serviette die dunklen Tropfen vom Titelblatt.
„Entnationalisierung des Geldes", liest er von dem Papier ab.
Von Hayek greift nach dem Stapel Papier, legt ihn auf die andere Seite des Tisches und wirft dabei fast die Kaffeetasse aus dem Unterteller.
„Ich sagte doch, es macht nichts!", empört er sich energisch.
„Freddy, bist du schon wieder in Fahrt?", hallt eine sonore Stimme durch den Saal und der dazugehörige grosse, ältere Mann mit der Vollglatze und einem Dreitagebart stapft wie ein Mammut auf den Tisch zu.

„Das war wieder eine schwierige Diskussion gestern Abend, was, Friedrich."
„Alles andere hätte mich gewundert, Milton", entgegnet von Hayek wieder vollkommen gefasst und schlägt dem Frühstücksei den Deckel weg.
„Ich habe mir die ganze Nacht darüber Gedanken gemacht, Milton. Wenn wir Erfolg haben wollen, dann müssen wir die Keynesianer als Sozialisten diskreditieren und unseren Entwurf für eine künftige liberale Finanz- und Wirtschaftspolitik der Welt als einzige Wahrheit präsentieren … über die Bildungsinstitute, die Medien und vor allem die Wissenschaft."
Der bärenhaft wirkende Zuhörer nippt am Tee, den er sich eingeschenkt hat, und sagt, dass das nicht in 20 und 30 Jahren zu schaffen sei.
„Wirtschaftswissenschaft ist nichts anderes als Ideologie. Es gibt falsche und es gibt weniger falsche. Wenn wir es schaffen, die Geldpolitik des nationalsozialistischen Deutschland als eine keynesianische hinzustellen, dann wird man uns zuhören müssen. Und dann brauchen wir endlich auch einen ‚Nobelpreis' für Wirtschaftswissenschaften", erklärt von Hayek, während er Salz in sein geköpftes Drei-Minuten-Ei streut.
„Alfred Nobel wollte nicht mal einen für Mathematik stiften. Und die Wirtschaftswissenschaften nannte er Hokuspokus, Scharlatanerie."
Von Hayek nickt wissend.
„Du hast schon Recht, Milton. Das ist tatsächlich eine Aufgabe, die nicht in 20, aber vielleicht in 30 Jahren zu schaffen ist. Wir müssen weltweit Denkfabriken, ‚Think tanks' einrichten, aus denen unsere Vorstellungen in die Welt hinausgetragen werden … an die Schulen, in die Politik, in die wissenschaftlichen Magazine", versucht von Hayek seinen Frühstückspartner zu überzeugen.
„Selbst wenn wir das irgendwann schaffen, dann gibt es da immer noch ein positives Gegenbeispiel, warum es doch funktioniert, wenn der Staat die Geldpolitik selber macht … kontrolliert."
„Die Schweiz, ich weiss", entgegnet von Hayek kleinlaut.
Er klaubt den letzten Rest geronnenen Eiweisses aus der Eierschale.
„Es gibt verschiedene Möglichkeiten, die Schweiz auf Kurs zu bringen."

„Und welche?“, fragt der Herr mit Glatze.
„Die politischen Parteien müssen von unseren Schülern unterwandert werden, die Schweiz wird selber ein Zentrum des neoliberalen Denkens oder sie entwickelt sich am besten zum grossen Vermögensverwalter der Welt und es bleibt ihr nichts anderes übrig, als am unerschütterlichen Glauben an das Geld festzuhalten, sich daran zu beteiligen, wenn sie nicht untergehen will“, doziert von Hayek, als wäre er im Hörsaal seiner Universität.
„Am besten sorgen wir dafür, dass gleich alles umgesetzt wird. Die Schweizer sind ein misstrauisches, stolzes und stures Völkchen. Da muss schweres Geschütz aufgefahren werden.“
„Ich habe einen Namen für unsere Gruppe!“, ruft ein schlaksiger, nachlässig gekleideter Herr mit englischem Akzent in den Saal. Mit zügigen Schritten kommt er auf die beiden Frühstückenden zu.
„Die Mont Pèlerin Society!“
Der Herr mit Glatze grinst spontan zustimmend.
Von Hayek zeigt zunächst keine Reaktion, nickt dann aber doch leicht mit dem Kopf auf und ab.
„Ja, ... ja, das klingt irgendwie unverfänglich, irgendwie neutral. Es wirkt elegant, elitär und wissenschaftlich. Ich bin einverstanden, werter Frank Knight“, bekennt von Hayek.
„Die Kontrolle erlangen, ohne dafür Krieg führen zu müssen. Das nenne ich wahre Evolution“, äussert sich Knight pathetisch und klopft so kräftig auf den Tisch, dass das Geschirr scheppert.
„Knight, Sie sind ein Trampel!“, schimpft von Hayek kühl.
„Und Sie sind ein Teufel, Professor Friedrich August von Hayek. Dabei sehen Sie aus wie der nette Herr von nebenan“, sagt Knight laut und ohne Rücksicht auf den anwesenden Kellner, der frischen Kaffee, gekochte Eier, geschnittenen Schinken und verschiedene Brötchen an den Tisch bringt.
„Mein Herr, dieser kleine Mann mit Fliege wird in die Wirtschaftsgeschichte eingehen. Seine Ideen werden die Welt revolutionieren.“
Der Kellner nickt freundlich, konzentriert sich aber vor allem darauf, nicht wieder Kaffee oder Milch auf irgendwelche Manuskripte zu schütten.
„Erst wenn wir den Regierungen die Macht über das Geld entzogen haben, werden sich weltweit gute soziale Verhältnisse

etablieren“, rechtfertigt von Hayek seine wirtschaftswissenschaftliche These.
„Gibt es in diesem Hotel eigentlich keine Frauen?“, erkundigt sich Knight beim Kellner.
„Ich kann Ihnen die Chefin holen“, empfiehlt der.
„Lassen Sie mal, guter Mann. So schlimm ist es nicht. Wir werden in Zukunft aber öfter hier sein und dann möchte ich nicht wochenlang nur Männer zu Gesicht bekommen.“
„Wann legen wir los?“, fragt der Mann mit Glatze, der in Chicago ein angesehener Professor für Finanzfragen ist.
„Nach dem Frühstück!“, sagt von Hayek.

KAPITEL 9

„Willst du die Wahrheit sagen,
musst du sie in ein Märchen kleiden.“

Karl May, Schriftsteller, 1742–1804

„Es war nicht leicht, Sie zu finden, Herr Bürgi“, begrüsst Franziska Fischer den älteren Herrn und reicht ihm ihre schmale Hand mit den auffällig kunstvoll bemalten Fingernägeln.
„So ist es auch beabsichtigt, Frau Fischer“, entgegnet er ungekünstelt, schüttelt ihre Hand und bittet sie, doch Platz zu nehmen.
„Hätten Sie bei meiner Schwester keinen guten Eindruck hinterlassen, würde dieses Treffen auch nicht stattfinden. Und ausserdem seien Sie überaus hartnäckig gewesen.“
Franziska Fischer setzt sich in den mit mehreren Kissen belegten Korbsessel auf der überdachten Veranda der kleinen Villa. Von der Veranda bis zum Wasser des Lago di Lugano sind es vielleicht acht, höchstens zehn Meter Wiese. Es hat nur zwei kleine Blumenrabatten und ein paar Bäume, auch Palmen. Die Statue, es könnte Neptun sein, ist mit gelbgrünlichem Moos überwuchert. Das Wasser des Sees ist leicht in Aufregung. Nur wenige Boote sind draussen. Trotz schlechter Sicht kann man den gegenüberliegenden Ausflugsberg San Salvatore, Lugano, vor allem den Stadtteil Paradiso und den Damm von Melide sehen, ebenso das Casino von Campione, eine italienische Enklave auf Schweizer Territorium.
„Ist Ihnen kalt, Frau Fischer?“
„Na ja, wirklich angenehm ist es nicht, Herr Bürgi.“
Bürgi reicht ihr eine seiner Decken, mit denen er sich bis unter die Arme umwickelt hat.
„Ich sitze jeden Tag hier draussen und sehe auf den See. Er ist jeden Tag anders und es kommt mir vor, als gäbe er sich alle Mühe, um mich nicht zu langweilen … damit ich ihm am nächsten Tag wieder zusehe.“

„Sie wissen, weshalb ich hier bin, Herr Bürgi?“, fragt Fischer ein wenig verunsichert.
„Sie wollen mit mir über Christian Landolt sprechen“, antwortet er leise, aber bestimmt.
„Sie waren miteinander befreundet.“
„Das ist lange, sehr lange her. Ich hatte seit Jahrzehnten nicht mehr mit ihm gesprochen und seit Jahren nicht mehr über ihn. Möchten Sie einen Tee, Frau Fischer? Es ist weisser Tee aus Nordchina. Er hat mich ein Vermögen gekostet, ist es aber zweifellos wert.“
Ohne die Antwort abzuwarten, richtet er sich auf, um ihr die bereitgestellte Tasse zu füllen.
„Ich hoffe, Sie mögen ihn. Ansonsten hätten Sie Pech gehabt. Ich habe momentan keinen anderen im Haus.“
Franziska Fischer kann sich ein Schmunzeln nicht verkneifen.
„Den Zucker müssen Sie selber nehmen. Ich tue meistens zu viel rein. Und eigentlich sollte man ihn sowieso ohne trinken“, erklärt er nüchtern und wickelt sich wieder in die Decken ein.
Bürgi ist ein schlanker, mittelgrosser Mann mit in tiefen Höhlen liegenden Augen. Er wirkt sehr alt, obwohl er laut Fischers Recherchen noch keine 70 Jahre alt sein kann. Das schlohweisse Haar scheint seit langer Zeit nicht mehr geschnitten worden zu sein. Nur seine Kleidung gibt ihm ein gepflegtes Aussehen. Unter einer dunklen Hausjacke aus Kaschmir trägt er ein hellblaues Hemd mit italienischem Kragen und eine Krawatte aus matt glänzender Seide. Vielleicht hat er sich auch nur für ihren Besuch etwas herausgeputzt, denkt Franziska Fischer.
„Was ging Ihnen durch den Kopf, als die Nachrichten über seinen Tod berichtet haben?“
In Bürgis Gesicht zeigt sich keinerlei Regung, aber er scheint etwas schwerer zu atmen, seit sie ihm die Frage gestellt hat.
„Im Grunde ist er ein Leben lang benutzt worden, ohne es zu merken“, sagt er schliesslich.
„Christian Landolt wurde benutzt? Man hatte eher das Gefühl, dass er alle anderen manipuliert hat.“
„Ich sagte ja, dass er es selber nicht gemerkt hat.“
Franziska Fischer zückt ihr Notizbuch und einen dicken Füllfederhalter. Sie liebt es, mit ihm zu schreiben.
„Kennen Sie Napoleon Bonapartes Geschichte hinter der Geschichte, Frau Fischer?“
„Napoleon Bonapartes Geschichte?“

„Der französische Kaiser!“, erläutert Bürgi zur Verdeutlichung.
„Herr Bürgi, ich weiss, wer Bonaparte ist.“
„Natürlich. Also, kennen Sie sie nun?“
„Nun ja, halt das, was man so in der Schule und vom Fernsehen her mitgekriegt hat.“
„Natürlich, und das ist eben selten das Wesentliche“, meint Bürgi mit geheimnisvollem Unterton.
„Bonaparte selber soll einmal gesagt haben, Geschichte ist die Lüge, auf die sich die Sieger geeinigt haben.“
„Herr Bürgi, leider verstehe ich überhaupt nicht, was Sie mir sagen wollen. Was hat das alles mit Christian Landolt und Ihnen zu tun?“, wird Fischer etwas ungeduldig. Sie befürchtet, dass Bürgi kein guter Informant und Gesprächspartner sein wird. Ob er vielleicht an Demenz leidet? Nein, dann hätte seine Schwester ihr das bestimmt gesagt, sie vorgewarnt. Bürgi lächelt und streicht sein im Wind flatterndes Haar aus dem schmalen Gesicht.
„Ja, das sind die Journalisten von heute. Sie kennen die Zusammenhänge nicht mehr, recherchieren ein bisschen im Internet und belästigen die Welt mit sinnlosen, dümmlichen Nachrichten über Banales, Unwichtiges, Nichtsnutziges.“
Franziska Fischer richtet sich innerlich auf einen langen, sehr langen Nachmittag ein.
„Erzählen Sie mir Bonapartes Geschichte, Herr Bürgi“, fordert sie ihn mit dem milden Ton auf, den verständnisvolle, geduldige Pflegerinnen in Altersheimen bei ihren wieder Kind gewordenen Klienten an den Tag legen. Auf dem See zieht eines der Ausflugsschiffe vorbei, die die Touristen aus der ganzen Welt über das Wasser führen, zurück nach Lugano. Bürgi scheint lange auf dieses Gespräch gewartet zu haben. Seine Sätze klingen jetzt plötzlich und überraschend wie gedruckt. Die französischen Aristokraten und der Klerus haben den ungefähren Zeitpunkt, an dem das Volk sich gegen die Ausbeutung wehren würde, Jahre im Voraus gekannt und konnten sich entsprechend vorbereiten, erzählt Bürgi mit lang gezogenen Sätzen, als wäre jedes einzelne Wort von grösster Bedeutung, um die Zusammenhänge verstehen zu können. Die unabwendbare, erwartete Revolution musste mit einem Mann aus den eigenen Reihen an der Spitze durchgeführt werden.

„Die Menschen glauben, wenn sie Politiker abwählen und ersetzen können, dann sei das Demokratie und deswegen machen sie sich auch keine Gedanken über das System selber", flechtet er ein.
Aber einzig das System müsse über die Jahrhunderte am Leben erhalten werden, um den Feudalherren jeder Epoche, jeder neuen Gesellschaftsordnung das schöne und arbeitsfreie Leben in Wohlstand und ohne Existenzängste zu ermöglichen, während das Volk, das wir heute den Mittelstand nennen, all die wichtigen und vielleicht weniger wichtigen Dinge und Leistungen produziert, unter immer schwierigeren Bedingungen, meint Bürgi. Der aus ärmlichen Verhältnissen stammende Korse Napoleone Buenaparte verfügte über die nötigen Charaktereigenschaften, um diese Revolution in guter Absicht, aber ahnungslos, für die Obrigkeit durchzuführen. Er war klug, charismatisch, ehrgeizig, jung und von einer unerschöpflichen Energie. An der Militärschule konnten sein soziales Verhalten, seine Loyalität gegenüber jeder Obrigkeit hervorragend studiert werden. Als man sicher war, den richtigen Mann gefunden zu haben, förderte man den Erben und künftigen Anführer der berühmtesten Revolution der Weltgeschichte für Freiheit, Gleichheit und Brüderlichkeit. Seine frühen schulischen und späteren militärischen Erfolge sowie die vermeintlich selbst überwundenen Niederlagen steigerten sein Selbstbewusstsein und seine eigene Täuschung ins Unermessliche. Spätestens als er erster Konsul Frankreichs war, muss er sich unsterblich und unbesiegbar gefühlt haben. Napoleon Bonaparte war ein einfacher Mann, ein erklärter Bewunderer des korsischen Freiheitskämpfers Pascal Paoli und seiner republikanischen Ideen. Das französische Volk vertraute ihm sein Schicksal an und ergab sich damit der gleichen Täuschung wie ihr von den Wissenden benutzter Nationalheld.

„Bonaparte war Kaiser der Franzosen und hat als Feldherr ganz Europa überrannt. Wer sollte da über ihm stehen?", fragt Franziska Fischer, inzwischen von Bürgis Erzählung gefesselt. Dieser fährt ohne darauf einzugehen fort: „Der Hoffungsträger des Volkes, der Erbe und Vollender der französischen Revolution war aber auch ihr Zerstörer. Bonaparte krönte sich selber zum Kaiser, obwohl der Papst eigens von ihm dafür nach Paris befohlen wurde. Bonaparte sah sich und nicht diesen bunt be-

kleideten römischen Kostümballprinzen als Stellvertreter des Herrn auf Erden. Er glaubte, er könne selbst während des Winters Zar Alexanders Moskau überrennen und Russland seinem Reich einverleiben. Als er aber gedemütigt aus dem Osten nach Paris zurückkehrte, hatte er den Grossteil seiner Armee verloren. Über eine halbe Million Soldaten starben einen schrecklichen, nutzlosen Tod."
Bürgi schnäuzt ausgiebig die Nase und steckt das Taschentuch wieder in seine Tasche zurück.
„Übrigens waren da auch mehrere Schweizer Bataillone dabei", bemerkt er ergänzend.
Der grosse Stratege fiel in eine evakuierte Hauptstadt ein, die lichterloh brannte und ohne Lebensmittelvorräte war, spricht er weiter. Seine erschöpfte Armee konnte sich nicht wie erwartet von den Plünderungen ernähren. Das war Bonapartes vorläufiges Ende. Bonaparte, der Zeit seines Lebens ein erklärter Anhänger der demokratischen Republik, ein Bewunderer von Jean-Jacques Rousseaus Staatstheorien war, hatte wieder ein monarchistisches, dynastisches Reich geschaffen. Er verachtete das dumme, auf Eigennutz bedachte Volk genauso wie die dekadenten Aristokraten und Fürsten, die an seinem Rockzipfel hingen, und stellte sich über alle und alles. Er hielt sich für unfehlbar, moralisch und für einen grossen Reformator.

„Tatsächlich ist sein Zivilgesetzbuch, der ‚Code Napoleon', in fast alle späteren, bürgerlichen Verfassungen eingeflossen, auch in jene der Schweiz, die bereits im Begriff war, sich in den heutigen Grenzen zu organisieren", erzählt Bürgi sichtlich erfreut, als würde er sich an etwas erinnern, das er selbst miterlebt hatte. Fischer war davon überzeugt, dass diesem Mann in den letzten Jahren nicht viele Menschen zugehört hatten.
Die wahren Strippenzieher hinter den Kulissen hätten mit Bonaparte ein Monster geschaffen, das sie nicht mehr unter Kontrolle hatten. Er hinterliess ein Europa, das nicht in ihrem Sinne war. Der Mohr hatte seine Schuldigkeit also noch nicht getan, und so holten sie ihn zurück aus dem Exil auf der Insel Elba, um ihn bei Waterloo noch einmal benutzen zu können. Weit und breit war kein Mann zu finden, der innert nützlicher Zeit für die Vollendung ihres Vorhabens aufgebaut werden konnte. Der Mythos Bonaparte war lebendiger denn je, führt Bürgi aus.

„Sie meinen damit, Landolt wäre sozusagen die schweizerische Version von Bonaparte gewesen?“, fragt Fischer irritiert.
„Natürlich! Das heisst, eigentlich war ursprünglich ich für diese Rolle vorgesehen.“
„Sie?“
Bürgi bekommt einen Hustenanfall. Fischer will ihm auf den Rücken klopfen. Er winkt ab.
„Heute finden Sie die Helden nicht mehr unter den Politikern, Militärs oder Intellektuellen, sondern in den Teppichetagen der grossen, globalisierten Firmen, der alles bestimmenden Wirtschaft. Anwälte, Bankiers und Manager geben den Ton an, diktieren den Lauf der Dinge, selbst die Gesetze. Über ihre Medien indoktrinieren sie den Politikern die Themen, ihre eigenen Meinungen, getarnt als jene des Volkes. Sie sind die Feldherren des täglich tobenden Weltkriegs der Wirtschaft und ihre milliardenschweren Brandings wie Nestlé, Philipp Morris, General Electric, Microsoft, Sony, Toyota, Halliburton, Bechtel und wie sie alle heissen, sind ihre Armeen. Deshalb tragen sie auch militärische Titel wie CEO, Chief Executive Officer, oberster Exekutionskommandeur oder so. Und abwählen kann diese das Volk auch nicht. Wir brauchen die Demokratie, um die Wirtschaft am Regieren zu hindern, beschwor der immer wieder verkannte Nietzsche. Die richtigen Heere, wie sie die über Jahrhunderte gebildeten Nationalstaaten haben, funktionieren nur noch als Vollstrecker wirtschaftlicher Interessen, manchmal sogar ganz offensichtlich, ohne diplomatisches und politisches Taktieren, Parlieren und Rechtfertigen. Sehen Sie sich das Debakel im Irak an. Gegen Bill Clinton lief ein teures Verfahren, weil er sich mit einer willigen Praktikantin vergnügte. Bush hat die ganze Welt angelogen, um einen privaten Krieg für seine Ölvögte zu führen. Was passierte? Nichts!“
Franziska Fischer hört beinahe regungslos zu. Er hat Recht. Was sollte sie dazu noch sagen? Einer ihrer Redaktionskollegen meinte einmal, er frage sich ernsthaft, wann Bush der UNO-Vollversammlung erklären werde, das Wasserschloss Schweiz wäre im Besitz von Massenvernichtungswaffen. Dann können seine Truppen bei uns einmarschieren, um der Schweiz die Demokratie zu bringen. Er wird sie nicht analog wie im Irak in die drei Sektoren Super, Bleifrei und Diesel einteilen, sondern nur in zwei – mit und ohne Kohlensäure.

„Mein Vater erbte die schon damals international erfolgreiche Kolin Group von seinem Vater, also meinem Grossvater, dem Gründer des Familienimperiums. Mein Grossvater bekam seine ersten Kredite noch durch Alfred Escher, einen Mitbegründer der ersten Schweizer Grossbank, der Schweizerischen Kreditanstalt, den Schweizer Eisenbahnkönig, den Bundesrat Emil Welti und sein Nachfolger, der CVP-Politiker Joseph Zemp mit Unterstützung der Sozialdemokraten schliesslich gestürzt haben, stürzen mussten. Eschers eigene Parteileute konnten das nicht tun, obwohl sie wussten, dass es unbedingt nötig war, wenn aus der Schweiz keine Monarchie werden sollte."
„Eine Monarchie?", stutzt Fischer.
„Natürlich keine königliche, aber doch eine Monarchie, eine Monarchie ‚Alfred Escher'. Seine wirtschaftliche Macht und sein politischer Gestaltungswille brachten das ‚System Escher' nahezu in allein beherrschende, nicht öffentlich kritisierbare Gefilde", präzisiert Bürgi mit nachdenklich gerunzelter Stirn. Er scheint es offenbar nicht zu schätzen, durch Fragen seiner Zuhörer unterbrochen zu werden. Franziska Fischer schlägt den Kragen ihrer Jacke hoch. Nun scheint er langsam auf den Punkt zu kommen. Ihre Notizen werden regelmässiger und ausführlicher.
„Weswegen waren Sie als Kind mit Christian Landolt befreundet?", fragt Fischer jetzt unumwunden.
Wieder beginnt Bürgi zu husten. Trotzdem klaubt er eine Zigarre aus seiner Kaschmirjacke, steckt sie zwischen die gelben Zähne und zündet sie an. Nach mehreren langen Zügen erzählt er, wie Christian Landolt als Schulkamerad sein bester Freund wurde und immer öfters bei ihnen zu Hause zu Mittag ass, übernachtete, selbst zu Familienausflügen mitgenommen wurde. Als Kind realisierte er natürlich kaum, dass diese zunehmende Nähe und Vertraulichkeit auf die Initiative seines Vaters geschah. Christian Landolt war das jüngste von acht Kindern einer armen, aber angesehenen Lehrerfamilie. Die waren froh, wenn das eine oder andere Kind gelegentlich bei einer befreundeten Familie essen konnte oder dort Kleider geschenkt bekam. Und Christian Landolt war schnell so etwas wie ein zweiter Sohn für die Industriellenfamilie Bürgi.
„Schliesslich finanzierte mein Vater Christian Landolt nicht nur eine Ausbildung, er nahm ihn sogar in seine Firma auf, als Lehrling."

„Er hat den Sohn des Dorflehrers seinem eigenen Sohn vorgezogen?“
„Natürlich!“, antwortet Bürgi kurz und pafft gelassen an seiner Zigarre, einer kubanischen „Montecristo“.
„Klar, ich war tief enttäuscht, als Christian Landolt nicht nur der Nachfolger meines Vaters in der Firma wurde, sondern er ihm quasi auch noch seinen Verwaltungsratssitz in der angesehenen Helvetik Kredit vererbte. Damit war Landolt über Nacht ein wichtiger und mächtiger Mann in der Oberliga der schweizerischen Eliten.“
Sie hat angespannt zugehört und muss aufpassen, dass sie ihn nicht anfährt, wenn ihr seine Pausen allzu lange erscheinen, er möge doch endlich weiter erzählen.
„Erst viele Jahre später realisierte ich, dass mich mein Vater schützen wollte. Ich war für die Aufgabe völlig ungeeignet.“
„Für welche Aufgabe?“
„Für die Bonaparte-Aufgabe.“

KAPITEL 10

„Nicht alles, was gezählt werden kann, zählt,
und nicht alles, was zählt, kann gezählt werden."

Albert Einstein, Physiker und Nobelpreisträger, 1879–1955

„Bringen Sie mir bitte noch ein Stück", bittet Keller die aparte Serviererin und blättert die Zeitung eine Seite weiter. Die spektakulären Morde an Landolt und Lehmann beanspruchen nach wie vor die ersten zwei bis sogar drei Seiten sämtlicher regionalen und nationalen Zeitungen. Natürlich hat sich Ähnliches in den vergangenen 160 Jahren innerhalb der schweizerischen Staatsgrenzen auch noch nie abgespielt. Wer sollte das den Redaktionsteams und Schreiberlingen also verübeln? Derartiges hörte man bisher aus osteuropäischen oder südamerikanischen Ländern, vielleicht noch aus den USA.
„Voilà, Monsieur Nationalrat. Ein zweites Stück Zuger Kirschtorte für unseren Mann in Bern", klingt es nah an Kellers Ohr. Marco Keller schaut auf. Walter Höhn steht mit durchgestrecktem Rücken in seiner weissen Konditormeisterbluse vor ihm, in der Hand einen Teller mit dem bestellten Stück Torte.
„Walter, lange nicht mehr gesehen. Setz dich doch", lädt Keller den Chef des Hauses ein und nimmt seine Mappe vom Stuhl. Höhn stellt den Teller mit einer eleganten Drehung vor Keller hin und zwängt sich anschliessend auf den angebotenen Platz. Höhn hat schon wieder zugenommen, denkt Keller.
„Du scheinst gut im Saft zu sein, Walter", schäkert er, wohl wissend, dass Höhn viel vertragen kann. Schliesslich teilt auch der gern viel aus, vor allem den Politikern.
„Wer hätte das vor einigen Monaten noch für möglich gehalten", gibt Höhn schwer atmend von sich.
„Ja, es ist alles irgendwie … als würde man jeden Moment erwachen und alles war nur ein Traum, ein Albtraum."
„Er war noch wenige Tage vorher hier im Laden. Höchstpersönlich habe ich ihm zur Wahl gratuliert. Dann hat er gleich

30 Kirschtorten für Parteifreunde bestellt", erzählt Höhn nicht ohne Stolz.
„Er war halt schon ein ganz besonderer Schlag Mensch, dieser Landolt. Welcher Politiker traut sich schon Tacheles zu reden wie er, ohne die Konsequenzen zu fürchten", schwärmt der Konditormeister.
„Na, na!", entgegnet Keller einsilbig.
„Ausser natürlich unser freisinniger Querschläger Marco Keller, das ist doch klar", meint Höhn versöhnlich.
„Und wie laufen die Geschäfte, Walter?"
„Eigentlich gut."
„Eigentlich gut heisst eigentlich schlecht."
„Na ja, die Zuger Kirschtorte ist halt Fluch und Segen der Zuger Konditoreien."
„Wieso das denn?"
„Daneben lässt sich fast kein zweites Leaderprodukt lancieren", meint Höhn fast ein wenig wehmütig.
„Vielleicht deine Mandel-Höhnli?"
Höhn lacht, winkt dann aber ab.
„Umsatzmässig kein Vergleich. Na ja, und die Kirschtorten sind halt auch sehr arbeitsintensiv, viel Handarbeit", erklärt Höhn.
„Auch ganz schön teuer!", meint Keller vorwurfsvoll.
„Und trotzdem viel zu billig! Die Wohnungsmieten meiner Mitarbeiter steigen schneller, als ich die Preise für die Torten anheben kann."
„Unser Kanton ist halt ein beliebtes Fleckchen", sagt Keller, während er die Zeitung zusammenlegt und in den Speisekartenhalter steckt. Er sticht mit der Gabel die Spitze des Tortenstücks ab und schiebt sich das viel zu grosse Teil in den Mund. Keller bekommt einen Hustenanfall ob dem Staubzucker, mit dem die Torten bepudert, bedeckt sind. Höhn versucht aufzustehen, um ihm auf die Schultern zu klopfen, scheitert aber an seinem markanten Bauch, der keinen Spielraum mehr lässt. Schliesslich erholt sich Keller wieder und leert das neben seinem Milchkaffee stehende Glas Mineralwasser.
„Die zweite schmeckt noch besser als die erste", lobt Keller, was Höhn zum Lachen bringt, nachdem sein von ihm persönlich bedienter Gast fast daran erstickt wäre.
„Es wird halt zu wenig gebaut, der Wohnungsmarkt ist ausgetrocknet und die Preise steigen … und trotzdem wird zu viel gebaut. Strassen, Wohnblöcke, riesige, Land verschlingende

Villen, Bürokomplexe … das ist doch nicht mehr gesund. Die ganze Lebensqualität geht verloren!“, ereifert sich Höhn.
„Von mir aus können sie den ganzen Kanton zubetonieren. Dann leide ich hoffentlich nicht mehr an diesem verfluchten Heuschnupfen“, gibt Keller eine Prise seines bekannt schwarzen Humors zum Besten.
„Dich möchte ich mal so reden hören, wenn du im Wahlkampf bist“, zieht ihn der Meister auf.
„Manche Kantone wären froh, wenn sie ein Wirtschaftswachstum hätten wie wir. Und mehr Bewohner bringen mehr Umsatz in Höhns Konditorei.“
„Und mehr Konkurrenz.“
„Wettbewerb belebt das Geschäft, mein lieber Walter“, sagt Keller mit der Ironie dessen, der es eigentlich besser weiss.
„Das können auch nur Politiker sagen, die noch nie ein Geschäft geführt haben. Das ist doch alles der reine Verdrängungskampf. Der Markt ist gesättigt. Es geht nur noch über die Preise.“
Keller reibt sich mit einer Papierserviette den Mund sauber.
„Ich weiss, Walter. Während ihr für eure Löhne und Gewinne hart arbeiten müsst …“
„… verdient sich mein Banker dumm und dämlich. Als Konditorei stehe ich beim Branchen-Rating an drittletzter Stelle. In zwei Jahren haben die mir deswegen schon viermal die Hypothekar- und Kontokorrentzinsen erhöht. Ich sei in einer Risikobranche, hat der pickelgesichtige Hochschulabgänger gesagt, den sie mir als neuen persönlichen Berater vor die Nase gesetzt haben … es essen nun mal nicht alle zwei Stück Torte pro Tag! Mal sehen, wie lange der bleibt … für den bin ich kein Partner mehr, sondern nur noch eine Rating-Position mit dem Rücken zur Wand.“
Keller ist sichtlich betroffen. Er weiss natürlich, wie sich das Gewerbe abstrampelt und trotz viel und schneller erledigter Arbeit finanziell kaum mehr auf einen grünen Zweig kommt.
„Siehst du den da hinten, mit dem Doppelkinn und den unappetitlichen Koteletten an den Schläfen?“, flüstert Höhn und zeigt diskret an die Bar.
„Das ist Bernhard Mohn.“
„Der Fonds-Guru?“, fragt Keller.
„Der bestellt jede Weihnacht 20 Kirschtorten für seine besten Kunden und ist sich jedesmal nicht dafür zu schade, mir Mengenrabatt von 20 bis 30% abzuringen.“

„Ein harter Verhandlungspartner, würde ich mal sagen."
Höhn meint, dass er so einen wohl eher als Parasiten bezeichnen würde. Mit diesen Fonds kauft er ganze Wohnsiedlungen zusammen und treibt damit die Mieten hoch, die die Mieter, also seine Mitarbeiter, mit der Produktion von Zuger Kirschtorten wieder verdienen müssen, bei denen Mohn dann wieder 20% Mengenrabatt haben will. Und das Beste sei, dass der gute Herr Mohn auch noch die Pensionskassengelder seines Berufsverbandes verwaltet. Da würden er und seine Mitarbeiter im Grunde nochmals in den Schwitzkasten genommen. Schliesslich zahlen die Arbeitnehmer- und Arbeitgeberbeiträge nicht wirklich die Arbeitnehmer und Arbeitgeber, sondern die Kunden, die schon jetzt die Nasen über ihre Preise rümpfen.
„Die Renditen kommen also schliesslich auch aus den Kirschtorten, die die Vermieter von Mohns Anlageobjekten aus den Mietern erwirtschaften müssen", krönt Höhn den bisherigen Gipfel seines Ökonomieunterrichts.
„Was ist das bloss für ein bescheuertes Wirtschaftssystem, Marco? Eine einzige Wachstumsspirale, bis es einen nach dem anderen irgendwann aus dem Hamsterrad wirft?!"
Höhn hat inzwischen einen roten Kopf bekommen und Mohn sich einmal kurz umgedreht, weil er wohl seinen Namen gehört hatte.
„Eigentlich müsste ich meine Leute entlassen und Billig-Polen einstellen, um konkurrenzfähig zu bleiben und meinen Banker zu beruhigen, der um seine Kredite fürchtet. Meine Familie ist seit drei Generationen auf diesem Platz und hat noch immer mit ehrlicher Arbeit Menschen beschäftigt, die es sich auch leisten können müssen, hier zu leben."
Marco Keller schweigt. Er hat keine Ahnung, was er sagen soll. Er erinnert sich an die Radiosendung von heute Morgen. Das Casino Real Zug sponsere zukünftig den regionalen Hockeyverein, die Helvetik Kredit das neue Eisstadion, das dann Helvetik Kredit Arena heissen wird, und die Swisspension macht es möglich, dass Theateraufführungen, Tennisturniere und Pfadfinderlager stattfinden können. Nachdem sie der real Werte schöpfenden Wirtschaft das Geld abgenommen haben, positionieren sie sich als die Mäzene der Gegenwart. Das sportliche, gesellschaftliche und kulturelle Leben als an der Leine geführte, unkritische Mätresse der Finanzoligarchie. Selbst die Kunst ist gefällig, banal und käuflich geworden. Und Schriftsteller,

die sich gesellschaftskritisch äussern, sind ausgewandert oder haben sich auf thematische Nebenschauplätze zurückgezogen.
„Vielleicht sollte ich meine Kirschtorten aber auch in Rumänien oder im chinesischen Shenzhen herstellen lassen. Dort kann ich für einen Schweizer Konditor 50 Einheimische anlernen, überflute dann den Kanton Zug mit Billig-Kirschtorten und mache meinen Konditorkollegen das Leben schwer“, sagt Höhn schon fast scherzhaft.
„Gleicher Lohn für gleiche Arbeit. Nicht nur zwischen den Geschlechtern, sondern auch zwischen den Produktionsstandorten. Ich sehe nicht ein, warum eine chinesische Lebensstunde weniger wert sein soll als eine schweizerische. Oder sind wir etwa die wertvolleren Menschen? Das wäre mal eine Motion, die du in Bern einbringen könntest, Marco“, will er seinen kaum zu Wort kommenden Gesprächspartner motivieren.
„Na ja, du hast ja gelesen, wie meine Vorstösse im Parlament ankommen.“
Der schwergewichtige Konditormeister lacht laut heraus.
„Ja, das hat wohl jeder mitgekriegt, du unverbesserlicher Ketzer“, verkündet er unvermittelt und grinst dabei wie ein Junge, der beim Stibitzen nicht erwischt worden ist.
„Ausserdem wäre Shenzhen dann doch etwas gar weit für Kirschtorten, um unbeschadet den Transport zu überstehen“, meint Keller beschwichtigend.
„Nachdem die jetzt unsere europäische Magnethochgeschwindigkeitsbahn kopiert haben, sollte das wohl kein Problem mehr sein!“, stellt Höhn klar.
„Die fährt aber noch nicht nach Zug, mein Lieber.“
„Ich habe am Muttertag in meinem Laden Rosen verschenkt, die in der Nacht davor im Flugzeug aus Kolumbien hergeflogen wurden. Auf meinen Törtchen finden sich Erdbeeren aus Südchina, weil die Leute nicht mehr warten können oder wollen, bis in der Schweiz Erdbeerzeit ist. Mein Sohn weiss schon gar nicht mehr, wann hier Erdbeersaison ist. Ausserdem sind die Schweizer Erdbeeren sowieso viel zu teuer. Wieso müssen die Schweizer Erdbeerpflücker auch Schweizer Mieten bezahlen? Die könnten doch in Süditalien wohnen.“
„Das ist die neue Freiheit, Walter.“

„Weisst du, was der Mohn letztes Jahr verdient … nein, bekommen hat?“

„Zwei Millionen?"
„4,6. Mit meinen Kirschtorten bezahlt."
„Na, na …"
„Oder von den Wandschränken, die sie in der Schreinerei meines Bruders herstellen, von den Gerichten, die mein Nachbar in seiner Küche für seine Gäste kocht …"
„Oder von den Erdbeeren, die ein Chinese für einen Hungerlohn pflückt. Fonds sind heimatlos!"
„Jetzt hast du's kapiert, Monsieur Nationalrat!"
Höhn erhebt sich aus dem Stuhl und wirft dabei fast den Tisch um.
„Ich weiss gar nicht, wie meine Kundinnen das schaffen", scherzt er dabei.
„Was schaffen? Trotz deiner Kirschtorten so dünn oder deinen Kirschtorten gegenüber so standhaft zu bleiben?"
Als Höhn es schliesslich aus der sitzenden in die stehende Position geschafft hat, streckt er Keller zum Abschied die Hand hin.
„Das zweite Stück geht auf mich. Zeig's denen in Bern, Keller!"
Marco Keller nickt amüsiert und bedankt sich.
„Na, schmeckt es, Herr Mohn?", fragt Höhn, als er am „Doppelkinn" vorbeigeht, um hinter den Bartresen zu gelangen, wo er sich beim Waschbecken ein Glas mit Wasser füllt, während er Keller dabei verschwörerisch zublinzelt.

KAPITEL 11

„Es gibt keinen heimtückischeren und sichereren Weg, das Fundament der Gesellschaft zu zerstören, als ihre Währung zu entwerten. Dieser Vorgang stellt alle verborgenen Kräfte der wirtschaftlichen Gesetze in den Dienst der Zerstörung, und dies in einer Weise, die nicht einer unter einer Million erkennen kann."

John Maynard Keynes, Ökonom und Mathematiker, 1883–1946

Raul steht mitten auf der Florida, der berühmten Flanier- und Einkaufsmeile von Buenos Aires. Er spricht allein oder zu zweit durch die Häuserschlucht schlendernde Männer an, vorwiegend Ausländer, denen er Fotos von zwei hübschen Mädchen zeigt. „140 Dollares für beide, eine volle Stunde", sagt er.
Die meisten winken ab. Einer fragt, wie alt die Mädchen sind. „Mariella ist 22, Clara 19", gibt er erwartungsvoll Auskunft. Dem Herrn mit der Fototasche sind sie zu alt. Raul senkt enttäuscht den Kopf. Bis vor zwei Wochen hat er noch Visitenkarten von Lederwarengeschäften verteilt. Innert 24 Stunden konnte sich der interessierte Käufer eine massgeschneiderte Hose oder eine ebensolche Jacke aus feinstem argentinischem Rindsleder anfertigen lassen, zu Spottpreisen. Trotzdem war er wenig erfolgreich. Die Damen und Herren mit den dicken Brieftaschen haben die viel zu zahlreichen Konkurrenten auf der Florida gegeneinander ausspielen lassen. War bis zum Wirtschaftszusammenbruch im Dezember 2001 noch zu viel Geld unterwegs, fehlt es heute an allen Ecken und Enden. Raul, Mariella und Clara, seine kleine Schwester und die gemeinsame Cousine, müssen heute Nacht wohl wieder ohne Monedas mit dem Bummelzug in ihr 90 Kilometer entferntes Dorf zurückfahren. Gerne lässt Raul sich von den Pantomimen und den schick gekleideten, Tango tanzenden Pärchen ablenken, die sich so auf der Florida ihr Studium oder ihren Lebensunterhalt verdienen. Gabriel, der Schuhputzer, wurde vergangene Woche

81 Jahre alt. Er hatte seine ganzen Ersparnisse, die Rücklagen für sein Alter, auf einer französischen Bank deponiert, weil er den argentinischen Instituten nicht traute. Nachdem das Konvertibilitätsgesetz aufgehoben worden war, das dem argentinischen Peso denselben Wert wie dem US-Dollar garantierte, froren die Banken die Konten ein und währenddessen verlor der Peso drei Viertel seiner Kaufkraft. Gabriels über 20 Jahre zusammengespartes Alterskapital zerrann wie Speiseeis am Äquator. Es blieb ihm wie auch seinen Freunden wenig mehr übrig, als Schuhe zu putzen, vor den Eingängen der Einkaufszentren in mit Gas beheizten Kupferkesseln geröstete Mandeln zu karamellisieren, die man päckchenweise verkaufte, oder in einem der billigen Schnellimbisse als Kellner zu arbeiten. Vor zwei, drei Jahren, als Gabriel noch etwas besser zu Fuss unterwegs war, beteiligte er sich an den Protestmärschen, die jeden Dienstag- und Donnerstagnachmittag auf der Calle Florida von Bank zu Bank pilgern. Auf Kochtöpfe und gegen die mit Blech verkleideten Aussenfassaden der Banken schlagend prangert eine stetig schwindende Gruppe von Rentnern das egoistische Gebaren der Politiker und der Geldinstitute an, während an deren Lieferanteneingängen Dutzende Jugendliche in langen Schlangen anstehen, um zu einem Vorstellungsgespräch empfangen zu werden. Regungslos, vielleicht mit stiller Zustimmung, beobachten sie die von Altersgebrechen geplagten Menschen, die unbeirrt über Jahre hinweg an die Verfehlungen ihrer Regierung erinnern. So wie es auch die Mütter tun, die seit Jahrzehnten regelmässig vor der Casa Rosada, dem Regierungspalast des Präsidenten, auf der Plaza de Mayo ihre unter der letzten Militärdiktatur verschwundenen Söhne zurückfordern. Der jugendliche Raul steht oft bei Gabriel, wenn er wieder etwas Mut und Zuversicht auftanken will. Gabriel hat immer in Argentinien gelebt. Seine Eltern waren vor 65 Jahren während der Mussolini-Diktatur in Italien mit ihm und seinen Schwestern aus Napoli ins gelobte Land ausgewandert. Argentinien, das klang damals wie Eldorado, das Land des Aufstiegs und der unbegrenzten Möglichkeiten, das Paradies für einen Neuanfang. Seither hat das an Rohstoffen und Landwirtschaft reiche Land unzählige politische Umwälzungen mitgemacht, war unzählige Male Experimentierfeld ideologischer und politischer Heilsversprechen.

„Aber keine Ideologie hat wie der neoliberale Pakt unter den Verrätern des Peronismus, allen voran der Rattenfänger von La Rioja, derart viel Elend, Hunger, Auswanderung, Kindersterblichkeit, Arbeitslosigkeit und Tote verursacht … weder die Militärdiktaturen der letzten 200 Jahre noch der Malvinenkrieg gegen die Engländer“, erzählt Gabriel mit müder Stimme.
„Warum bloss, Gabriel?“, fragt Raul mit einer Träne auf der Wange.
„Weil wir nicht aufpassen, weil wir nicht wissen, wie die Dinge funktionieren, mein lieber Raul“, sagt Gabriel und fährt mit der von schwarzer Schuhsalbe verschmutzten Hand über Rauls Schopf aus dichtem, schwarzem Haar.
„Wie geht es deinen Schwestern?“
„Sie mögen die Arbeit nicht … aber sie wissen, dass wir Geld nach Hause bringen müssen, damit unsere Eltern und die kleinen Geschwister nicht hungern müssen. Papa kann vielleicht am Busbahnhof bald die Toiletten reinigen und Mutter musste die Arbeit in dem Motel aufgeben. Der Rücken schmerzt sie zu sehr“, erzählt Raul tonlos. Eigentlich kennt er das Leben nicht anders. Manchmal erinnert er sich noch an das Haus, das sie bewohnten.
„Vater betreute alleine einen ganzen Bahnhof.“
Nach der Privatisierung der Bahn durch den Kongress Ende der 80er Jahre verkleinerte sich das nationale Streckennetz von 36‘000 auf 8‘000 Kilometer. 80‘000 von 95‘000 Arbeitsstellen wurden seither abgebaut. Was dann auch den wirtschaftlichen Niedergang der Regionen einläutete. Mit dem „Plan Monsun“ erfuhren viele weitere Bereiche der nationalen Grundversorgung Privatisierung und anschliessende Plünderung durch in- und ausländische Investoren; die Wasserversorgung verkümmert, die Rapidolineas Argentinas verscherbelt, das Privatfernsehen verdummt, sogar die Erdölgesellschaft YBF geht in fremde Hände über.
„Argentinien ist das einzige Land der Welt, das seine fossile Energieversorgung ohne Krieg an Ausländer abgab“, weiss Gabriel weiter zu berichten. Gabriel war bis zu seiner Pensionierung Lehrer an einer Hochschule in der Hauptstadt.
„Im Grunde ist die neoliberale Globalisierung eine neuartige Aggression der Kolonialisierung“, mischt sich Armando ins Gespräch ein. Armando Ruiz verkauft spezielle Stadttouren. Er zeigt den interessierten Touristen die Stationen der politischen

und ökonomischen Korruption; den Kongress, den Country Club, das Café Toroni, die Oper, den Obelisken an der Avenida 9 de Julio, die Casa Rosada, den schicken Puerto Madero, die Zentralen der internationalen Konzerne. Das Interesse ist mässig.
„Ihr jungen Leute müsst euch bilden, auf der Hut sein … nicht wie wir dummen Alten, die immer wieder auf die Floskeln und codierten Phrasen der Oligarchie hereinfallen, uns blenden lassen“, mahnt Armando den aufmerksam lauschenden Raul. Gabriel ist damit nicht einverstanden.
„Wenn man den gewählten Politikern nicht trauen kann, dann kann das Volk nichts dafür. Wenn es zwischen Freiheitskämpfer San Martin und der Kaffeehauskette Starbucks wählen kann, dann wählt es San Martin. Muss es sich zwischen Starbucks und der Finance Darling Brothers entscheiden, ist es verloren“, meint Gabriel entschieden.
„Für die da oben ist das alles nur ein Spiel. Was hat Immanuel Kant in seinem Aufsatz ‚Was ist Aufklärung’ geschrieben, Gabriel?“, kontert Armando Ruiz. Raul amüsiert sich immer gut, wenn die beiden gebildeten Alten so hochgestochen debattieren und dabei gleichzeitig fremde Schuhe putzen oder vorbeigehenden Passanten bettelnd die Hand hinstrecken.
„Es ist die natürliche Bestimmung des Menschen, selbst zu denken und sich so von Bevormundungen aller Art zu befreien. Aufklärung ist der Abschied des Menschen von seiner selbst verschuldeten Unmündigkeit. ‚Sapere aude’, habe den Mut, dich deines eigenen Verstandes zu bedienen“, zitiert Gabriel Immanuel Kant und gestikuliert dabei wie in seinen besten Tagen im Hörsaal. Raul hat kein Wort davon verstanden, aber er lacht und hat sein Elend für einen Moment vergessen.
In den 70ern, noch während der Militärdiktatur, wurden die ersten Gesetze zum Ausverkauf Argentiniens auf den Weg gebracht. Es war die Zeit, als die Nationalstaaten sich von den keynesianischen Wirtschaftstheorien trennten und die neoliberalen Thesen zunehmend Auftrieb erhielten. Viele neoliberale Denker wurden mit dem 1968 gegen den Willen der gesamten Familie Nobel ins Leben gerufenen „Preis für Wirtschaftswissenschaften der schwedischen Reichsbank in Gedenken an Alfred Nobel“, kurz „Wirtschaftsnobelpreis“ genannt, bedacht, was den wissenschaftlichen Nimbus dieser vermeintlich neuen ökonomischen Glaubenslehre stärkte und schliesslich als Al-

ternative festigte. Die grenzenlose Freiheit von Kapital, Gütern, Dienstleistungen und Arbeitskräften sollte der Welt einen wirtschaftlichen Wachstumsschub verordnen, der allen Menschen zuteil werden sollte. Das Kernstück, die Privatisierung der Grundversorgungen und des Währungssystems, blieb noch lange Jahre inoffiziell, obwohl Privatisierung als Synonym für modern, effizient und professionell gehandelt wurde. Selbst Diktaturen wie Augusto Pinochets Chile oder das südafrikanische Apartheidregime wurden von den „Chicago-Boys", wie die amerikanischen Ableger der neoliberalen Doktrin hiessen, beraten.
„Und wer ist für das Elend in unserem Land verantwortlich?", fragt Raul, während er die Fotos seiner Schwester und seiner Cousine in die Tasche steckt.
„Die Mafia in der Regierung, welche die Aussenschuld und den Ausverkauf der staatlichen Unternehmen über lange Jahre hinweg plante. Nicht nur verkaufte sie das Eigentum des Volkes zu Spottpreisen, sie steckte die Erlöse auch noch in ihre eigenen Beutel, während wir alle mit der Mehrwertsteuer auf die Produkte unseres täglichen Bedarfs, die wir inzwischen vermehrt importieren, die Zinslast bedienen", weiss Armando zu erzählen.

Als die USA 1971 den Goldstandard verlassen hatten, um den Vietnamkrieg zu finanzieren, hätte man sie eigentlich in den Konkurs schicken müssen. Stattdessen wurde ein Wechselkurssystem etabliert und der Dollar breitete sich als weltweit akzeptierte Währung immer mehr aus. Durch das Konvertibilitätsgesetz mit dem US-Dollar verlor die argentinische Industrie, die fortan noch durch das eigene, nun verkaufte Öl international marktfähig blieb, jede Konkurrenzfähigkeit. Konnte sie zu den besten Zeiten noch 95% der Güter selber produzieren, reduzierte sich das über wenige Jahre auf weniger als die Hälfte. Argentinien verlor an Autarkie, an Unabhängigkeit. US-amerikanische Kredite lockten die Welt mit 3% Zinsen, die schliesslich auf 16, in Lateinamerika bis auf über 50% kletterten. In dieser Zeit begann die Verschuldungsmisere der Dritten Welt. Eine ehemalige Direktorin des Internationalen Währungsfonds sagte öffentlich, diese Schulden seien im Grunde nichtig. In immer kürzeren Intervallen verfügte Spar- und Anpassungsprogramme, so genannte Reformen, produzierten in Argentinien innert weniger Jahre 18 Millionen Arme, die Hälfte der Landesbevölkerung. Ein Drittel der Menschen in Argentinien hungerte, obwohl das Land 300 Millionen Menschen ernähren könnte.

„Und unser Superwirtschaftsminister unterschrieb das Dokument, womit diese Schulden gegen unsere Staatsbetriebe getauscht wurden. Jetzt musste das Volk an Private für die Benutzung von Einrichtungen bezahlen, die es selber aufgebaut und in Betrieb genommen hatte. Argentinische Staatsunternehmen waren zu dieser Zeit bis zu dreimal rentabler als vergleichbare privatisierte Betriebe auf der ganzen Welt."
„Warum tun unsere Politiker das?", fragt Raul leise.
Armando Ruiz und Gabriel Serratore schauen einander an.
„Menschen wie wir können das nicht verstehen. Da gibt es weltweit eine kleine Oberschicht, die nicht ihrer Heimat verpflichtet ist, sondern mit dem internationalen Kapital und dessen Konzernen zusammenarbeitet", fasst sich Gabriel als Erster wieder.
„Du klingst ja wie ein Sozialist", zieht ihn Armando auf.
„Sozialist, Faschist, Neoliberaler, Peronist … das ist doch alles einerlei. Es gibt in Tat und Wahrheit nur zwei Seiten …"
Der Mann mit der Fotoumhängetasche ist zurückgekommen und zieht Raul grob auf die Seite. Er flüstert ihm zu, ob 100 Dollar auch in Ordnung seien. Raul schaut auf die Uhr wie ein Schwarzmarkthändler für Operntickets kurz vor Aufführungsbeginn. Er nickt zustimmend und bittet, den Mädchen aber nichts davon zu sagen. Der Mann stimmt zu, dann führt ihn Raul in eine Seitenstrasse der Avenida Florida.
„Arme Mädchen!", sinniert Gabriel.
„Dafür kriegen sie heute Abend was zu essen", beschwichtigt Armando, wohl wissend, dass es ein kleiner Trost ist.
„Heute habe ich in einer alten Zeitung eine interessante Passage gelesen", wechselt Gabriel das Thema.
„So, was denn?"
„Unterernährung ist eine sozioökonomische und kulturelle Krankheit, die behandelt wird, nicht indem man allen zu essen gibt, sondern indem man alle arbeiten lässt."
„Stimmt! Und wer sagt das?", fragt Armando forsch.
„Ein Professor Hans Christoph Muri von der Schweizerischen Gottfried-Keller-Gesellschaft."

„Und wir? Arbeiten wir etwa nicht, Don Gabriel?!“, fordert Armando Gabriel zu einer Antwort heraus, während er komisch die Arme in die Hüften stemmt.
„In den Provinzen haben die Gouverneure selber Geld gedruckt, nachdem durch die Kapitalflucht der Investoren so viel fehlte. Sieben Millionen Arbeitsplätze haben die seit 2001 so geschaffen. Was rede ich überhaupt von Investoren, das sind Invasoren … Heuschrecken, die alles abgrasen und dem Bauern das geplünderte Feld zurücklassen“, gibt Gabriel ein Bonmot zum Besten.
„Das hat mir ein Reisender aus der Provinz Misiones erzählt, dem ich heute die Schuhe geputzt habe. Der hatte immer noch rote Erde an den Latschen“, sagt Gabriel.
„Was einmal mehr beweist, dass es keine Arbeitslosigkeit gibt, sondern eben nur Geldlosigkeit“, benennt Armando das Kind beim Namen.
„Warst du schon mal in Misiones, in Posadas, Gabriel?“
„Lang ist’s her. Nicht mehr, seit sie meine Kreditkarte eingezogen haben“, scherzt Gabriel Serratore.
„Aber die Iguacu-Wasserfälle, die würde ich schon gerne wieder einmal sehen.“
Raul kommt alleine aus der Seitengasse auf die beiden zu. Er hat Tränen in den Augen.
„Was ist passiert?“
„Er will nur 80 bezahlen und ein Kondom will er auch nicht benutzen“, erzählt Raul schwer atmend.
Armando platzt der Kragen.
„Nimm einen von den Chicos mit!“, sagt Gabriel warnend.
Armando geht mit zusammengepressten Lippen auf eine Gruppe Jugendlicher zu, die lachend zusammenstehen. Nach einem kurzen Austausch von Worten folgen ihm drei in die Seitengasse.

KAPITEL 12

„Denn nichts kann denen unfair erscheinen, die gewinnen."

William Shakespeare, Dichter, 1564–1616

Es ist weit nach Mitternacht. Die Plaza de Mayo ist beinahe menschenleer. Vor der Casa Rosada patrouilliert ein Dutzend Polizisten in schwarzen Uniformen. In einer Seitenstrasse macht sich eine Familie, Vater und Mutter mit zwei noch kaum schulpflichtigen Kindern, über den auf die Strasse gestellten Abfall her. Die Cartoneros, wie diese neuen Armen genannt werden, suchen nach verkäuflichem Karton oder anderem verwertbarem Material. Mitten im Park steht ein einsamer Rollstuhl, in dem ein verwirrter, alter Mann sitzt, oder besser, sich im Halbschlaf festhält, um nicht vornüber aus dem Gefährt zu fallen. In manchen der aufgestellten grossen Öltonnen, die als Abfalleimer gedacht sind, brennt es. Auch auf der Wiese finden sich einzelne Müllberge, die jemand angezündet hat. Die ganze Szenerie hat etwas Skurriles, Gespenstisches, wie man sich das nächtliche Bagdad im Jahr 2008 während einer Ausgangssperre bei Waffenruhe vorstellt. Der rote Porsche, der hinter der Casa Rosada am Ministerium der Admiralität vorbeibrettert, wirkt wie ein Ufo, das sich in eine andere Welt verirrt hat. Der deutsche Luxussportwagen ist unterwegs zum Evita Peron Plaza, einem der schicken neuen Nobelhotels beim Puerto Madero, dem neuen Spielplatz der High Society.
Der Porsche gibt nochmals richtig Gas, um flott auf den Vorplatz des Hotels einzufahren. Der livrierte Portier macht einen Sprung zur Seite, obwohl er bereits auf dem zweitobersten Absatz der Treppe steht. Das satte Motorengeräusch verstummt, aus dem Wagen steigt ein mittelgrosser Smokingträger mit hellem Haar, unauffälliger Brille und Dreitagebart. Im Gesicht hat er einen leichten Sonnenbrand. Auf der Fahrerseite verlässt eine dezent geschminkte Frau mit tiefschwarzer Haarmähne den Sportwagen. Sie hat fein gezupfte Augenbrauen,

einen forschen, lasziven Blick und ein braun gebranntes, sehr feminines Gesicht. Die schmalen Schultern sind frei. Sie trägt ein satinblaues Abendkleid, wie man es von der Oper oder einem Empfang her kennt. Ihre langen, schlanken Beine stecken in schwarzen Schuhen mit kurzen Absätzen. Sie geht um das Heck des Wagens, umarmt den Mann im Smoking, küsst ihn kurz auf den Mund und wirft den Autoschlüssel fast gleichzeitig dem Portier zu.
„'Der Barbier von Sevilla' war fantastisch, nicht wahr, Rolf!"
„Fantastico, Maria. Gehen wir noch an die Bar?"
„Es ist spät geworden. Wir müssen morgen wieder früh raus", sagt sie mit der unverkennbaren, süss flehenden Melodie in der Stimme, wenn Frau nicht diskutieren mag, Mann aber auch nicht enttäuschen will. Er ist chancenlos.
In der Empfangshalle holen sie sich ihre beiden Zimmerschlüssel und gehen Hand in Hand zu einem der Aufzüge. Als die Türen aufspringen, meint der Mann im Smoking, dass er doch noch einen Drink brauche, um ein bisschen zur Ruhe zu kommen.
„Ich gehe schlafen", sie küsst ihn, hüpft in den Fahrstuhl und schickt ihm einen zweiten Kuss per Luftpost.
„Es war ein wunderschöner Abend, danke, Rolf."
Er geht gemütlich durch die Empfangshalle zur Bar, wo er sich auf einem Hocker mit Blick auf den Rio de la Plata niederlässt. Nur wenige Leute sitzen noch draussen auf der Terrasse am Fluss.
„Senor Landolt, wie gestern?", fragt der Barkeeper.
„Nein, heute nicht. Geben Sie mir einen trockenen Martini."
„Natürlich."

Die Frau verlässt den Lift, orientiert sich kurz, schaut auf den Zimmerschlüssel und geht nach links zur Suite am Ende des Ganges. Sie steckt den Schlüssel, der eigentlich eine Karte ist, in den Türöffner und tritt in die verdunkelten Räume, die nach süssem Parfüm duften. Nur das Licht des Mondes schimmert durch die zugezogenen Tagesvorhänge. Sie schält sich aus ihrem Abendkleid, löst den Verschluss des Büstenhalters und zieht sich das Höschen aus. Wie eine Raubkatze auf dem Laufsteg stolziert sie durch den Wohnbereich und fährt sich dabei durchs Haar. Dann stutzt sie.
„Wassily? Bist du noch nicht da?", fragt sie leise. Nach einem

kurzen Moment des Wartens dreht sie die Musikanlage an, geht ins Bad, dreht die Brause auf und legt die Ohrringe, die Armbanduhr und die Schuhe ab. Dann posiert sie vor dem grossen, bereits angelaufenen Spiegel.
„Du hast dich gut gehalten, Maria“, lobt sie, was sie sieht.
Nach einer ausgiebigen Dusche geht sie, ohne sich abzutrocknen, in den Wohnteil zurück, dreht das Haar zu einem Pferdeschwanz und lässt das ausgedrückte Wasser auf den Teppich tropfen. Splitternackt geht sie auf die kleine Terrasse, lehnt sich an die Brüstung und betrachtet den Mond, die Skyline der Grossstadt, den Hafen, wo die Buquebusse, grosse Schnellboote für die täglichen Überfahrten nach Montevideo in Uruguay, vertäut sind. Plötzlich spürt sie, wie sich ein kraftvoller Körper an ihren Hintern drückt. Sie richtet sich auf und wird von zwei kräftigen Armen gepackt. Er löst die Umklammerung leicht, damit sie sich umdrehen kann. Wild küsst sie seinen Hals, während sie ohne Zögern seine Hose öffnet. Er zuckt einen Moment zusammen und seufzt vor Lust. Sie zieht sein pralles Glied aus der Hose und massiert es mit beiden Händen, wie wenn sie eine Tonfigur modellieren würde. Er drückt seinen Unterleib gegen sie, fixiert mit beiden Händen ihr Gesicht und steckt seine Zunge in ihren verlangenden Mund. Dann dreht er sie roh mit dem Rücken zu sich um, greift ihre strammen Pohälften. Sie kichert leise.
„Deine Bartstoppeln kratzen“, stammelt sie zwischen halblautem Stöhnen.
Er steht wieder auf, führt seinen pulsierenden Penis in ihre feuchte Spalte und bewegt sich mit gleichmässigen, geschmeidigen Bewegungen. Sie hält sich am Geländer fest, er an ihren kleinen, festen Brüsten. Aus der Musikanlage dröhnt Bruce Springsteens „I'm on fire“. Als er immer heftiger zustösst, zieht sie ihren Hintern weg, greift sich seinen Arm und will ihn ins Appartement zerren. Er fällt dabei fast über seine halb ausgezogene Hose. Verschämt hält sie prustend lachend die Hand vor den Mund.
„Es war leichtfertig von dir, dich in der Oper aufzuhalten“, sagt sie.
„Er hat mich doch nicht gesehen.“
„Das weisst du nicht. Ich habe dich jedenfalls gesehen.“
Sie schubst den inzwischen komplett ausgezogenen Mann spielerisch auf das Bett. Er lässt es gern geschehen und dreht seinen

durchtrainierten Body auf dem Rücken liegend in Position. Sie steigt aufs Bett, stellt sich mit gespreizten Beinen über seinen Kopf und setzt sich sanft mit geöffneten Schenkeln auf sein Gesicht.
„Ich kriege keine … keine Luft … Maria!“
Sie verlagert ihr Gewicht nach vorne, auf die flach aufgelegten Unterarme, um den Unterleib leicht anheben zu können. Mit den Händen packt er ihre Schenkel und platziert den für einen kurzen Moment frei schwebenden Frauenkörper mit Leichtigkeit nach seiner Vorstellung über seinem Kopf. Sie lässt es sich schwer atmend noch so gerne gefallen.
Die Musikanlage wechselt zur nächsten CD. Maria bewegt ihren Unterleib wie in Trance immer rhythmischer hin und her, vor und zurück. Ihr Leib ist schweissgebadet. Die Heftigkeit ihres Atems nimmt zu, wird immer lauter und schneller. Mit einem spitzen Schrei scheint sie in die Welt zurückzukehren, bäumt sich nochmals auf, schreit ihre Befriedigung hinaus und fällt in sich zusammen, als hätte sie den Mann unter sich vergessen. Schliesslich dreht sie sich weg, stützt den Kopf auf dem linken Unterarm auf und fährt mit der freien Hand sanft streichelnd über ihre Scham. Mit der Zunge leckt sie sich grosse Schweissperlen von der Oberlippe und sieht ihren Spielgefährten mit grossen, lachenden Augen an.
„Und was ist mit mir?“, fragt er wie ein grosser Junge, dem die Spielsachen versteckt worden sind.
„Was meinst du?“, fragt sie kokett.
„Mein Höhepunkt des Abends wurde wohl kurzfristig aus dem Programm genommen?“
Sie legt drei Fingerspitzen in seinen geöffneten, tief atmenden Mund. Sein Herz schlägt wie die Trommel auf einer römischen Galeere.
„Ein bisschen Strafe muss sein, mein wilder Stier.“
„Wofür?“
Sie dreht sich weg, stellt die Füsse auf den Boden und steht vom Bett auf.
„Weil du in die Oper gekommen bist. Das war unvernünftig und gefährlich. Wenn Rolf dich gesehen hätte, wäre unser ganzer Plan gefährdet gewesen. Willst du auch ein Glas Wein?“
„Ach, der hat mich ja noch gar nie zu Gesicht bekommen.“
Sie öffnet eine der Flaschen auf dem Sekretär, füllt zwei Gläser mit dem dunkelroten Rebensaft und trägt sie zu ihm ans Bett.

„Trink das Blut Argentiniens, mein russischer Stier."
Er trinkt das Glas in einem Zug leer, nachdem sie angestossen haben. Sie schüttelt darüber nur den Kopf.
„Du warst fast jede Woche im Fernsehen oder in der Zeitung, du eitler Pfau. Glaubst du, Rolf liest nur Bilanzen und Beileidskarten zum Tod seines Vaters?", stellt sie ihn zur Rede.
„Immerhin habe ich heute einen Anzug getragen. Das tue ich sonst nie. Mein Haar war noch nie so kurz geschnitten. Das ist wie eine Tarnung. Ich sehe aus wie ein 20-Jähriger …"
„Mit den harten Bartstoppeln eines 100-Jährigen", fällt sie ihm ins Wort und betastet erneut ihren offenbar brennenden Intimbereich.
„Rasieren, mein russisches Mäulchen", flötet sie und schnappt sich sein Glas, gibt ihm einen anerkennenden Klaps auf den Po und holt die Weinflasche ins Bett.
„Wie geht es ihm?"
„Erstaunlich gut. Die nicht enden wollenden Vorbereitungen rund um das pompöse Staatsbegräbnis seines Vaters hat er jedenfalls souverän gemeistert. Das hätte ich nicht gedacht", erzählt sie ehrlich beeindruckt.
„Und die Firma?"
„Das ist die grosse Frage. Auch wenn Christian offiziell nichts mehr mit der Kolin Group zu tun hatte, hat er sich trotzdem jeden Abend beim Essen oder telefonisch orientieren lassen. Manchmal hat er unmissverständliche Anordnungen gemacht, die Rolf selten … eigentlich nie hinterfragte, sondern offenbar einfach ausgeführt hat."
„Sind in den letzten Wochen neue Leute in seinem Umfeld aufgetreten, die Einfluss auf ihn haben?", fragt er ohne zu zögern.
Während sie noch nachzudenken scheint, schüttelt sie verneinend den Kopf.
Das Telefon klingelt.
„Wer könnte das denn sein, mitten in der Nacht?"
Sie nimmt ab.
„Maria Landolt-Duhalde … Rolf? Nein, ich sagte doch, ich bin müde. Ich habe schon geschlafen … bist du betrunken, Rolf?! … Nein, wir können morgen Abend miteinander Sex haben … ja, ich dich doch auch. Schlaf jetzt. Ich küss dich", schäkert sie mit gespielt müder Stimme und stellt ab.
„Hat der alte Landolt eigentlich nie was gemerkt?", fragt Wassily, der sich inzwischen ein Laken übergezogen hat.

„Christian merkte alles. Und weil man vor ihm nichts verbergen konnte, habe ich seinen Sohn konsequent abgewiesen. Aber im Grunde war es ihm egal. Er war am Schluss nur noch seinen immer wechselnden Täubchen verfallen.“

KAPITEL 13

„Wer die Wahrheit nicht kennt, ist ein Dummkopf, aber wer die Wahrheit kennt und sie eine Lüge nennt ist ein Verbrecher.“

Bertolt Brecht, Schriftsteller, 1889–1956

Insel St. Helena, 1818

Der kleine, dicke Mann hat seine speckige rechte Hand auf die feuchten Scheiben des Butzenfensters gelegt und schaut wie gebannt auf die raue See hinaus. Seine schwarzen Stiefel sind sauber poliert, der graue Mantel hängt offen an seinem plumpen, zerfallenden Körper herunter. Über seinem pummeligen, fahlen Gesicht thront der unverkennbare schwarze Hut, ein Zweispitz, mit welchem er auf jedem Gemälde von ihm zu sehen ist. Am Tisch des schmucklosen Raumes sitzt schweigend ein Mann mit weisser Perücke in der roten Uniform eines britischen Offiziers.
Während der Wind pfeifend den Regen vor sich herfegt, spült das tobende Meer mit gewaltiger Kraft weiss gekrönte Wellen weit über die Ufermauern hinweg, als wollten sie gemeinsam die sattgrüne Insel im Meer verschwinden lassen.
„Von Elba konnte ich wenigstens das Festland sehen“, murmelt der Mann am Fenster. Der Offizier zieht den Stapel Papier in der Mitte des Tisches zu sich.
„Sie sind noch immer ein mächtiger Mann. Selbst auf dieser gottverlassenen Insel, weit weg von Frankreich, nähren Sie noch immer die Hoffnungen Ihrer Anhänger in Paris.“
„Hören Sie auf damit. Ich bin endgültig tot. Lebendig begraben im Atlantischen Ozean.“
Der Offizier hebt wahllos einen Teil des Papierstapels hoch und liest auf der freigelegten Seite. Der Mann am Fenster dreht sich um, geht gemächlich zum Stuhl auf der anderen Seite des Tisches und legt seine Hände auf die Lehne.
„Ich habe fast zwei Jahre daran geschrieben.“

„Die Memoiren des Kaisers der Franzosen.“
„Es ist viel mehr als nur meine Erinnerung. Es ist mein Vermächtnis.“
Der Brite streicht mit der freien Hand eine einzelne Haarlocke aus dem Gesicht.
„Und wieso wollen Sie, dass Ihr Vermächtnis nach Basel gebracht wird?“
Bonaparte sieht seinem Besucher fest in die Augen.
„Ich schulde es Peter Ochs und seinen verdammten Schweizern. Sie werden verwirklichen, was ich hätte tun sollen.“
„Und wie finde ich diesen Ochs? Vielleicht ist er inzwischen umgezogen?“
„Ochs ist in Basel und in ganz Helvetien ein wichtiger Mann ... fragen Sie nach dem Oberzunftmeister, an diesen Titel erinnert sich jeder im Zusammenhang mit Ochs.“
„Und den zweiten Stapel Blätter?“, fragt der Brite.
„Den bringen Sie nach Weimar, zu Johann Wolfgang von Goeth.“ Bonaparte nannte seinen Lieblingsschriftsteller nie Goethe. Unzählige Male hatte er „Die Leiden des jungen Werther“ gelesen. Der Offizier schaut ihn irritiert an.
„Zu Goethe?“
Bonaparte geht auf ihn zu, legt die Hand auf die seine und nähert sich seinem Gesicht, dass sie sich fast mit der Nasenspitze berühren. Mit durchdringendem Blick schaut er ihm direkt in die Augen.
„Kann ich mich auf Sie verlassen, Fitzpatrick?“
Der Brite nickt stumm. Der Kaiser im Exil entfernt sich wieder.
„Ochs und Goeth, beide werden Sie fürstlich für Ihren kleinen Verrat bezahlen.“
„Das ist nicht nötig, mein Kaiser.“
Fitzpatrick ist der Sohn französischer Eltern, die zu Paolis korsischen Unabhängigkeitskämpfern gehörten, bevor Korsika von den Italienern an Frankreich verkauft wurde. Von daher war ihm die Familie des Rechtsanwalts Carlo Buenaparte in Ajaccio bekannt, die sich in den Widerstandskämpfen gegen Genua verdient gemacht hatte. Fitzpatrick war als Neunjähriger Schiffsjunge auf einem französischen Handelsschiff, das von einer englischen Flotte kampflos versenkt worden war. Er überlebte, wurde von den Engländern gerettet und wuchs bei Selma und Nicolas Fitzpatrick in einem Vorort von London auf. Erst

als er in Grossbritannien eine militärische Ausbildung machte und Napoleon Bonaparte zum Herrscher über ganz Europa aufstieg, erinnerte sich Alain Fini, wie er wirklich hiess, wieder an seine korsischen Wurzeln. Fitzpatrick wurde als britischer Offizier französischer Agent im Dienste Bonapartes und nach der Schlacht bei Waterloo schaffte er es sogar zum Dienst habenden Offizier auf St. Helena, wo man Napoleon Bonaparte in „Longwood House" endgültig wegsperrte. Fitzpatrick alias Fini stand Bonaparte das erste Mal im August 1815 persönlich gegenüber, als er ihn bei seiner Ankunft auf der kleinen, kargen Insel im Atlantik begrüsste. Fitzpatrick gab seine Gesinnung erst ein ganzes Jahr später preis. Zwischen dem zum Kaiser Europas aufgestiegenen schmächtigen Rechtsanwaltssohn Napoleon und dem ein ganzes Leben als Agent der Franzosen lebenden, ehemaligen Schiffsjungen Alain entwickelte sich eine tiefe, respektvolle, aber dennoch distanzierte Freundschaft.
Peter Ochs, der im französischen Nantes geborene und 1782 zum Ratsschreiber der Stadt Basel gewählte Jurist, weilte als Gesandter mehrfach in Paris. 1796 wurde er Oberzunftmeister von Basel. Als solcher fühlte er sich während seiner Amtszeit dem Gedankengut der Aufklärung verpflichtet und so wurde er im Dezember 1797 vom französischen Direktorium damit beauftragt, eine neue Verfassung für die Schweiz auszuarbeiten. Als promovierter Jurist schrieb er den Entwurf der Verfassung für eine Helvetische Republik. Danach sollte nach französischem Vorbild die Eidgenossenschaft von einem lockeren Staatenbund zu einem modernen Zentralstaat werden, wobei die Kantone zu Verwaltungseinheiten degradiert wurden. Nach der Invasion französischer Truppen im Frühling 1798 wurde die alte Eidgenossenschaft in die Helvetische Republik umgewandelt und als „Schwesternrepublik" eng an die französische gebunden. Damals traf Ochs in Basel auch das erste Mal persönlich mit Bonaparte zusammen. Ochs' politische Gegner griffen ihn hart an und betitelten seinen Verfassungsvertrag abschätzig als „Ochsbüchlein". Die Anfeindungen führten dazu, dass Peter Ochs bei den Wahlen ins Helvetische Direktorium, dem späteren Bundesrat, übergangen wurde und erst im Sommer 1798 auf Druck der Franzosen in die helvetische Regierung eintrat. 1799 wurde er jedoch vom Freisinnigen Frédéric-César de la Harpe aus dem Amt gedrängt. Nach Bonapartes Erlass zur Mediationsverfassung 1803 konnte er seine politische Tätigkeit im

Kanton Basel wieder aufnehmen. Aus dieser Verfassung entsprang der Beitritt Graubündens zur helvetischen Schweiz und eine Art helvetisches Vizekönigtum, das Bonaparte in erster Linie Soldatenkontingente sichern sollte. Wenige Wochen nach Bonapartes Niederlage am 18. Oktober bei der Schlacht von Leipzig eröffnete der schweizerische Landammann in Zürich eine ausserordentliche Tagsatzung, die am Ende die Neutralität der Schweiz erklärte, was Bonaparte akzeptierte, nicht aber die Alliierten. Bereits im Dezember marschierten 100'000 Soldaten der alliierten Truppen in die Schweiz ein. Erst nach dem Wiener Kongress 1815 stimmten die Grossmächte auf Drängen des russischen Zaren Alexander I. der strikten und bewaffneten Neutralität der Schweiz zu, nach Bonapartes Ende das einzige republikanische Findelkind ohne politische Verwandte in ganz Europa. Frédéric-César de la Harpe lehrte den russischen Herrscher die Rousseauschen Theorien der politischen Aufklärung und begeisterte den Monarchen einer Grossmacht für das liberal-demokratische Experiment, das sich auf dem einzigen weissen Flecken der alten Welt zutragen sollte. Es heisst, ohne de la Harpes Einfluss auf den Zaren wäre die Schweiz aufgeteilt und den benachbarten Monarchien übergeben worden. Zar Alexanders Begeisterung ging so weit, dass er für die Schweiz sammeln liess, als diese nach katastrophalen Missernten in einer schrecklichen Hungersnot fast ein Zehntel ihrer Bevölkerung verlor.
Freiherr Johann Wolfgang von Goethe, damals Geheimrat für Wirtschaftsfragen am Weimarer Hof, galt anfänglich als grosser Bewunderer des französischen Kaisers, dem nach der Revolution aktiven Wiederhersteller der staatlichen Ordnung, dem Schöpfer des ‚Code Civil', dem energischen Tatmenschen und schöpferischen Genie, dessen Neuordnung Europas er gegenüber der Kleinstaatenrivalität bevorzugte.
„Ich habe Goeth in der Nacht vom 15. Dezember 1812 in Weimar besucht", erzählt Bonaparte.
„Auf dem Rückweg von Moskau?"
Der Kaiser nickt nachdenklich.
„Er liess sich entschuldigen. Es hiess, er sei nicht da, sondern in Dresden. Ich sass bereits wieder in meiner Kutsche, als er zustieg. Niemand sollte es sehen. Mehrere Stunden begleitete er mich. Ich wollte nicht glauben, was er mir erzählte. Erst als mir drei Jahre später meine Späher den Aufmarsch der preus-

sischen Truppen vor Waterloo meldeten, verstand ich Goeths wirren Vortrag. Als Feldmarschall Blücher und seine preussischen Heere General Lord Wellington bei Waterloo zu Hilfe kamen, erinnerte ich mich wieder an Goeths skurrile Thesen über Geldtheorie, den Finanzminister des französischen Sonnenkönigs John Law und Jakob Fugger, einen erfolgreichen Unternehmer im Augsburg des frühen 16. Jahrhunderts, mit denen er mich auf der Rückreise nach meiner katastrophalen Niederlage gegen Zar Alexander stundenlang malträtierte."
Fitzpatrick schweigt. Er spürt, dass sein Kaiser noch mehr loswerden will.
„Ochs war ein schlauer Hund. Er sagte und tat immer, was ich hören und sehen wollte. Die ganzen Überwerfungen mit diesem reaktionären Frédéric-César de la Harpe waren ein perfektes Schauspiel, bestimmt, mich machtverblendeten Alleinherrscher zu täuschen, der sich immer noch für den Erben und Vollstrecker der Revolution hielt. Ohne das geschickte Paktieren dieser beiden Halunken gäbe es die Schweiz so nicht mehr. Sie wäre ein Königtum geworden wie all die anderen Länder, denen ich einen meiner Brüder oder Cousins auf den Thron gesetzt habe. So viel demokratische Vaterlandsliebe muss belohnt werden und deswegen müssen die Schweizer wissen, was mir Goeth damals in der Kutsche erzählte, sonst wird das Schweizer Experiment nicht gelingen."
Bonaparte packt Fitzpatrick energisch am Arm.
„In diesen Blättern ist die Saat für eine echte demokratische Revolution, Fitzpatrick. Wenn ich schon hier auf Erden versagt habe, dann soll mir wenigstens der Himmel nicht versagt bleiben. Sie tragen eine grosse Verantwortung, Alain Fini."
„Ich werde Sie nicht enttäuschen, mein Kaiser."

KAPITEL 14

„Sind die Worte nicht richtig, so sind die Urteile nicht klar, dann gedeihen die Werke nicht, treffen die Strafen nicht das rechte – und das Volk weiss nicht, wo Hand und Fuss hinsetzen."

Konfuzius, 551–479 v. Christus

Marco Keller liegt auf dem Bett in seinem Berner Domizil. Obwohl die Sonne scheint, hat er den Fernseher eingeschaltet. Auf dem Boden, auf dem Tisch und auf den Stühlen liegen sorgfältig gebündelte Papierstapel. Es sind die Vorlagen für die Geschäfte der nächsten Nationalratsversammlung. Meistens ist er schon nach dem Sortieren der täglich im Briefkasten liegenden Unterlagen müde. Keller zappt mit der Fernbedienung quer durch die Kanäle. Die deutsche Bundeskanzlerin und derzeitige EU-Ratspräsidentin wird von den Medien als souveräne Macherin präsentiert. Sie löst die Probleme mit der polnischen Regierung, die innerhalb der EU mehr Gewicht haben möchte, sie ratifiziert mit den G8-Präsidenten wie nebenbei ein verbindliches Papier zur Reduzierung des CO_2-Ausstosses, der für die Klimaerwärmung verantwortlich sei, sie zeigt sich mit sozial engagierten Superstars der Rock- und Popszene beim Spaziergang, sie bringt Russlands Regierungschef Wladimir Putin und US-Präsident Bush an den Verhandlungstisch, um das in Osteuropa geplante Raketenabwehrsystem zu diskutieren, was den Russen nicht passt, und sie steht einer grossen Koalition vor, die aus Sozialdemokraten und konservativen Christdemokraten zusammengesetzt eine der stärksten Volkswirtschaften der Welt regiert. Der neue rechtskonservative Staatspräsident Nicolas Sarkozy hievt ebenfalls bedeutende Politiker der französischen Sozialdemokratie in wichtige Ämter bei der Euro-Union, beim Internationalen Währungsfonds und in der nationalen Regierung Frankreichs.

„Da herrscht ja ein einziges Durcheinander! Wer soll da noch den Überblick behalten, was links und was rechts ist", schimpft

Keller, als stünde er am Rednerpult im Parlament. Die nächsten Sender bringen Talkshows, in denen einfache Gemüter über ihre Nachbarn, die Eltern oder die Ex-Frau herziehen, Kochsendungen mit Politikern, ehemaligen Terroristen oder Schriftstellerinnen, die 1366. Folge einer Daily Soap, eine Comedy-Preis-Verleihung, eine Rateshow mit Senioren, eine Heimwerkersendung, in der gescheiterte Fotomodelle alte Wohnungen umbauen, Promi-Specials über bekannte Popsänger, ehemalige Pornodarstellerinnen oder Leute, die ein halbes Jahr von der Fernsehnation beobachtet in Containern lebten, im Urlaub, beim Zoobesuch, an der Gala einer Möbelhauseinweihung, beim Heiraten. Dann gibt es eine Pannenshow mit Homevideos der besonders peinlichen Art, Castings von schönen, jungen Menschen, die entweder Fotomodell, Sänger, Tänzer oder magersüchtig werden wollen, und weltweit ausgestrahlte Konzerte gegen Klimaerwärmung, für tote Prinzessinnen, gegen Hunger in Afrika, gegen Krieg, gegen Atomstrom, gegen Salmonellen, gegen alles Mögliche. Der Elektronikkonzern Sony stellt seine neue Playstation vor, Musikproduzent Dieter Bohlen seine neue Freundin und der ehemalige italienische Ministerpräsident Silvio Berlusconi sein frisch implantiertes Haupthaar.
„Sind wir in Amerika? Europa ist ja eine einzige Unterhaltungsmaschine … Brot und Spiele!“, frotzelt Keller und steigt vom Bett runter, betrachtet die im Raum verteilten Stapel und presst resigniert die Lippen aufeinander. Da liegen politische Vorstösse zur Eindämmung der Kinderpornografie, Jugendgewalt, häuslichen Gewalt. Es gibt Interpellationen zum Klimaschutz, zur Energiepolitik, zu Themen der inneren Sicherheit, zur Abfallentsorgung, zur Steuergerechtigkeit, zur Aufhebung der Lex Koller. Ein ägyptischer Prinz verschwindet mit seinem in Kairo verdienten Kapital nach Gstaad, um dort ein Ferienresort zu bauen. Kann er das überhaupt, solange die Lex Koller in Kraft ist? Der Bundesrat will die Lex Koller aufheben, besser heute als morgen. Wohlhabende Ausländer sollen in der Schweiz Eigentum erwerben und Ferienhäuser bauen können, was der Schweizer Baubranche zugutekommen soll, die derzeit von britischen und kanadischen Investoren aufgekauft wird. Aufgrund internationaler Abkommen müssen Bund und Kantone eigene Projekte ab einer gewissen Summe international ausschreiben. Einheimische Gewerbebetriebe kommen kaum mehr zum Zug, da zu teuer. Eine Motion will das rückgängig

machen. Keller überlegt einen Moment, ob er sich das Studieren der Unterlagen bei diesem Wetter wirklich antun will, dann schnappt er sich das Handy und verlässt die Wohnung.
Beim Bundeshaus, das aufgrund einer Gesamtrenovation mit Baugerüsten eingekleidet ist, stehen Hunderte Touristen und Besucher vor dem Eingang, um sich von den heiligen Hallen des Parlaments ein Bild zu machen. Vor dem quer gegenüber liegenden Gebäude der Nationalbank interviewt ein Team des italienischen Staatsfernsehens einen Ständerat. Keller glaubt, es ist Fritschi, vielleicht Honold, die sehen sich ähnlich. Er winkt, als er sich gesehen glaubt. Honold winkt zurück. Nein, es ist wahrscheinlich doch Fritschi. Egal, er wird morgen beide nach dem Interview fragen. Der Rummel um die Morde an Lehmann und Landolt hat sich ein wenig gelegt, zumindest bei der ausländischen Presse. Inzwischen haben sich seltsamerweise fast alle auf Motive aus dem persönlichen Umfeld eingeschossen. Landolts angebliche Fraueneskapaden waren in Berner Kreisen schon lange kein Geheimnis mehr, obwohl er nie mit einer fremden Frau gesehen worden war, und Lehmann soll sich im Kreis der Verwandten unrechtmässig bereichert haben. Wie profan, denkt Keller, als er dazu eine Titelseite beim nahen Kiosk liest.
Er mag es, in den schattigen Lauben der Berner Einkaufsgassen zu spazieren. Die vielen kleinen Geschäfte stellen ihr Angebot auf die Strasse, die Bäckereien haben Stände mit frisch gebackenen Berlinern, gefüllten Brezeln oder hausgemachtem Eis aufgebaut. Beim Café Renggli will er einkehren. Während er sich dort einen Platz sucht, entdeckt ihn Bärtschi, der mit Pacher, der Helen Sonderegger von den Grün-Liberalen und Martin Kobel zusammensitzt.
„Setz dich zu uns, Casanova“, lärmt er durch den Raum.
Keller merkt, wie er innerlich bereits kocht. Diesen scheinheiligen Moralapostel mag er nun wirklich nicht sehen.
„Also, für fünf Minuten. Ich wollte nur kurz in die Zeitung schauen und was trinken“, stellt Marco Keller klar und zwängt sich in die so schon enge Bank.
„Und, was gibt es Neues?“
„Bundesratswahl! Wär das nichts für dich, Keller?“
„Ich, Bundesrat? Wie kommst du denn jetzt da drauf, Bärtschi?“
„Das war Helens Idee“, klärt Bärtschi auf.

„Du hast noch kaum mit mir geredet, Helen, und jetzt schlägst du mich als Nachfolger für Landolt vor?"
Helen Sonderegger meint, er sei eine Idealbesetzung.
„Fast jeder mag dich, du hast noch keine groben Fehler gemacht ..."
„Das geht, wenn man generell wenig macht", unterbricht Keller.
„Du bist ein echter Freisinniger, kein rechtsbürgerlicher Wirtschaftsliberaler wie die anderen, du hast ein sympathisches Auftreten ..."
„Und ich bin ein politisches Leichtgewicht!", sagt Keller, womit er das Thema beenden will. Bärtschi klopft ihm auf die Schulter, fragt, was er trinken will und bietet ihm an, ihm ein Stück Torte zu holen.
„Vielleicht haben die auch Zuger Kirschtorte?", lockt Bärtschi.
„Die esse ich nur bei Höhn in Zug oder im Café Brändle am Ägerisee", wiegelt Keller ab.
Die neue CVP-Bundesrätin mache keine schlechte Figur, meint Pacher plötzlich. Sie setze Akzente und bei ihrem Chinabesuch habe sie ganz schön Staub aufgewirbelt. Die komme bestimmt mit einem Freihandelsabkommen zurück, prophezeit Pacher. Bärtschi argwöhnt, dass es eine Schande sei, mit den Chinesen Geschäfte zu machen. China sei der Discounter der Welt geworden, weil es dort keine sozialen, ökologischen und ethischen Standards gebe.
„Dort ist ein Menschenleben keinen Pfifferling wert!", schimpft Bärtschi erregt.
„Wir Grün-Liberalen werden auf jeden Fall nicht für einen Bundesrat Fritschi oder eine Bundesrätin Holdener stimmen", lenkt Helen Sonderegger wieder auf das Thema Ersatzwahl für Landolt. Bärtschi meint, die Holdener komme ohnehin nicht in Frage, die sei bei der FDP und der Ständerat Fritschi, der sei schon innerhalb der eigenen Partei umstritten.
„Sag ich doch schon die ganze Zeit. Ein Fall für Keller!", triumphiert Sonderegger, eine energiegeladene, korpulente Frau ohne Sinn für Mode und mit Frisuren, die sie eher als schräge Modeschöpferin denn als Mitglied des Nationalrates auszeichnen würden, wie Bärtschi immer lästert, wenn sie nicht anwesend ist. Keller fühlt sich zwar etwas geschmeichelt, weiss aber auch, dass jedes Parlament eine schwache Regierung will. Und Keller wäre mit Sicherheit ein schwacher Bundesrat, ein

Träumer, ein philosophierender Sonderling, der sich ins brutale, nüchterne Geschäft der Politik verirrt hat.
„Schaut mal, da ist Binzegger!“, sagt Pacher halblaut.
Viele der Gäste sehen hin, tuscheln ein wenig und kümmern sich schliesslich wieder um ihre eigenen Dinge. Binzegger ist einer der sieben … und da waren's nur noch sechs … einer der sechs Bundesräte. Er ist Vorsteher des Finanzministeriums und Ostschweizer, ein waschechter Toggenburger. Vor vielen Jahren mal, da war Landolt noch ein einfacher Nationalrat, war er für die Kolin Group Landolts Mann in Südamerika. Die Wahl in die Landesregierung war für Binzegger wie ein Sprung aus dem langen Schatten Christian Landolts. Manche glauben aber, dass Binzegger nach wie vor Landolts Marionette blieb. Der gross gewachsene Mann mit den schmalen Schultern und dem hageren Gesicht ist nicht das, was man sich unter dem Repräsentanten einer Staatsregierung vorstellt. Er wirkt zwar sympathisch, hat ein gewinnendes Wesen, wenn er mal zu Worte kommt, und drückt sich immer gewählt, nie polemisch oder gar beleidigend aus. Als Versicherungsvertreter oder Schulrektor könnte man ihn sich gut vorstellen, als Bundesrat wirkt er wie ein Mann, der einen um mehrere Nummern zu grossen Anzug trägt, obwohl ihm alle Parteien attestieren, dass er seinen Job überraschend gut mache.
„Hansruedi, hier hat es noch einen Platz frei“, ruft Bärtschi dem Bundesrat entgegen. Keller findet es immer noch seltsam, aber irgendwie rührt es ihn trotzdem jedes Mal, dass man das Mitglied einer Staatsregierung allein in einem Tram, beim Kirchenbesuch oder eben im Café antreffen kann. Das zeigt aber auch, wie unwichtig und ohne echte Macht Schweizer Minister im Grunde sind.
Binzegger tut so, als hätte er Bärtschi nicht gehört, und setzt sich zu einer älteren Dame an den Tisch, nachdem er gefragt hat, ob da noch frei sei. Die Dame brachte ihn etwas in Verlegenheit, weil sie zuerst verneinte, dann aber doch die Handtasche vom gegenüberliegenden Sitz nahm. Erkannt hat sie ihren prominenten Tischpartner wohl doch nicht.
„So, ich muss jetzt wirklich auch wieder los“, meint Keller und nimmt den letzten Schluck seines Getränks. Bärtschi wünscht einen vergnüglichen Abend und schaut ihn dabei zweideutig an. Keller könnte diesen Bärtschi manchmal in der Aare ersäufen. Als sich Keller durch die gut besetzten Tische schlängelt,

kommt er auch bei Binzegger vorbei, der sogar aufsteht, um ihm die Hand zu schütteln.
„Bei Bärtschi wäre ein weiterer Platz frei geworden“, flachst Keller.
„Ich habe den Idioten sofort bemerkt, aber das Letzte, was ich heute Abend will, ist seinen biblischen Moralpredigten zuzuhören“, sagt Bundesrat Binzegger ungewohnt spitzbübisch. Keller grinst.
„Marco, wir müssen bei Gelegenheit nochmals über deine Interpellation sprechen ... du musst verstehen, dass ich da wirklich nicht anders antworten konnte“, wird er schliesslich vertraulich. Keller ist einverstanden.
„Du kannst ja auch mal zu mir in die Wohnung kommen, wenn dir das lieber ist, Hansruedi.“
„Wo denn?“
„In der Junkerngasse, gleich neben dem Buchladen ... der Eingang hat keine Klingel. Du müsstest also vorher anrufen“, erklärt Keller flink.
Binzegger nickt, schüttelt ihm nochmals die Hand, die er nicht losgelassen hatte, und wünscht ihm einen schönen Abend. Dabei fällt Keller Binzeggers Bücherstapel auf, den er auf das Tischchen gelegt hat.
„Du hast eine Bibel bei dir?“
„Oh ... ja, ich lese gerne in der Bibel ... lege sie aber anders aus als unser Fundamentalchrist da hinten. Ich wollte aber eigentlich meine Unterlagen etwas sortieren und habe die Bücher nur herausgenommen, damit es leichter geht.“
„Goethes ‚Faust’?“
„Ja, genau ... Goethes ‚Faust’ ... solltest du auch mal lesen, speziell den zweiten Teil“, sagt Binzegger geradezu auffordernd, statt nur empfehlend.
„Der soll ziemlich kompliziert sein ... geradezu unverständlich, habe ich mir sagen lassen“, entgegnet Keller.
„Wie deine Interpellation, Marco.“
Marco Keller stutzt. Er hat das Gefühl, dass ihm Binzegger etwas sagen will, ohne es aussprechen zu müssen.
„Goethe wollte ihn erst veröffentlicht wissen, wenn er tot ist. Geschrieben hat er ihn schon 1807. Er wollte sich damit schützen ... und ausserdem glaubte er, dass seine Zeit ihn nicht verstehen würde.“
„Damit hat er bis heute richtig gelegen“, meint Keller.

„Hansruedi, ich lass dich jetzt endlich allein."
Binzegger gibt erstmals Kellers Hand frei, die schon ganz verschwitzt ist.
„Goethe?", wiederholt Keller mehrfach leise, als er das Café verlässt.

KAPITEL 15

„Leider haben wir die verantwortungslose Angewohnheit, unsere Abneigung gegen unerfreuliche Tatsachen einfach abzuschütteln, die Existenz dieser Tatsache zu leugnen und uns zu weigern über sie zu sprechen."

George Bernard Shaw, irischer Literatur-Nobelpreisträger, 1856–1950

„Einen Cappuccino, mit viel Schaum bitte."
Keller sitzt auf der Terrasse des Hotels Mönch in Grindelwald, im Berner Oberland. Freie Sicht auf die Eigernordwand. Anastasija hatte ihn angerufen, ob man sich treffen könne. Keller sagte natürlich zu, wollte aber nicht mehr das Risiko eingehen, nochmals in Bern mit ihr gesehen zu werden. Grindelwald ist weit weg und irgendwie doch ganz nah bei Bern. Er würde morgen früh wieder im Parlament sein müssen. Es ist ein herrlich sonniger Abend, als Keller in seinem alten, hellblauen Cabrio von Bern losgefahren ist, um am Thunersee entlang nach Interlaken und von da nach Grindelwald hinaufzufahren. Das letzte Mal war er mit Franziska hier, zum Skifahren. Er hatte keine Chance gegen sie. Im Sport konnte er ihr nichts vormachen. Irgendwie war überhaupt alles mit ihr ein einziger Wettbewerb. Selbst im Bett kam es ihm vor, als wolle sie gewinnen, die Oberhand behalten, die Kontrolle über sich haben, statt sich einfach fallen zu lassen. Er liebte sie, aber sie liebte ihren Sport. Anfangs, nach der Trennung, hatte er ihre Karriere noch beobachtet, als sie dann aber immer öfter mit ihrem Trainer zusammen Interviews gab, liess sein Interesse stetig nach. Wo sie wohl heute ist? Was sie wohl macht?
„Oh, Entschuldigung, das ist mir jetzt unangenehm", sagt die Kellnerin, als sie ein wenig vom Cappuccino verschüttet.
„Nichts passiert, kein Problem."
Er liest ihren Namen auf dem Schild an der Weste.
„Sie heissen Kerstin? Ihr Akzent … sind Sie aus Ostdeutschland?"

„Berlin. Ich bin Berlinerin."
„Gefällt es Ihnen hier?"
„Ja, sehr … aber eigentlich wäre ich lieber zu Hause", sagt sie.
„Und warum sind Sie dann hier?"
„Das ist Europa. Die Deutschen gehen in die Schweiz arbeiten, die Portugiesen nach Frankreich, die Polen nach Deutschland, die Ungarn nach Österreich, die Chinesen nach Rumänien … in Deutschland ist es schwierig, für junge Leute gut bezahlte … überhaupt bezahlte Jobs zu finden."
„Personenfreizügigkeit nennt man das wohl", meint Keller und schöpft mit dem Löffel den Schaum ab, um ihn sich in den Mund zu schieben.
„Es sollte ein Menschenrecht auf Arbeit in der Heimat geben", meint er plötzlich.
„Ich habe drei schlecht bezahlte Praktikumsstellen gehabt, mit der angeblichen Aussicht auf eine Festanstellung. Pustekuchen! Die haben uns nur ausgenutzt."
„Uns?", fragt Keller.
„Mein Freund war in der gleichen Situation. Gleichzeitig erwartet man von uns, dass wir Familien gründen, konsumieren, Steuern bezahlen, fürs Alter vorsorgen, dann aber auch flexibel sind, schlechte Jobs machen."
„Hier verdienen Sie genug?"
„Mit den Trinkgeldern geht es gut, ja. Die Leute sind freundlich und grosszügig, aber die Schweiz ist halt teuer, so zum Leben halt. Ohne das verbilligte Zimmer im Haus des Chefs könnten wir wieder nichts zurücklegen. Jetzt muss ich aber wieder an die Arbeit. War nett, mit Ihnen zu plaudern."
„Ebenfalls."
Inzwischen ist es schon etwas dämmrig geworden. Und sobald die Sonne weg ist, wird es schnell sehr frisch, vor allem in den Bergen. Keller kontrolliert, ob sein Handy noch eingeschaltet ist. Wo Anastasija wohl bleibt?
„Bundesrat Marco Keller … nein, also wirklich!", lacht Keller und legt das Handy wieder auf den Tisch. Kein Anruf, keine SMS, nichts. Keller war es gewöhnt, auf Anastasija zu warten. Er war es auch gewöhnt, auf Franziska zu warten. Die eine funktioniert nach ihrem Trainingsplan, die andere nach ihrem Geschäftsehemann. Und er, Keller, er wäre die Knautschzone. Aber hat er es nicht immer so gewollt?
„Marco!"

Anastasija überquert die Hauptstrasse und winkt ihm zu. Sie sieht einmal mehr umwerfend aus. Sie trägt eine Sonnenbrille mit grossen Gläsern, einen dünnen, blauen Rollkragenpullover, eine helle Hose und schwarze, hohe Stiefel. Man hat das Gefühl, man müsse nach dem Pferd Ausschau halten, auf dem sie hergeritten sein muss. Zwei Minuten später steht sie vor ihm auf der Terrasse. Sie ist völlig aufgedreht.
„Ich hab dich vermisst", sagt sie mit sehnsuchtsvollem Tonfall.
Keller umarmt sie. Nach einem langen Kuss löst sie sich von ihm und setzt sich an den Tisch.
„Hast du schon gegessen?"
Keller verneint.
„Es ist einfach wunderschön hier. Wieso waren wir noch nie hier?"
„Es gibt viele Orte in der Schweiz, die wir noch nicht gemeinsam besucht haben. Wie geht es deinen Eltern?"
„Papa ist wieder krank … eigentlich immer noch. Peter meint, er sollte in die Schweiz kommen und sich hier bei seinem Hausarzt untersuchen lassen. Aber er will nicht. Er hat immer Angst, dass er sterben wird, wenn er Kazan verlässt. Er will in Kazan sterben."
„Ist er so krank?"
„Nein, aber er hatte schon immer Angst vor dem Sterben. Hast du keine Angst vor dem Tod, Marco?", fragt sie ernsthaft.
„Nur wenn ich verliebt bin."
„Du bist verliebt? In wen?", fragt sie kokett.
„In eine russische Zarin, die mich noch um den Verstand bringt."
Anastasija reagiert nicht wie von Marco Keller erwartet. Sie bleibt ernst.
„Marco, wie soll das bloss mit uns weitergehen?"
Keller setzt sich auf, streckt den Rücken.
„Das frage ich mich in letzter Zeit auch, Nastija."
„Liebst du mich wirklich?"
„Ja, ich liebe dich wirklich, Zarin Anastasija, die Grosse."
„Auch noch, wenn ich alt und hässlich sein werde?"
„Du wirst nie alt und hässlich sein, weil du ein wunderbarer Mensch bist, Nastija."
Marco Keller und Anastasija Berger verbringen den Rest des Abends auf der Terrasse. Kerstin ist eine aufmerksame Bedienung. Alle drei werden immer ausgelassener, je später der

Abend. Nach einem Spaziergang im Mondschein kehren die beiden ins Hotel zurück.
„Massierst du mich?", fragt Anastasija, als sie ins Hotelzimmer treten.
„Und wenn ich nein sage?"
Sie sagt, das könne er gar nicht, schält sich aus den Kleidern und verschwindet lachend im Bad. Er sammelt ihre Klamotten und Unterwäsche vom Boden zusammen, auch die Handtasche. Als er sie auf das Bett legt, öffnet sie sich. Ein herausgerissener Zeitungsartikel kommt zum Vorschein. Keller sieht ihn sich an. Es geht um eine Buchrezension.

Die Fugger – Kauf dir einen Kaiser

Die Geschichte der Fugger ist ein historischer Wirtschaftskrimi. Sie waren reicher und mächtiger als die 100 größten Konzerne der Gegenwart. Sie bestachen Könige, Kaiser und selbst Päpste. Sie finanzierten den Krieg der Katholiken gegen die Protestanten und die Eroberung Südamerikas. Sie retteten Europa vor den Türken und die Habsburger vor dem Untergang. Sie liessen aufständische Bauern niedermetzeln, organisierten den Ablasshandel und hatten Martin Luther zum Gegner. Sie sammelten die wertvollsten Kunstschätze und gründeten den ersten Sozialfond der Neuzeit. Sie erfanden die Gleichung Weltgeschichte = Geldgeschichte.
Der Enthüllungsjournalist Günter Ogger veröffentlicht sein Buch „Die Fugger – Kauf dir einen Kaiser". Es ist die Geschichte der Familie Fugger, die als schwäbisches Geschlecht seit 1367 in Augsburg ansässig war, neben den Medici in Florenz eine der bedeutendsten Handels- und Bankiersfamilien jener Zeit. Unter Jakob Fugger II. gelang der Aufstieg in die damalige internationale Hochfinanz. Er verbündete sich mit Erzherzog Maximilian, dem späteren Kaiser Maximilian I., dem er 1490 zum Tirol verhalf. Mit seinem schon weit verzweigten Handelsnetz errichtete er ein europäisches Kupfermonopol und wurde der Bankier des Kaisers, der Päpste und der römischen Kurie. Als Papst Pius II. statt der spanischen 200 Schweizer Gardisten wollte, genehmigte Jakob, der Reiche, aber nur 150 von ihnen. 1519 finanzierte Jakob Fugger die Wahl Karls I. von Spanien zum römischen König, Karl V., und wurde weitgehend dessen Geldgeber.

Ogger legt sein Augenmerk auf die Jahre zwischen 1495 und 1525, dem Höhepunkt der wirtschaftlichen und politischen Karriere der Fugger. Detailliert und faktensicher begleitet der Autor den Leser durch den Beginn einer neuen Ära. Die Schranken des Mittelalters fielen und machten einem neuen Menschenbild Platz. Es war nicht mehr ausschliesslich die Ausrichtung des Menschen auf Gott wichtig, obwohl gerade Jakob Fugger zeit seines Lebens ein äusserst religiöser Mensch blieb, sondern auf allen Gebieten der Wissenschaft und des Handels wurden neue Erfahrungen gemacht. Die Eroberung Amerikas sorgte für einen scheinbar unaufhörlichen, aber trügerischen Strom von Kapital nach Europa. Schonungslos wurden Menschen und Ressourcen ausgebeutet. Schliesslich jedoch erwies sich der enorme Kapitaltransfer nach Europa als Grund für den wohl ersten globalen, wirtschaftlichen Zusammenbruch. Die Fuggerei, die erste Sozialsiedlung der Welt, existiert indes heute noch. Seit bald 500 Jahren bezahlen die Bewohner für eine der 140 Wohnungen bis zu ihrem Ableben einen rheinischen Gulden (0.88 Euro) Miete pro Jahr. Um Mieter werden zu können, ist nebst anderen Kriterien das tägliche Gebet für die Fugger verlangt, welche offenbar die Konsequenzen im Jenseits für ihr Tun im Diesseits fürchteten.
Der wache Leser wird unschwer Parallelen zur heutigen Zeit entdecken. Auch unsere Welt ist in einem Zustand des Übergangs. Die Zeit der Dipolarität, welche sich nachträglich sicherer zeigte als die Gegenwart, weicht einer – wirtschaftlich gesehen - monofunktionalen Globalherrschaft des Kapitals unter den Fahnen beliebig austauschbarer, neoliberaler Parolen. Konzerne, deren Umsatz oftmals das Bruttosozialprodukt von Staaten übersteigt, bestimmen und finanzieren die Politik. Korruption und Ämterpatronage sind an der Tagesordnung. Unsere Epoche hat offensichtlich mehr Gemeinsamkeiten mit der seit mehr als 500 Jahren vergangenen Geschichte, als wir es wahrhaben wollen.
Es ist die Leistung von Günter Ogger, den Leser darauf aufmerksam zu machen und ihm zu zeigen, wie diese Mechanismen ablaufen. Wer das Buch gründlich liest, der stellt fest, dass unsere ach so moderne Zeit in wesentlichen Dingen ganz schön altmodisch ist. Manche Bücher verlieren niemals ihre Aktualität. Dieses gehört auf alle Fälle dazu.

„Ich dachte, das Buch würde dich womöglich interessieren“, sagt Anastasija, die inzwischen aus dem Bad zurückgekommen ist und sich mit einem Handtuch die Haare trocknet.
„Und wie kommst du darauf?“
„Peter unterhielt sich vor ein paar Tagen am Telefon mit jemandem über deine Interpellation.“
„Die scheint ja viele Leute zu beschäftigen … ausser die Regierung“, meint Keller.
„Es ging um die Schweizer Nationalbank, den Mord an diesem Lehmann, deine Fragen an den Finanzminister, um Geld …“
„Es geht immer nur ums Geld, Nastija.“
Er zieht sie an sich, drückt sanft ihren Kopf an seine Brust, nimmt sie in den Arm und schweigt. Sie spürt deutlich, dass Marco Keller mit seinen Gedanken woanders ist.

KAPITEL 16

„Die Welt hat genug für jedermanns Bedürfnisse, aber nicht für jedermanns Gier.“

Mahatma Gandhi, Politiker und Menschenrechtler, 1869–1948

Vollkommen ausser Puste erreicht Franziska Fischer ihre kleine Wohnung im Zentrum von Solothurn. Ein Blick auf die Uhr zaubert ein breites Lächeln in ihr erschöpftes Gesicht. Sie schafft die grosse Runde immer noch knapp unter Bestzeit, allerdings mit wesentlich mehr Erholungszeit. Nachdem sie geduscht und einen frischen Jogginganzug angezogen hat, am liebsten würde sie jeden und den ganzen Tag in diesem bequemen Kleidungsstück rumlaufen, sie muss ein ganzes Dutzend davon haben, setzt sie sich bei weit geöffneten Balkontüren aufs Sofa. In der einen Hand hat sie einen Eistee, den hätte sie früher nie getrunken, und in der anderen Hand ein Buch. Es geht in diesem Roman um John Fontanelli, einen erfolglosen New Yorker Pizzaboten, der plötzlich der Erbe eines riesigen Geldvermögens wird, wofür ein Ahne im Florenz des 16. Jahrhunderts den Grundstein gelegt hatte. 1995, also 500 Jahre später, sollte der jüngste Nachfahre das Geld erben, welches von der Rechtsanwaltsfamilie Vacchi über fünfzehn Generationen hinweg durch den Zinseszinseffekt vermehrt wurde.
„Scheisse, das Buch hat ja über 800 Seiten!“, scheint sie erstmals zu realisieren. Eine Freundin hatte es ihr empfohlen. Sie habe es in den Ferien in einem Zug durchgelesen. Ihr Freund sei fast wahnsinnig geworden, weil sie das Buch nie abgelegt, sondern sogar zum Essen mitgebracht habe. Dann fällt Franziska Fischers Blick auf die Schuhschachtel auf dem Schreibtisch. Sie hatte sie vergangene Woche beim Räumen wieder in die Finger bekommen. Liebesbriefe, Ansichtskarten und Erinnerungsfotos aus der Zeit mit Marco. Eigentlich wollte sie sie wegwerfen, aber irgendwie … sie legt das Buch weg, rappelt sich aus dem Sofa und holt sich die Schuhschachtel. Sie nimmt

die Fotos heraus, die sie auf ihrer Kolumbienreise geschossen hatte. Damals entdeckte sie ihr Flair für die Fotografie. Bei der Ankunft in Bogotá ging's schon los. Franziska mochte die Stadt überhaupt nicht und so versuchten sie, Flugtickets zur Küste zu bekommen, aber es war alles ausgebucht, obwohl es kaum Touristen gab. In Kolumbien herrschte ein brutaler Drogenkrieg. Wer irgendwie nordamerikanisch aussah, war bereits verdächtig. Pablo Escobar, der Chef des Medellin-Kartells, war auf dem Dach seines Hauses erschossen worden. Die kolumbianische Regierung hatte ihn quasi in seinem eigenen Haus inhaftiert. Das war ein Deal Escobars mit der Regierung, um nicht in die USA ausgeliefert zu werden. Escobars Kartell kontrollierte damals fast 100% des Kokainexports in die USA, gleichzeitig finanzierte er damit Schulen, Wohnhäuser und Wasserversorgungssysteme draussen in den armen Dörfern. Escobar war ein Nationalheld, der sich nur zurückholte, was den Kolumbianern von den verhassten Gringos gestohlen worden war, hiess es. Als Franziska und Marco wie verlorene Kinder auf dem internationalen Flughafen in Bogotá herumstanden, wurden sie von einem Polizisten angesprochen, ob er helfen könne. Sie wussten zunächst nicht, warum ihnen ausgerechnet ein Beamter der Flughafenpolizei hätte helfen können. Drei Stunden später sassen sie im Flugzeug nach Cartagena an der karibischen Küste. Die Tickets waren zwar auf die Namen Carlos Monero und Julia Fernanda Lopez ausgestellt, aber mit einem kleinen Aufpreis konnte der zuvorkommende Beamte auch das regeln. Cartagena ist eine wunderschöne Stadt. Die farbigen Kolonialhäuser, die grossen Plätze und Parks, die Avenidas, die Festungsmauern, die gebaut wurden, um sich vor Piraten und Freibeutern wie Sir Francis Drake zu schützen, waren zwar alle ein wenig vergammelt und heruntergekommen, aber die fröhlichen, singenden, tanzenden und äusserst redseligen Menschen füllten die Stadt umso mehr mit Leben und Frische. Cartagena ist die Heimatstadt von Gabriel García Marquez, dem kolumbianischen Literatur-Nobelpreisträger und Verfasser herrlicher Bücher wie „100 Jahre Einsamkeit" oder „Der Herbst des Patriarchen", einer Novelle auf den grossen Simon Bolivar, der zeit seines Lebens von einem Grosskolumbien mit Venezuela und Ecuador träumte. Es hat immer etwas Mystisches, die Kulissen eines berühmten Romans oder die Lebensräume eines grossen Schriftstellers zu besuchen.

Nach einigen Tagen reisten sie weiter nach Santa Marta, ebenfalls eine Küstenstadt Kolumbiens, im Osten, Richtung Maracaibo. Dort macht der kolumbianische Mittelstand Sommerferien. Marco und Franziska langweilten sich bald. Das alles könnten sie schliesslich auch in Rimini haben, Strand, Eisdielen und Meer. So bot sich die mehrtägige Wanderung zur Ciudad Perdida, der verlorenen Stadt, natürlich geradezu an. Die Ruinen der ältesten, je auf dem Kontinent gefundenen Stadt gehörten den Tairona, einem präkolumbianischen Urvolk, so genannten Indígenas. Mit alten Viehtransportern wurden sie ins Hochland gefahren, nachdem sie sich mit dem Nötigsten eingedeckt hatten. Die Gruppe, das waren vielleicht 16 Personen, darunter ein japanischer Arzt, zwei Engländer, die in Bogotá Englisch unterrichten, vier pubertierende Argentinier, die sich den Abenteuertrip vom Taschengeld zusammengespart hatten, zwei Krankenschwestern aus Cali und einige Studenten aus der Hauptstadt, wurde begleitet von sechs Trägern und einem Führer. Die Träger hatten nicht nur Hängematten, Moskitonetze und alle Lebensmittel, sondern eine ganze Küche dabei. Obwohl es kaum 40 Kilometer bis zur Ciudad Perdida waren, brauchten sie vier Tage dorthin. Die Wege waren zum Teil komplett überwuchert, der Regenwald würde da besonders schnell wachsen, oder waren gar nicht mehr vorhanden, weil heftiger Regen sie weggespült hatte. Ausserdem herrschte eine so hohe Luftfeuchtigkeit, dass selbst die Kolumbianer, zumindest die aus den Städten im Hochland, Mühe hatten, einen Fuss vor den anderen zu setzen. Unterwegs gab es immer wieder herrliche Gelegenheiten, um in einem kalten Bergfluss zu baden. Einmal kamen sie doch tatsächlich bei einer Art Kiosk vorbei, in dem ein kleiner Junge, kaum acht Jahre alt, Cola-Flaschen verkaufte. Allerdings war die Form der Flaschen derart rustikal, dass sie glaubten, damit hätte der Cola-Konzern schon die Inkas beliefert.

„Hier bezahle ich für etwas, wofür ich zu Hause in der Rekrutenschule der Schweizer Armee gemeutert hätte", japste Marco Keller, als es einmal stundenlang nur noch bergauf ging, im Schneckentempo wohlgemerkt. Franziska fand die Reise toll. Das würde sie ein Leben lang nicht mehr vergessen. Im Verlauf der Wanderung wurde ihnen häppchenweise mitgeteilt, dass man im Gebiet einer kolumbianischen Widerstandsbewegung sei, die auch mal Ausländer entführt, um mit dem geforderten

Lösegeld Waffen kaufen zu können, oder dass man ebenso mit einem Helikopter hätte zu den Ruinen fliegen können, wenn man das gewollt hätte. Nein, das wollten sie ohnehin nicht, wie reiche Tagestouristen schnell irgendwo die Nase hineinhalten, eine Limonade trinken, um dann wieder an den Strand zurückzufliegen. Aber das mit den Entführungen hätten sie lieber nicht gehört. Den Aufstieg zu den Ruinen hatte man über eine Treppe zu meistern. Über tausend Stufen zählt der ambitionierte Mathematiker und Tagebuchschreiber, bis er oben angekommen ist. Was Franziska und Marco dann zu sehen bekamen, nach allen Seiten zum Horizont auslaufender Urwald, war atemberaubend. Betrachtete man aber die kläglichen Ruinenüberreste, erinnerte man sich gerne an die Möglichkeit mit dem Helikopter. Zu guter Letzt waren dort auch noch Polizisten der Nationalgarde stationiert, die ein halbes Jahr ihrer Ausbildung auf der pittoresken Ausgrabungsstätte zu verbringen hatten. Nach einigen Monaten waren sie nicht nur ziemlich verwildert, sie machten sich auch noch einen Spass daraus, Touristen zu bestehlen. Auf dem Rückweg kam die Wandergruppe bei einem Dorf aus einfachen Hütten vorbei. Der Führer meinte, in der Regel sei niemand da. Sie wollten keinen Kontakt mit der Zivilisation, hiess es. Vor einer der einfachen Hütten aber sass eine ältere Frau und fertigte aus Blättern wunderschöne Körbe. Franziska war Feuer und Flamme, wollte unbedingt Fotos machen und eines der sorgfältig gefertigten Behältnisse kaufen.
„Ich glaube, der Führer findet die Idee nicht so gut“, sagte Marco, als der wild mit den Händen gestikulierte, nachdem sie ihren Fotoapparat aus der Tasche gezogen hatte. Einer der Englischlehrer klärte sie auf, dass diese Leute glauben, der Apparat würde sie verhexen, ihre Seelen einschliessen. Franziska steckte die Kamera weg und zückte das Portemonnaie. Sie hielt der alten Frau einen grossen Geldschein hin und tippte auf einen der kleinen Körbe. Die Frau jedoch schaute Franziska verständnislos an.
„Die wissen nicht, was Geld ist. Sie können nicht verstehen, warum man gegen ein Stück Papier seine Körbe, sein Vieh oder sein Haus tauschen sollte“, erklärte der Führer, wahrscheinlich schon zum x-ten Mal. Nachdem Franziska das Geld wieder eingesteckt hatte, zeigte die alte Frau auf Marcos Mütze. Die wollte sie haben für einen der Körbe. Franziska riss Marco ohne zu fragen den ziemlich verschmutzten Hut vom Kopf und hielt ihn

der alten Frau hin.
„Das war ein guter Tausch!“, sagte Marco verstimmt.
„Kann ich ihn wenigstens auf dem Kopf tragen, um mich vor der Sonne zu schützen?“
Franziska lacht laut heraus und steckt die Fotos in den Umschlag zurück.

KAPITEL 17

„Dumm sind nicht diejenigen, die dieses System ausnützen, sondern diejenigen, die es zur Verfügung stellen.“

Christoph Blocher, Unternehmer und abgewählter Schweizer Bundesrat, *1940

„Zuger Kanalbank verkauft eigenen Kunden!“
Keller liest die Schlagzeile zweimal. Die Zuger Kanalbank hat offenbar einem argentinischen Investor zu einem beträchtlichen Anteil an einem Aktienpaket des Eichenberger-Konzerns verholfen. Eichenberger ist ein Schweizer Traditionsunternehmen, das zu den weltweit führenden Herstellern in der Medizinaltechnik gehört. Das Pikante an der Sache ist, dass die hoch profitable Eichenberger-Gruppe trotz für Jahre gefüllten Auftragsbüchern von ihrer Hausbank, der Zuger Kanalbank, nicht nur keine Kredite, also dringend benötigte Liquidität für den Zukauf und Neubau notwendiger Produktionsräume, erhielt, sondern von ihr auch noch zu einer Börsenkotierung genötigt worden war. Die Presseberichterstattung füllte eine ganze Woche lang die Zuger News mit Artikeln und Leserbriefen. Fast 200 Stellen wurden mit dem Going-public abgebaut. Dass sich der Direktor der Zuger Kanalbank über ein Konto bei der Privatbank Vonarburg im Vorfeld auch noch Aktienpakete der Eichenberger-Gruppe kaufte, die nach dem Deal beträchtlich im Preis gestiegen sind, schlug dem Fass endgültig den Boden aus. Die Empörung in der Bevölkerung ist gross. Bereits fordern erste Politiker den Kopf des fehlbaren Direktors Ruedi Stämpfli und denken laut über eine Privatisierung der Bank nach.
Marco Keller erinnert sich an ein Interview, das die Zuger News noch vor einigen Wochen im Zusammenhang mit einem ähnlichen Fall bei der Zürcher Kanalbank gemacht hatte. Bundesrat Christian Landolt hatte damals sehr pointierte Ansichten geäussert. Schliesslich findet er die einzelne Zeitungsseite auf seinem Stapel, auf den er seit Jahren Zeitungsberichte ablegt, die er in seiner politischen Tätigkeit einmal brauchen könnte.

„Bundesrat Landolt sieht in den zahlreichen Übernahmen von Schweizer Firmen kein Problem“, liest Keller.
Landolt meinte in diesem Interview, Finanzinvestoren übernähmen in der Regel meistens unterbewertete Firmen. Es könne sein, dass diese schlecht geführt seien, und fügt einige wenige, positive Beispiele an. Missmanagement könne ein Grund für Übernahmen sein, sagt der Interviewer, aber seien nicht speziell Russen und offenbar auch Argentinier in ihren aufstrebenden Ländern unglaublich schnell unglaublich reich geworden? Landolt antwortete, das stimme wohl, und diese können sich auch hoch bewertete, teure Firmen einverleiben. Die Firmen gehörten dann zwar einem Russen oder einem Argentinier, müssten sich aber doch an Schweizer Recht halten. Ob er keine Gefahr sähe, wenn sich Ausländer in Unternehmen mit hohem technischem Know-how einkauften, diese dann schliessen, die auf die Strasse gestellten Mitarbeiter dem Sozialstaat überantworten und mit dem gekauften Wissen in ihren eigenen Ländern Billigkonkurrenz aufbauten, die wiederum die Schweiz konkurrenzieren würde?
„Das ist der freie Markt. Das ist die Globalisierung“, entgegnet Landolt in dem Interview.
„Bei den in der Schweiz laufenden Übernahmen ist oft unklar, welche Ziele die Investoren verfolgen – ausser Kasse zu machen.“
„Investoren sind natürlich an einem möglichst hohen Wert und damit an einem hohen Gewinn interessiert. Raider wollen dies in kürzester Zeit, was in guten Börsenjahren oft leicht gelingt. Da sie den Gewinn aber nur realisieren können, wenn sie die Firma gut führen, darf man nicht den Teufel an die Wand malen. Das darf man alles nicht dramatisieren. Problematisch wird es erst dann, wenn sie ein Unternehmen einzig erwerben, um sich die Konkurrenz vom Leibe zu halten – und nach dem Kauf zerstückeln und Arbeitsplätze vernichten“, sagte Landolt.
„Wie wollen Sie das verhindern? Die wirtschaftlichen Akteure umgehen die Gesetze mit Strohmännern, Scheinfirmen, aufwändigen Holdingstrukturen, Herr Landolt.“
„Der Markt wird das abstrafen!“
„Sie haben in den 90er-Jahren mit Ihrer Kolin Group ebenfalls sehr kurzfristig angelegte Geschäfte gemacht, zwei Mal.“
„Ich war nie ein Investor, der eine Firma nur erwirbt, um sie ein paar Monate später wieder gewinnbringend zu veräussern.“

„Trotzdem haben Sie es getan und kurzfristig Kasse gemacht."
„Die Kyburz Plastic habe ich nur gekauft, weil besorgte Leute mit diesem Wunsch an mich herangetreten sind. Sie befürchteten, die Firma würde ausgehöhlt und zerstört werden. Als ich bemerkte, dass die Produkte der Kyburz Plastic nicht zur Kolin Group passten, suchte ich für die Firma einen neuen Investor."
„Wassily Sidorov."
„Ja, das ist korrekt."
„Bei den jetzigen Übernahmefällen mischten auffallend oft Staatsbanken mit. Wie passt das zusammen?"
„Es ist inakzeptabel, wenn diese Banken nicht einmal die Meldepflicht erfüllen."
„Welche Lehren müssen aus den Fällen gezogen werden?"
„Von meinem Credo her, plädiere ich für eine Privatisierung der Staatsbanken. Schliesslich sind sie im freien Markt tätig."
„'Wir brauchen diese Staatsbank, um den Zins zu bekämpfen, den Privatbanken heilsame Konkurrenz entgegenzustellen und die mittleren und kleineren Gewerbebetriebe vor der Ausbeutung durch die in erster Linie auf eigenen Nutzen bedachten Privatbanken zu schützen'. Wissen Sie, wer das gesagt hat, Herr Bundesrat Landolt?"
„Karl Marx?"
„Der Freisinnig-Liberale Gottfried Keller zur Gründung der Zürcher Kantonalbank 1850."
„Ja, tatsächlich droht die Gefahr, dass die Staatsbank rasch von einer Grossbank übernommen wird und die am Kreditgeschäft mit dem Gewerbe kein grosses Interesse mehr hat. Dann wären wir wieder so weit wie vor 150 Jahren."
„Und wie steht es mit der Staatsgarantie?"
„Die sollte man im Sinne der Gleichbehandlung aller Banken abschaffen."
„Sie kämpfen seit Jahren gegen eine Verfilzung von Politik und Wirtschaft. Sind diese beiden Bereiche immer noch fest verbandelt?"
„Es ist in jedem Fall besser geworden. Die Helvetik Kredit hat zwar nach wie vor einen Beirat, in dem auch Politiker sitzen. Er wurde aber verkleinert. Peter Spörry ist bei Martin Karrers Bank …"
„Er hat sozusagen Ihren Posten geerbt?"
„Das kann man so nicht sagen. Spörry ist dort nicht als Politiker, sondern als Unternehmer gefragt."

„Wie ist er eigentlich an die immensen Gelder gekommen, um diesen maroden Betrieb übernehmen und sanieren zu können, Herr Landolt?"
„Das müssten Sie ihn selber fragen. Beim Bund hat sich übrigens auch einiges getan. In den Gremien seiner Unternehmungen dürfen keine Politiker mehr sitzen."
„Wollen Sie diese Betriebe privatisieren, käuflich machen?"
„Wir sollten alle Unternehmungen des Bundes, die im Wettbewerb stehen, privatisieren. Bei der Swisscom erachte ich diesen Schritt nach wie vor für besonders dringlich. Sie braucht mehr Freiheit. Die Post ist ebenfalls zu privatisieren, sobald das Monopol vollständig fällt."
„Wo ist das ganze Geld eigentlich geblieben, das der Bund für die bisherigen Privatisierungen eingenommen hat?"
„Das wurde wieder ausgegeben."
„Ist es richtig, Unternehmungen zu privatisieren, die vom Steuerzahler finanziert worden sind? Jetzt wird er für die Benutzung wieder zur Kasse gebeten, nun aber von Privaten. Wie können Sie einen freien Markt und den Zugang zum Lebensraum für jede nachfolgende Generation gewährleisten, wenn heikle Bereiche wie Post, Kommunikation, Energie, Geldwesen und Verkehrswesen Privaten gehören? Jeder benötigt diese Bereiche, um sich im Raum bewegen, sich austauschen, Geschäfte machen zu können."
„Der Markt wird es richten."
„Vor einigen Wochen hat der ehemalige deutsche Finanzminister Theo Waigl in einer Fernsehsendung gesagt, Deutschlands Staatsverschuldung und zukünftig zu leistende Forderungen betrügen nicht wie offiziell genannt 57% des Bruttoinlandprodukts, sondern eigentlich 300%?"
„Was geht uns Deutschland an?"
„Die Schweizer Pro-Kopf-Verschuldung liegt noch höher. Tauscht der Staat sein Tafelsilber gegen Schulden?"
„Das kann man so sehen, muss man aber nicht."
„Vielen Dank für das Gespräch, Herr Bundesrat Landolt."
Marco Keller legt den Zeitungsartikel weg, greift nach dem Handy und drückt eine Nummer, die er bis jetzt noch nie gewählt hat.
„Ja, Marco Keller am Apparat. Ich bin jetzt so weit."
Er hört für mehrere Minuten schweigend zu.
„Gut, ich werde da sein."

KAPITEL 18

„Die Wahrheit ist den Menschen zumutbar.“

Ingeborg Bachmann, Lyrikerin, 1926–1973

„Señora y Señor Landolt?“
Maria Landolt-Duhalde bejaht, während Rolf Landolt aufsteht und die Hand nach ihm ausstreckt.
„Señor de la Rua, nehme ich an?“
„Si, Oscar de la Rua vom argentinischen Finanzdepartement. Sehr erfreut.“
Nachdem der schneidige Latino im glänzenden Anzug die Kusshand vollzogen, Platz genommen und beim bereits wartenden Kellner Wasser bestellt hat, reibt er sich unpassenderweise die Hände.
„Die Gespräche konnten heute Mittag abgeschlossen werden. Ihrer Beteiligung an der ehemaligen staatlichen Erdölfirma YBF steht nichts mehr im Wege.“
Rolf Landolt ist sichtlich überrascht. Wie leicht das alles vonstattengegangen ist, ohne Beteiligung seines Vaters. Der Kellner bringt die Karte.
„Haben Sie schon unsere Bifes probiert? Argentinisches Rind ist das beste der Welt. Die Portionen sind entsprechend klein, 300 bis 400 Gramm!“
Oscar de la Rua amüsiert sich köstlich über seinen eigenen Spruch. Maria Landolt fällt ebenfalls ins Gelächter ein. Nur Rolf Landolt weiss nicht, ob er lachen oder weinen soll. Er hatte nicht wirklich damit gerechnet, dass diese Beteiligung in Argentinien, ausgerechnet in Südamerika, so schnell über die Bühne gehen würde. Maria hatte ihn irgendwie dazu überredet. Es klang alles so leicht und logisch, vertrauensvoll und vor allem profitabel. Nur, wo sollte er jetzt das Geld für die Vorfinanzierung hernehmen? Es geht immerhin um 520 Millionen Dollar. Maria wusste, woran Rolf jetzt dachte. Sie griff nun das erste Mal in der Öffentlichkeit nach seiner Hand. Zwar noch

nicht in der Schweiz, aber immerhin in der Öffentlichkeit. Rolf Landolt wusste, dass es ein steiniger Weg würde, den sie beschreiten müssten, wenn sie tatsächlich heiraten würden. Aber immerhin war Maria auch eher seine Altersklasse als die seines Vaters. Und zumindest das nähere Umfeld ahnte ja schon seit geraumer Zeit, dass der alte Landolt die junge Maria längstens ausrangiert hatte.
„Entschuldigt mich einen Moment. Bestellt für mich bitte die Pasta mit Pilzen und Morcheln. Ich bin gleich zurück", teilt Maria Landolt mit und stöckelt Richtung Toilette.
„Eine Rassefrau!", sagt der argentinische Tischpartner jovial.
„Sie kennen einander ja schon länger, habe ich gehört, Señor de la Rua", konversiert Landolt.
Der Argentinier schaut ihn an, als wäre er ertappt worden, setzt das typisch lateinamerikanische Grinsen auf, womit demonstriert werden soll, dass alles in bester Ordnung sei, und schnappt sich das Glas mit Wasser.
„Wer kennt sie nicht, unsere Maria. Sie ist die Tochter einer der angesehensten Familien von Buenos Aires."
De la Rua erschrickt plötzlich, stellt das Wasser ab und steht auf, um sich dem sitzenden Rolf Landolt mit erneut ausgestreckter Hand entgegenzubücken. Landolt hat dessen Gesicht fast in dem seinen, so nah ist er ihm gekommen.
„Señor Landolt, ich bin untröstlich. Ich habe ob der ganzen Hektik mit Ihrem Investment in Argentinien ganz vergessen, Ihnen zum tragischen Tod Ihres Vaters mein tiefstes Beileid auszusprechen. Auch die Regierung möchte Sie ihrer tiefen Anteilnahme versichert wissen."
Landolt bedankt sich und zieht seine Hand aus de la Ruas Griff. Jetzt hätte er langsam genug Beileidshände geschüttelt, denkt er.

„So ein Mist, kein Empfang!"
Maria Landolt verlässt die Toilettenräume des Restaurants Garibaldi und trippelt vor den Eingang, wo sie es ein zweites Mal probiert.
„Wassily?! Ja … ich konnte einfach nicht warten. Es hat geklappt! Die nächsten zwei Wochen lassen wir ihn etwas zappeln, dann mache ich dich mit Rolf bekannt … in Zürich, ganz zufällig … im Opernhaus, genau! Hasta la proxima, mein russischer Tiger."

KAPITEL 19

„Der Weise ist gegen jegliches Unrecht unempfindlich. Darum ist es bedeutungslos, wieviele Pfeile man gegen ihn schleudert, denn keiner wird ihn verwunden.“

Lucius Annaeus Seneca, Philosoph, Schriftsteller und Staatsmann, 1 v. Chr.–65 n. Chr.

Marco Keller wartet am verabredeten Ort. Er hat sich auf eine Bank gesetzt und beobachtet die Kinder auf dem Spielplatz, die von ihren Müttern nicht aus den Augen gelassen werden. Manche schauen argwöhnisch mehrmals zu ihm hin. Ist es nicht bedenklich, wenn man sich als Mann nicht mehr alleine auf die Bank bei einem Kinderspielsplatz setzen kann, ohne als potenzieller Kinderschänder beäugt zu werden? Es gäbe nichts Gefährlicheres, als zwischen eine Krokodilsmutter und ihren Nachwuchs zu geraten. Er ist froh, als der erwartete grüne Golf hinter ihm ankommt. Keller steht auf, nähert sich dem für schweizerische Verhältnisse doch recht mitgenommenen Kleinwagen, und steigt ein.
„Herr Keller, es freut mich, dass wir uns endlich wiedersehen“, begrüsst der ältere, freundliche Herr den Einsteiger.
„Na ja, Sie haben mir ja auch alle Zeit der Welt gelassen, Herr Portis.“
Heinrich Portis steuert den Wagen unerhört flink durch den Feierabendverkehr. Immerhin dürfte er auch schon gegen 80 Jahre alt sein, schätzt Keller.
„Sie haben uns per Mail bestens auf dem Laufenden gehalten. Und wir haben Ihre Entwicklung mit Freude verfolgt“, setzt Heinrich Portis die Konversation fort.
„Es macht keinen Sinn, wenn Sie nicht bereit sind, die Erkenntnis und das Bewusstsein fehlen, Herr Keller.“
Portis war seinerzeit auf ihn zugekommen, ob er nicht für die FDP in den Ring steigen wolle. Ohne jeden politischen Leistungsausweis fand Keller das eigentlich ziemlich frech und gewagt, und nur weil sein Ahne Gottfried Keller hiess … also

damit war wirklich noch kein Staat zu machen. Als er nach einigen Tagen des Grübelns schliesslich doch zugesagt hatte, wohl eher, um nach der Trennung von Franziska eine Ablenkung zu haben, lief alles wie am Schnürchen. Die diversen Nominationen durch die Parteimaschinerie absolvierte er wie am Laufband. Klar, politische Ämter sind nicht wirklich beliebt, die Konkurrenz ist also recht dünn, aber man musste trotzdem eine überzeugende, gewinnende Art haben, um dann bei den geheimen Wahlen, die schliesslich zu Hause am Küchentisch stattfinden, ein Kreuz hinter den eigenen Namen gekritzelt zu bekommen. Und irgendwie waren die anderen Mitbewerber entweder schon etwas verbraucht, Politik macht offenbar alt, ihre Gesichter hatte man schon zu oft gesehen oder sie waren einfach zu unbeliebt. Von den drei Zuger Nationalratssitzen ging einer an die CVP und zwei gingen an die FDP. Das hatte es lange nicht mehr, wahrscheinlich noch nie gegeben.
„Wir sind gleich da, Herr Keller. Manche von den Herrschaften werden Sie schon gesehen haben, es sind allerdings auch Damen dabei, nicht dass ich Sie mit den Herrschaften irritiert habe“, schmunzelt Portis schelmisch.
Ob er in diesem Alter auch noch so frisch, spritzig und gut gelaunt durchs Leben geht, fragt sich Keller. Portis lenkt den Wagen vor ein schmuckes Bauernhaus mit grossem Garten, Geranien auf den Fensterbrettern und einem Appenzeller Sennenhund beim schmucken Eingangstürchen, die klassisch eidgenössische Idylle.
„Der beisst nur Neoliberale“, flachst Portis, als sie durch den Garten zum Hauseingang gehen.
„Und woran erkennt er die?“
„An den Dollarzeichen in den Augen.“
„Sehr hilfreich“, gibt sich Keller geschlagen. Ob er heute Abend nur Witzchen zu hören bekommen wird? Wohl kaum.
„Herein in die gute Stube!“, sagt Portis und zieht ihn am Arm in den grossen Raum, der irritierend nach frisch geschnittenen Blumen riecht. Die aufgeregt diskutierenden Männer und Frauen, die man schon im Garten hören konnte, verstummen für einen Moment. Dann geht das Begrüssungsprozedere los. Keller fühlt sich wie an einer Familienfeier, an der Familienfeier einer Familie, in der die Beteiligten noch miteinander reden. Der ETH-Ökonom Jean Würgler ist dabei, der ehemalige Nationalrat Franz Gärtner, der Unternehmer Nicolai Kayak, Frau

Dr. Tina Grossenbacher, der ehemalige Generalstäbler Thomas Lentzsch, die Theologin Hedy Walker, der Volkswirtschaftsprofessor Hans Christoph Muri, der Mathematiker Hartmut Creutz und … Bundesrat Hansruedi Binzegger.
„Was machst du denn hier, Hansruedi?“
„Ich gehöre auch dazu, Marco.“
„Wozu?“
„Zum ‚Geheimdienst‘, der so genannten Gottfried-Keller-Gesellschaft. Wir sind sozusagen das freisinnige Gewissen der schweizerischen FDP, mein lieber Marco Keller!“, fährt Portis theatralisch dazwischen.
„Wo bleibt der Wein?“, fährt er fort.
Die Stimmung ist nach kurzer Zeit schon derart ausgelassen, dass Marco Keller glaubt, beim Spielplatz in den falschen Wagen gestiegen zu sein. Die vorwiegend älteren Herrschaften und Damen scheinen einander bestens vertraut zu sein. Es ist kein Dünkel oder eine andere Art der Verlegenheit zu erkennen.
„Als ich Ihre Interpellation gelesen habe, da war ich mir sicher, das ist ein echter Keller!“, meint Doktorin Grossenbacher überschwenglich.
„Hinsetzen, Freundinnen und Freunde“, dirigiert der ungekrönte Zeremonienmeister Portis. Sein Temperament macht Marco Keller fast schwindlig.
„Sie sind unzufrieden mit unserem Wirtschaftssystem, Herr Keller?“, fragt Portis in hoch offiziellem Tonfall, als müsste er jetzt die Frage beantworten, ob er jemanden heiraten wolle.
„Das kann man so sehen, ja.“
„Und was läuft Ihrer Meinung nach schief?“
„Ich vermute, der neoliberale Kapitalismus ist eine Fehlkonstruktion.“
„Die Absicht des Kapitalismus wäre an und für sich eine gute Sache. Denn wenn es allen materiell immer besser geht, dann können sie auch mehr Produkte und Dienstleistungen von Dritten kaufen, oder?“
Keller nickt und sieht trotzdem aus, als hätte er nichts verstanden. Portis verteilt unter den Anwesenden Blätter. Darauf sind einfache Zeichnungen zu sehen. Auf einer erkennt man einen Hund, auf der anderen einen Apfel, auf der nächsten einen Tisch, dann ein Huhn, einen Laib Brot, auf dem nächsten ein Häuschen, die Grossenbacher kriegt eine Massage, Keller eine Violine.

„Tauschen Sie miteinander!“
Es stellt sich schnell heraus, dass ein fairer Tauschhandel kaum zu bewerkstelligen ist. Weder kann man ein Stück vom Hund abschneiden, wenn man lediglich einen Apfel will, noch ist das Huhn gut mit der Violine zu tauschen. Der Tisch, ja der Tisch, den könnte man noch gegen zwei oder drei, vielleicht sogar vier Massagen tauschen.
„Schwierige Sache, was?“, setzt Portis dem Spiel schon bald ein Ende.
„Ich habe Ihnen allen einen Vorschlag zu machen. Ich gebe jedem Anwesenden tausend Franken. Wir sind, so glaube ich, zehn Personen. Jetzt können Sie Ihren Besitz gegen das Geld eintauschen, was das Tauschen oder Handeln ziemlich erleichtern dürfte.“
Tatsächlich, Keller fühlt sich zwar wie in einem Kindergarten, aber es funktioniert. Geld ist eine fabelhafte Erfindung!
„So, meine Damen und Herren, nachdem Sie nun ein Jahr lang getauscht haben, hätte ich gerne 10% Zinsen auf das Geld, das ich Ihnen zur Verfügung gestellt habe.“
Keller stutzt und fragt instinktiv, wofür. Die ganze Runde lacht.
„Weil ich nichts konsumieren konnte, Herr Keller. Ich hatte mein Geld ja Ihnen allen zur Verfügung gestellt. Der Zins ist also quasi eine Entschädigung, weil ich in diesem Jahr auf Konsum verzichtet habe. Warum hätte ich es Ihnen sonst zur Verfügung stellen sollen, Herr Keller?“, fordert Portis ihn heraus.
„Aber Sie haben das Geld ja gar nicht erarbeitet. Sie haben es einfach selber hergestellt. Und woher sollte ich die Zinsen nehmen? Es ist ja nicht plötzlich mehr Geld im Umlauf“, erklärt Keller die Misere.
Die Anwesenden hören ihm schmunzelnd zu.
„Ich könnte Ihnen natürlich auch einen Kredit geben, damit Sie mir die Zinsen bezahlen können“, sagt Portis zu Koller.
„Dann hätte ich ja noch mehr Schulden?!“
„Oder Sie nehmen es einem Ihrer Mitspieler weg, aber das wollen Sie ja auch nicht.“
Keller fällt es wie Schuppen von den Augen.
„So funktioniert unser Geldsystem?!“
„Na ja, es ist natürlich ein wenig komplexer, aber im Grunde ist das bereits der ganze Zauber. Sie können daran auch unschwer erkennen, warum alles getan wird, damit die Wirtschaft wächst,

und worauf der Wettbewerb tatsächlich gründet, den alle Politiker so toll finden. Keiner will untergehen, zu den Schuldnern gehören. Die sozialen und ethischen Erosionen treten spätestens dann ein, wenn das Wachstum an seine Grenzen stösst, keine neuen Kredite mehr aufgenommen werden können, sich keine verschuldungswilligen Unternehmer mehr finden. Das ist in der Regel alle 70 bis 80 Jahre der Fall ... denn ewiges Wirtschaftswachstum, daran glauben nur Verrückte und Ökonomen. Unser Kreditgeldsystem verwandelt die kooperative Idee der kapitalistischen Arbeitsteilung schleichend in einen brutalen Wirtschaftskrieg, der schliesslich die skrupellosesten Unternehmer an die Oberfläche spült, zu Helden macht", erklärt Professor Hans Christoph Muri nüchtern.
„Das heisst aber auch, dass jedem Franken, Dollar oder Euro Vermögen ein Franken, Dollar oder Euro Schuld gegenüberstehen muss?", erkundigt sich Keller.
„Genau so ist es. Und es bedeutet ebenfalls, dass, wenn alle ihre Schulden eines Tages tatsächlich zurückzahlten, sich dadurch auch die Geldvermögen in Luft auflösen würden. Und die Agenten der Banken würden wie in Michael Endes vermeintlichem Kindermärchen ‚Momo und die Zeitdiebe' einander die Zigarre wegnehmen, um schliesslich doch zu sterben. Tatsächlich glaubt ja selbst ein Markus Karrer, dass seine Helvetik Kredit Werte schaffe ... als ob Geld arbeiten würde ... in Tat und Wahrheit ist er nicht viel mehr als ein Kranich, der sich wie in Goethes ‚Faust' von den Feldern bedient, welche die Pygmäen bestellt haben", führt Portis aus.
Keller sieht in die Runde und stellt fest, dass der Kranich im Grunde ein Nichts zur Verfügung stellt, dafür Zinsen kassiert und sich damit kauft, was andere geschaffen haben.
„Und wenn die Pygmäen die Zinslast nicht mehr bedienen können ..."
„Fällt das Luftschloss des virtuellen Währungssystems in sich zusammen. Dann wird man endlich realisieren, welche realen Werte man aus einer gespenstischen Kostenlogik heraus vernichtet, ausgelagert, entlassen hat. Wer das Spiel kennt, flüchtet rechtzeitig in Sachwerte, also reale Werte wie Immobilien, Boden, Landwirtschaft, vielleicht Gold oder in die meist in Schlüsselbereichen tätigen Staatsunternehmen", fällt ihm Professor Muri ins Wort.
„Das erinnert mich an das Spiel ‚Die Reise nach Jerusalem' ...

wenn die Musik zu spielen aufhört, dann rette sich wer kann“, fügt Keller leise an.
„Und wer schöpft diese Kredite, dieses zusätzliche Geld, Professor?“, fügt er sofort die nächste Frage an.
„Nun, es sind höchstens 10% des sich im Umlauf befindlichen Geldes von der Zentralbank geschöpft und im besten Fall mit Gold gedeckt …“
„Und der Rest?“, unterbricht Keller.
„Man nennt es auf Neudeutsch ‚fractional banking'. Für jeden Franken, den eine Bank einnimmt, kann sie zehn verleihen. Viele private Banken verleihen Geld, das sie eigentlich nicht haben“, fährt Hans Christoph Muri fort.
„Banken schöpfen Geld ohne Deckung und wollen dafür auch noch Zinsen?“
„Nun, das ist doch sehr ökonomisch. Geringer Aufwand, maximaler Ertrag … und mit den protzigen Bankgebäuden demonstrieren sie ihre Unentbehrlichkeit für die Gesellschaft, wie früher die katholische Kirche mit ihren Kathedralen“, erklärt Portis bildhaft.
„Die Einkaufszentren sind unsere neuen Kirchen und die aufwändig inszenierten Generalversammlungen der Banken die neuen Sonntagsmessen“, fährt Portis nicht ohne die ihm eigene Prise Sarkasmus fort.
„Und um das Mass voll zu machen: die pickelgesichtigen Absolventen der Wirtschaftshochschulen sind quasi die Apostel der neoliberalen Religion, denn nichts anderes sind die Wirtschaftswissenschaften, die religiösen Ideologien des 21. Jahrhunderts!“
Keller spürt, wie sich sein Atem verlangsamt, als ob er auf einen 6000er gestiegen wäre. Bundesrat Binzegger reicht ihm ein Glas Wasser.
„Mit Geld, das längst nichts mehr mit der realen Wirtschaftsleistung zu tun hat, kaufen Russen, Araber, Chinesen, Ägypter oder Argentinier sich in unsere Demokratien ein … unsere Firmen, unsere Häuser, unseren Boden. Und die Schweizer Kapitalbesitzer machen dasselbe in anderen Ländern“, meldet sich Binzegger das erste Mal zu Wort.
„Sie haben in Ihrer Interpellation doch selber geschrieben, dass die Geldmenge nur noch einem Bruchteil der realen Wirtschaftsleistung entspricht, Herr Keller. Früher hatte man die Goldmünzen mit minderem Metall gemischt, bis es schliesslich

auch der Bäcker, der Schmied oder der Zimmermann gemerkt hat, dass er um seinen Lohn betrogen wurde. Heute generieren sie das Geld als Zahlen auf einem Computer, was doch viel praktischer ist", ergänzt Portis fast väterlich. Bundesrat Binzegger zieht ein Dokument aus seiner Mappe und schiebt es zu Marco Keller über den Tisch. Es ist Kellers Interpellation.

Interpellation von Nationalrat Marco Keller zum Schweizer Franken

Nicht nur im Nationalrat dreht, windet und beschäftigt sich alles um und mit Geld. Geld ist über die vergangenen Jahrzehnte immer mehr das Mass fast aller Dinge geworden. Mit Geld messen wir den Wert oder das Gewicht eines Geschäfts, einer Arbeit oder eines Sachgegenstandes, wie mit dem Kilogramm, dem Meter und dem Liter Gewichte, Längen oder Flüssigkeiten.

Der anstehende 100-jährige Geburtstag der Schweizerischen Nationalbank ist Anlass genug, um vertieft über den Schweizer Franken zu sprechen, bestimmt er doch unser aller Leben in nachhaltiger, positiver wie leider manchmal auch negativer Weise. Auf Geld bauen wir unsere arbeitsteilige, der Transparenz verpflichtete, direkt-demokratische Volkswirtschaft, unsere Altersvorsorgen, unsere Sozialsysteme auf.

Wir speichern sozusagen getane Arbeit oder Zukunft in Geld.

Leider bin ich im Zusammenhang mit dem Schweizer Franken immer wieder auf widersprüchliche und unbefriedigende Antworten oder Zusammenhänge gestossen. Deshalb möchte ich als gewählter Volksvertreter meine Fragen an unsere Landesregierung richten, in der Hoffnung, dass diese im Interesse der arbeitenden Menschen in unserem Land Klärung und Transparenz schaffen kann. Auch bin ich sicher, dass sich alleine durch die Beschäftigung mit diesen Fragen die eine oder andere Erkenntnis einstellen wird.

Jeder Produzent und Dienstleister ist gesetzlich verpflichtet, sein Produkt, seine Dienstleistung nicht direkt, sondern gegen Geld einzutauschen, was natürlich auch das Erheben von staatlichen wie privaten obligatorischen Abgaben erleichtert (MwSt, direkte Bundes-, Kantons- und Gemeindesteuern, Zinsen, Gebühren, Versicherungsprämien, Mieten usw.). Auch Immobilien, Unternehmen, selbst Banken, Boden und Lebenszeit werden in Geld bewertet und getauscht. Manch einer wird im Interesse der Allgemeinheit auch enteignet (z.B. für den Strassenbau) und entschädigt durch Schweizer Franken. Wer oder was stellt sicher, dass das Geld auch in 10 oder 20 Jahren noch (s)einen (Tausch-)Wert hat?

Davon ausgehend, dass der Staat (also wir selber) den Geldwert garantiert, möchte ich wissen, wie er das kann, wo er seine Staatsverschuldung (also die Steuern von morgen und somit zu leistenden Abgaben unserer Kinder, auch der noch ungeborenen) innert zehn Jahren auf 253 Milliarden verdoppelt (Staat, Kantone, Gemeinden), in derselben Zeit über 300'000 wertschöpfende Arbeits- und Ausbildungsplätze ausgelagert hat und seine Staatsbetriebe, seine Goldreserven, das Land seiner Bauern (mögliche Aufhebung Lex Koller, neues Landwirtschaftsgesetz) und seine Kanalbanken zunehmend für in- und ausländisches Kapital käuflich machen will (was eigentlich einer Enteignung des Schweizer Volkes, insbesondere zukünftiger Generationen gleichkommt)? Und nach welchen Kriterien werden Staaten, Kantone oder Gemeinden geratet, wenn sie Kredite beantragen?

Der US-Dollar ist seit der Weltwährungskonferenz 1944 in Bretton Woods Leit- und Reservewährung Dutzender Volkswirtschaften. Hält auch die Schweizer Notenbank Reserven in US-Dollar? Wenn ja, wie schützt sich die Schweiz gegen den Kaufkraftverlust dieser Reserven?

Im Jahr 1991 erschien das Buch „Geld und Natur“ des nichtmarxistischen, international anerkannten Schweizer Geldtheoretikers Binswanger. In diesem Buch thematisierte er die zu erwartenden, nun aktuell gewordenen Umweltprobleme und zeigt damit die Mitverantwortung unseres Kreditgeldsystems auf. Und an der 18. Oikos-Konferenz „Die Zukunft des Geldes“ der Hochschule St. Gallen im Mai 2006 bestätigte Prof. Dr. Prabhu Guptara (Ausbildungscenter UBS), dass der Zins massgeblich zur sich weiterhin öffnenden Schere zwischen Arm und Reich beiträgt. Wird solches Wissen an Schweizer Schulen (Universitäten, Hoch- und Fachschulen, Erwachsenenbildung, WMS usw.) vermittelt?

97,5 % der täglich um den Globus fliessenden Geldmenge hat keinen realwirtschaftlichen Hintergrund mehr (Magazin Bilanz vom 26.1.2005). Ist es nicht eigentlich nur eine Frage der Zeit, bis das weltweite Währungssystem, welches zu ca. 70% auf dem US-Dollar basiert, zusammenbricht (Inflation)? Was bedeutet ein Währungszusammenbruch für die im internationalen Wirtschaftsstandort Schweiz lebenden Menschen, welche durch eine immer internationaler werdende Arbeitsteilung an Autarkie (Selbstversorgung) verlieren, auch bezüglich Versorgung mit den wichtigsten Gütern des täglichen Bedarfs?

Keller liest seine eigene Interpellation Wort für Wort durch, so, als ob er sie das erste Mal zu Gesicht bekommen hätte. Dann schüttelt er verständnislos den Kopf. Wie konnte er etwas schreiben, das er erst jetzt verstanden hatte?
„Ein echter Keller!“, wiederholt Dr. Grossenbacher.
Als sich Keller etwas gefangen hat, fragt er in die illustre Runde, wie das denn alles so weit kommen konnte.
„Handfeste Interessen, Marco“, antwortet Binzegger.
„Die Mont Pèlerin Society, Herr Keller“, ergänzt Hans Christoph Muri.

KAPITEL 20

„Mehr als bei allen anderen Zweigen der Wirtschaftswissenschaften haben wir es beim Geldwesen mit einer Disziplin zu tun, in der die Komplexität häufig dazu dient, die Wahrheit zu verschleiern, statt sie für jedermann verständlich darzustellen."

John Kenneth Galbraith, Ökonom und Berater der US-Präsidenten
Roosevelt, Kennedy und Johnson, 1909–2006

Franziska schmökert in Bürgis Unterlagen. Einen ganzen Stapel hat sie mitbekommen, als sie ihn in Lugano besucht hatte. Es war interessant, aber sie spürte auch, wie besessen er davon ist, den Dingen auf den Grund zu gehen. Das hatte sicherlich vor allem damit zu tun, dass sein eigener Vater den Sohn des Lehrers ihm vorgezogen hatte. Nie schien er das wirklich verwunden zu haben, obwohl er in den letzten Jahren realisierte, dass ihn sein Vater vor einer mörderischen Odyssee bewahrt hatte. Nach den zwei Abenden bei Bürgi war ihr Kopf so voll, dass sie sämtliche Papiere, Texte und ausgeschnittenen Zeitungsartikel erst einmal weglegte. Sie würde sich später dafür Zeit nehmen, obwohl sie wusste: was man nicht unmittelbar tut, tut man in der Regel nie. Sie schlug den Ordner wahllos irgendwo auf. Natürlich blieb ihr Blick nicht nur am Titel des Dokuments hängen.

Geld, Magie und die Wachstumsspirale
von Klaus Bürgi, Philosoph

Die allzu menschliche Wunschvorstellung, sich ohne vorangegangene eigene Leistung Produkte, Dienstleistungen und Besitz aneignen zu können, ist nicht nur zeitgenössischen Lottospielern, Bankräubern oder einigen Managern eigen, sondern beschäftigt die Menschen, seit die Tauschwirtschaft durch die auf Geld basierende Arbeitsteilung abgelöst und vereinfacht wurde. Bereits das Treiben der spanischen Eroberer Südame-

rikas oder der Alchemisten war von denselben Absichten motiviert. Die Herstellung von künstlichem Gold wurde denn auch nicht aufgegeben, weil es nicht funktionierte, sondern weil es eine weit einfachere Möglichkeit gab, um Zahlungsmittel herzustellen. Denn Geld (= gelten) ist in erster Linie das Vertrauen, es jederzeit gegen etwas wirklich Wertvolles eintauschen zu können. Noch bis 1924 konnten europäische Kolonialherren in Afrika Sklaven gegen Muscheln kaufen, weil der Verkäufer sicher war, dass er letztere gegen Lebensmittel, Häuser oder Land tauschen konnte.
1696 führte die „Bank of England“ erfolgreich das erste Papiergeld Europas ein und begründete damit die moderne Geldwirtschaft, nach deren Vorbild bis heute das Notenbanksystem der meisten Volkswirtschaften der Welt organisiert ist. Um den Menschen dieses neue Geld schmackhaft zu machen, brauchten sie die Sicherheit, dass sie dieses bedruckte Papier jederzeit auch gegen Gold eintauschen konnten. Doch die Menschen fanden es schnell sehr praktisch, statt der Goldmünzen das leicht transportierbare Papiergeld benutzen zu können, und da kaum jemand mehr seine „Zettel“ gegen Gold eintauschen wollte, war die Versuchung mancher Notenbank gross, mehr Geld auszugeben, als Gold vorhanden war.

Freiherr Johann Wolfgang von Goethe, 23 Jahre zuständiger Geheimrat für Wirtschaftsfragen am Weimarer Hof und politisch ein gemässigter Liberaler, hatte die Anfänge der industriellen Revolution erlebt, die Europa für den Rest der Welt übermächtig machte und im Grössenwahn so einiger Kolonialmächte gipfelte, was vor allem auch durch das unbegrenzte Herstellen von Papiergeld möglich wurde. Und so handelt Goethes „Faust“ (der zweite Teil) von nichts anderem als diesem uns alle beschäftigenden Dogma der Moderne: das Wachstum der Wirtschaft als Massstab für die Entwicklung der Menschheit. Johann Wolfgang von Goethe erklärt die Wirtschaft als einen alchemistischen Prozess, die Suche nach dem künstlichen Gold mit anderen, modernen Mitteln. Mit dem künstlichen Geld kann Faust sich vom Kaiser das Recht zur Kolonisierung eines vom Meer abgerungenen Landstrichs erkaufen. In einer heutigen Fassung hätte Goethe vielleicht das Recht an einem Ölfeld verwendet.

Die Theorie von Professor Binswanger

Professor Binswanger wurde der breiten Öffentlichkeit vor allem durch seine Pionierarbeiten zum qualitativen Wachstum, zum Verhältnis von Geld und Magie sowie zur Geschichte des ökonomischen Denkens bekannt. Seinem vor wenigen Monaten angesichts der Globalisierung neu aufgelegten Buch „Geld und Magie – eine ökonomische Deutung von Goethes Faust" folgt nun sein Spätwerk „Die Wachstumsspirale – Geld, Energie und Imagination in der Dynamik des Marktprozesses". Es ist eine kluge Kritik an der derzeit vorherrschenden neoklassischen Wachstumstheorie, welche die politisch-ökologische Polemik der 70er- und 80er-Jahre auf die Fachebene hebt. Professor Binswanger sieht den Produktionsfaktor Boden, und damit die Natur, in der aktuell vorherrschenden Wirtschaftstheorie fatal vernachlässigt (Professor Robert Costanza von der Universität Maryland hat ausgerechnet, dass die jährliche Wertschöpfung der Natur bei 60 Billionen Dollar liegt; das ist das Doppelte der menschlichen Wertschöpfung). Zwar lebt ein beträchtlicher Teil der Menschen heute besser, länger, bequemer, aber dennoch könne es niemandem entgehen, dass wir uns auf dem alchemistischen Weg befänden und die Kollateralschäden an Mensch und Natur der zu ewigem Wachstum verdammten Wirtschaft immer deutlicher zu Tage treten, entgegnet Binswanger jeweils, wenn man seine pessimistische Sicht kritisiert. Den Zwang zum Wachstum der Wirtschaft sieht er denn auch nicht in den unbegrenzten menschlichen Bedürfnissen oder einem Überlebensprinzip, sondern in der Magie der Geld- und Kreditschöpfung. Er sagt: „99% der Menschen sehen das Geldproblem nicht. Die Wissenschaft sieht es nicht, die Ökonomie sieht es nicht, sie erklärt es sogar als ‚nicht existent'. Solange wir aber die Geldwirtschaft nicht als Problem erkennen, ist keine wirkliche ökologische Wende möglich." Binswanger weist mathematisch nach, dass die sich global ausweitende Geldmenge (in den letzten 30 Jahren hat sich die Menschheit verdoppelt, die Gütermenge vervierfacht, die Geldmenge vervierzigfacht) eine Wachstumsspirale in Gang setzt, die zunächst Wohlstand und Arbeitsplätze sichert, aber durch die begrenzten Ressourcen unseres Planeten ökologische Probleme nach sich zieht. Selbst Goethe hat den Verlust der Schönheit (Beispiel Umweltverschmutzung), jenen der Sicherheit (Beispiele Atom- und

Gentechnologie mit ihren Gefahren) und jenen der Gegenwart (Studien-Flut und Prognose-Sucht aufgrund der unsicheren künftigen Entwicklung) als zu zahlenden Preis für den „höchsten Augenblick Fausts" gesehen. Ein zunehmend hoher Preis, wie es sich zeigt, für die Faszination an der wirtschaftlichen Tat und dem scheinbar unendlich vermehrbaren, dem unbegrenzten Fortschritt.

Die Weltwirtschaft ist eine Hauswirtschaft (Oikos) und als solche auf die Wertschöpfung des Bodens angewiesen. Landwirtschaft plus Intelligenz (Rationalisierung und Produktivitätssteigerung) haben dazu geführt, dass sich immer mehr Menschen Tätigkeiten ausserhalb der zu deckenden Grundbedürfnisse (Essen, Trinken, Kleidung, Behausung) zuwenden können, ohne Angst vor Hunger haben zu müssen. Die moderne Neoklassik spricht heute aber nur noch von Kapital, Arbeit, technischem Fortschritt und Humankapital als wertschöpfenden Faktoren. „Die Landwirtschaft ist die erste aller Künste: ohne sie gäbe es keine Kaufleute, Dichter und Philosophen; nur das ist wahrer Reichtum, was die Erde hervorbringt." Friedrich der Grosse, König von Preussen (1712 bis 1789).

„Das ist ja ein starkes Stück!", beschliesst Franziska die Lektüre und legt den Ordner wieder weg, schaltet den Fernseher ein und findet auch gleich einen Sender, auf dem die deutsche Bundeskanzlerin im Berliner Bundestag über die Ergebnisse des G8-Gipfels informiert, der vor wenigen Tagen zu Ende ging. Man müsse den Energieverbrauch reduzieren, insbesondere den durch fossile Ressourcen gewonnenen, die erneuerbaren Energien fördern, die Energieeffizienz steigern, den Schwellenländern dabei helfen und man wolle den CO_2-Ausstoss bis ins Jahr 2050 um 30% reduzieren. Sie zappt auf den nächsten Sender. „Live Globe" sind weltweit ausgestrahlte, 24-stündige Rockkonzerte für den Klimaschutz. Der ehemalige US-Vizepräsident unter Bill Clinton bedankt sich für das Interesse und mahnt, sich seinen Film „Eine unbequeme Wahrheit" anzusehen, falls man das noch nicht getan hat. Man könne es schaffen, die Welt noch zu retten, wenn man nur wolle.

„So, jetzt brauche ich was Hochprozentiges!", sagt sich Franziska und bewegt sich zur wohnungseigenen Bar. Die hatte sie sich auch erst nach dem Ende ihrer Sportlerkarriere zugelegt.

KAPITEL 21

„Der Prozess, mit dem Banken Geld schöpfen ist so einfach, dass sich der Verstand dagegen wehrt.“

John Kenneth Galbraith, Ökonom und Berater der US-Präsidenten Roosevelt, Kennedy und Johnson, 1909–2006

„Dann hätte ich gerne einen Coupe Romanoff, mit viel Schokoladensauce, bitte!“, bestellt Portis in freudiger Erwartung.
„Der Romanoff ist gewöhnlich mit viel Erdbeeren“, korrigiert die Bedienung.
„Ach, haben Sie das jetzt auch schon wieder geändert?“, zeigt sich Portis überrascht.
„Dann mit viel Erdbeeren … und die Schokoladensauce in einem separaten Kännchen, bitte!“, ändert er seine Bestellung.
Die Bedienung nickt resigniert und verlässt den Tisch.
„Woher kommt eigentlich der Name Portis? Dieser Familienname ist mir überhaupt nicht bekannt“, fragt Keller seinen Tischpartner.
„Meine Familie kam aus Norditalien. Wir müssen eine furchtbar blutrünstige Familie gewesen sein. Einmal waren wir nah dran, den Vatikan und ganz Rom anzuzünden … und den Wein haben wir aus den Totenschädeln unserer besiegten Gegner getrunken“, führt er aus.
„Das tun Sie heute aber hoffentlich nicht mehr?“
„Ich spüre, dass mich das Verlangen bisweilen am Gaumen kitzelt“, scherzt der gut gelaunte, ältere Herr.
„Und, wie hat Ihnen unser erstes Treffen gefallen, Herr Keller?“
„Starker Tobak, würde ich mal meinen. Davon muss ich mich erst mal erholen.“
„Das ging wohl allen so.“
„Was ist eigentlich diese Mont Pèlerin Society?“, erkundigt sich Keller, nachdem die Bedienung das bestellte Wasser gebracht hat.
„Die Mont Pèlerin Society ist so eine Art Geheimloge. Es exis-

tieren keine Mitgliederlisten, keine Sitzungsprotokolle. Trotzdem schätzt man die Zahl der Mitglieder weltweit auf 1000 bis 1500. Es sind vorwiegend Bankiers, Ökonomen, Publizisten, Intellektuelle, Grossindustrielle, Verleger, auch viele Politiker. Zu den Schweizer Mitgliedern zählen Kurt Hellmüller, der Inhaber der Neuen Zürcher Chronik, Gabriela Caruso …“
„Die Tessiner Staranwältin?“, fällt Keller ihm ins Wort.
„Genau. Ebenfalls Mitglied sein sollen Ständerat Fritschi und Bernhard Bürgi, der Gründer und ehemalige Besitzer der Kolin Group, Landolts Vorgänger.“
„Aha?!“, reagiert Keller überrascht.
Die Bedienung serviert den Coupe Romanoff, einen gewaltigen Eisbecher mit viel Rahm, und einen Cappuccino, wie ihn Keller bestellt hatte.
„Wo soll ich denn hier die Schokoladensauce dazugiessen?“, fragt Portis ein wenig verärgert.
„Unser Küchenchef wusste nicht, dass da noch Schokoladensauce dazukommen wird, sonst wäre er mit dem Rahm wohl sparsamer …“
„Sagen Sie Ihrem Küchenchef, er solle sich mal ein bisschen über die hiesige Eisbechertradition informieren“, entgegnet Professor Portis wieder gut gelaunt. Die Bedienung beginnt zu lachen. Heinrich Portis ebenfalls.
„Ich bin schon letztes Mal auf Sie hereingefallen!“, erinnert sich die Bedienung.
„Da haben Sie Recht.“
Nachdem sich die Serviceangestellte wieder den anderen Gästen zugewandt hat, erzählt Portis Keller, was er sich das letzte Mal hat einfallen lassen.
„Dafür gebe ich dann aber immer kräftig Trinkgeld“, entschuldigt er seinen seltsamen Humor.
„Im Grunde ist der Geist hinter der Mont Pèlerin Society derselbe, der seit Jahrhunderten schon nach der Eroberung der Welt trachtet, nur diesmal mit anderen Mitteln, nämlich mit privatem Geld.“
„Mit privatem Geld?“
„Würden die Menschen die Leistungen direkt tauschen, bräuchte es kein Geld. Niemand könnte Geld verleihen. ‚Baucis und Philemon’ werden von Goethes ‚Faust’ gezwungen, Geld zu benutzen. Und Faust bestimmt, was Geld ist. Der Zins, den sie für die Benutzung des Geldes bezahlen müssen, ist im Grunde

eine Steuer. Ist die Geld ausgebende Bank privat, im Jargon der Ökonomen ‚unabhängig', dann ist der Zins nichts weiter als eine private Steuer", erklärt Portis Keller behutsam, während er mit seinem Rahm, glitschigen Erdbeeren und schmelzendem Eis kämpft.
„Aber ich kriege doch für mein gespartes Geld ebenfalls Zinsen?", wendet Keller ein.
„Das ist ja das Raffinierte an der ganzen Sache. Die Verzinsung des von den Banken zur Verfügung gestellten Geldes verteuert über die ganze Wertschöpfungskette gerechnet jedes Produkt, jede Dienstleistung um mindestens 30%. Von meinem Eisbecher hier gehen also 30% über Umwege zu einem Geldverleiher. Gebe ich pro Jahr 60'000 Franken für meinen Lebensunterhalt aus, müssten durch mein angelegtes Vermögen also mindestens 20'000 Franken an Zinsen hereinkommen, um ein Gewinner des Zinssystems zu sein. Könnten die Banken nicht durch neue Kredite die gesamte Geldmenge ständig erhöhen, würde sich bei einer gleichbleibenden Geldmenge irgendwann alles Geld wieder bei den Geldverleihern sammeln und die Bevölkerung würde sich wundern, warum die Wirtschaft nicht läuft. So fliesst zwar ebenfalls ständig ein grosser Teil wieder zu den Geldverleihern zurück, aber halt weniger offensichtlich. Das Ganze ist derart simpel, dass es genau deswegen so unglaublich ist. Das Tüpfelchen auf dem i ist, dass dieses System selbst von seinen Verlierern erbittert verteidigt wird, wenn auch aus Unkenntnis", plaudert Portis frisch, fröhlich und zutiefst amüsiert weiter, als würde er über einen kurzweiligen Zooausflug mit seinem Enkel sprechen.
„Während Blasphemie heute gesellschaftsfähig ist, geradezu zum guten Ton gehört, werden dieselben Menschen ganz komisch, wenn man hingegen das Geld in Zweifel zieht", ergänzt Portis mit einem breiten Schmunzeln.
„Über Geld spricht man nicht", sagt Keller erklärend.
„Warum wohl, Herr Keller?"
„Die Mont Pèlerin Society will also eine einzige private Währung für die ganze Welt?"
„Damit liesse sich der ganze Globus besteuern. Und ‚Faust' wäre am Ziel. Das Werk wäre vollbracht", vervollständigt Keller Portis' Ausführungen.
„Möchten Sie ein wenig Schokoladensauce in Ihren Cappuccino, Herr Keller?"

KAPITEL 22

„Eine Gesellschaft, die den Armen nicht helfen kann, kann auch die Reichen nicht retten."

John F. Kennedy, US-Präsident, 1917–1963

Weisses Haus in Washington, Juni 1963

Der amerikanische Präsident John F. Kennedy, sein Vize Johnson und ihr Wirtschaftsberater John Kenneth Galbraith haben die ganze Nacht hindurch diskutiert. Präsident Kennedy fürchtet eine sich anbahnende Wirtschaftskrise. Während Banken, Konzerne und Immobilienhändler immense Gewinne einfahren, serbelt der breite Mittelstand, die kleinen und mittleren Unternehmen, vor sich hin. Eine Firmenpleite jagt die nächste, öffentliche Einrichtungen wie Schulen und Spitäler werden aus Kostengründen geschlossen, die Arbeitslosenzahlen steigen, die Meinungsumfragen für Präsident Kennedy verschlechtern sich täglich.

„Ich verstehe es immer noch nicht! Die Menschen wollen arbeiten, die Menschen wollen konsumieren, das Angebot ist besser denn je und die freiwillige, kostenlos geleistete Arbeit steigt in Rekordhöhen", brüllt Kennedy wie ein Berserker durch das Oval Office. Die Ärmel seines Hemdes sind nach hinten gerollt, das Gesicht müde und eingefallen, die Laune längstens auf dem Tiefpunkt.

„Das heisst doch eigentlich, dass weder Arbeit noch Konsumgüter fehlen, sondern nur Geld."

Galbraith nickt zum x-ten Mal, während der Vize ziemlich resigniert den Kopf schüttelt.

„Lyndon, was schüttelst du den Kopf?"

Johnson antwortet nicht.

„Der Staat bestimmt, was Geld ist. Der Staat sorgt für die politische Stabilität, damit der Bürger in dieses Geld Vertrauen haben kann. Und ich bin der mächtigste Mann des Staates,

der mächtigste Mann der Welt. Warum muss ich mir dann von unserer Zentralbank Geld gegen Zinsen ausleihen, um meiner Aufgabe, die Staatsgeschäfte zum Wohle des Volkes zu führen, nachkommen zu können?"
„Willst du wieder Keynesianismus, John? Wenn der Staat das Geld selber druckt, ist die Versuchung gross, mehr zu drucken, als die Wirtschaft aufnehmen kann. Das führt in die Inflation, ins Elend, schlimmstenfalls in einen Krieg", mahnt Johnson ausdrücklich.
„John, was rätst du mir?"
„Mr. President, Sie haben meine Antwort schon Dutzende Male gehört, gelesen und ganz bestimmt verstanden. Wenn wir nicht handeln, dann verblasst der grosse Wirtschaftskrach von 1929 angesichts der zu erwartenden Zukunft Amerikas zu einem Kindergeburtstag", antwortet der gross gewachsene, schlanke Galbraith nüchtern, ohne auch nur den Hauch einer Emotion in der Stimme. Kennedy geht nachdenklich mit der Hand vor dem Mund zwei-, dreimal zum Fenster und wieder zurück an seinen Schreibtisch, wo er kurze Blicke in die immer selben Papiere wirft.
„John, Lyndon … ich erlasse noch diese Woche zwei Executive Orders. Die amerikanische Notenbank wird verstaatlicht und damit dem Volk zurückgegeben … und bis alles ausgearbeitet ist, werde ich neues, staatliches Geld drucken lassen, welches wir willigen Kleinunternehmern ohne Kapitalkosten zur Verfügung stellen …"
„John, wenn du das tust …!"
„Mein Entschluss steht fest, Lyndon. Ich sehe keine andere Lösung", fällt Kennedy seinem Vize ins Wort. Kennedy bittet Lyndon, zusammen mit Galbraith die Vorlage vorzubereiten. Er wolle sie spätestens am Montag dem Kongress vorlegen.
„Die Rede werde ich selber schreiben … möglicherweise mit Unterstützung meines Redenschreibers Gore Vidal."
Kennedy nimmt die Jacke seines Anzugs, streicht seine Haartolle nach hinten und wünscht den beiden einen guten Tag. Dann verlässt er das Oval Office. Lyndon B. Johnson und John Kenneth Galbraith sind ungerührt sitzen geblieben. Als der Präsident das Büro verlassen hat, richtet sich Galbraiths Blick stumm auf Johnson.
„Auf welcher Seite stehst du, Lyndon?", fragt Galbraith.
Johnson zögert.

„Auf der Seite des Präsidenten, John."
Galbraith holt eine Zigarre aus der Innentasche seines Jacketts und schnuppert genussvoll ihren feinen Duft.
„Zigarren machen, das können sie, diese kubanischen Kommunisten."
„Kriege ich auch eine, John?", fragt Johnson mit flacher Stimme Galbraith, der seine Tabakrolle bereits angezündet hat.
„Natürlich."
Galbraith zieht eine zweite hervor, bleibt ungerührt im Sessel sitzen und streckt sie dem Vize entgegen. Johnson spürt, dass Galbraith ihn provozieren will, geht aber ohne lange zu warten auf ihn zu. Als er nach der Zigarre greifen will, zieht Galbraith sie wieder weg.
„Lyndon, auf welcher Seite stehst du?", fragt Galbraith erneut.
„Ich weiss, auf welcher Seite ich zu stehen habe."
Johnson schnappt sich energisch die Zigarre, setzt sich direkt neben Galbraith auf den Bürotisch des Präsidenten und schaut mit leeren Augen aus dem Fenster. Draussen beginnt bereits der neue Tag.
„Kennedy braucht wieder einen Erfolg. Die Stagnation des Wirtschaftswachstums, das Mondflug-Projekt, das Desaster in Kuba … aber ob das der richtige Weg ist? Ich weiss es nicht, John."
„Er ist immerhin der Präsident der Vereinigten Staaten von Amerika", bemerkt Galbraith zwischen zwei langen Zügen.
„Eben! Er ist *nur* der Präsident!", kontert Johnson.
Galbraith nimmt diese Bemerkung ohne erkennbare Reaktion zur Kenntnis. Er hält Johnson für einen unverbesserlichen Opportunisten.
„Stimmt es, dass John bereits im November mit dem Wahlkampf beginnen will?", fragt Galbraith schliesslich.
„Ja! Er will in Texas starten und dabei auch gleich den Streit unter den Demokraten schlichten, Einigkeit demonstrieren …"
„Wir haben Texas bei den Wahlen fast verloren, obwohl du aus Texas kommst, Lyndon", unterbricht Galbraith ihn vorwurfsvoll.
„In welchen Städten werden John und seine Frau Jackie dort auftreten, Lyndon?"
„Houston, Austin, dann in Dallas."

KAPITEL 23

„Terror ist der Krieg der Armen
und Krieg ist der Terror der Reichen."

Sir Peter Ustinov, Philantrop, Schriftsteller und Schauspieler, 1921–2004

„Ja, ich stehe genau vor dem Buckingham-Palast." Anastasija Berger versucht gleichzeitig zu telefonieren und durch das Gittertor die Wachposten mit den typischen Bärenfellmützen zu fotografieren. Es ist kalt und neblig in London. Grossbritanniens Hauptstadt zeigt sich mal wieder von ihrer unangenehmen Seite. Zusammen mit ihrem Chauffeur Hansruedi Gröbli vertreibt sie sich die wenigen Tage auf der Insel mit Sightseeing und Shopping. Den Piccadilly Circus, die Royal Albert Hall, das Parlament, das berühmte Kaufhaus Harrods, seit etlichen Jahren im Besitz eines ägyptischen Investors, und jetzt den Palast der englischen Queen hat Anastasija mittlerweile schon aufgesucht und aus jeder erdenklichen Perspektive fotografiert. Peter Berger hatte sie einen halben Tag vor der Abreise gefragt, ob sie auch mitkommen wolle. Er habe in London einen wichtigen geschäftlichen Termin und das sei doch eine günstige Gelegenheit, sich die Weltstadt an der Themse anzusehen. Anastasija ist tief beeindruckt. Vor knapp 90 Jahren war London noch das politische und wirtschaftliche Zentrum der Welt. Fast ein Viertel des Planeten gehörte damals zum britischen Empire.
„Papa, London ist wunderschön, obwohl es seit unserer Ankunft pausenlos regnet … Peter? Peter hat ein wichtiges Treffen mit Geschäftsleuten. Ich sehe ihn heute Abend … ja, ich werde es ihm sagen. Gib Mamuschka einen Kuss von mir … ja, übernächsten Monat. Ciao Papa!"
Sie klappt das Handy zusammen und nimmt sich erneut vor, doch noch ein gutes Foto von den bärenfellbemützten Soldaten zu machen, die viel zu weit weg vor ihren Wachhäuschen stehen, während Hansruedi ihr mit dem Schirm folgt.
„Das sind Wachhäuschen, Frau Berger", meint Hansruedi tro-

cken, nachdem er mehrmals zuhören musste, wie sie diese ihrem Vater am Telefon in Kazan als aufgestellte, grosse Särge beschrieben hatte.
„Das weiss ich doch, aber damit habe ich sie ihm am besten beschreiben können … so kann sich Papa etwas darunter vorstellen“, rechtfertigt sie ihre bildhafte Sprache.
„Und jetzt? Wohin wollen Sie jetzt, Frau Berger?“
„Jetzt will ich was Warmes zu trinken. In einem typisch englischen Pub!“, schlägt Anastasija vor. Als sie sich wieder in den Wagen gesetzt und Hansruedi hinter ihr die Türe hat ins Schloss fallen lassen, klingelt ihr Handy.
„Wer ...“
Ein kurzer Blick auf das kleine Display und sie hat ein Strahlen über das ganze Gesicht, als wäre gerade die Sonne aufgegangen.
„Die Zarin von London am Apparat“, meldet sie sich mit gespielt versnobtem Tonfall. Marco Keller ist dran.
„Ja, ich bin in London … das wusste ich gestern auch noch nicht.“
Marco Keller erzählt, dass sie heute im Parlament einen neuen Bundesrat gewählt hätten. Er heisse Fritschi und werde wohl dieselbe Haltung wie Landolt an den Tag legen, also auf Kurs bleiben. Ansonsten gäbe es nicht viel zu berichten. Auch über die Morde könne man noch nichts Neues sagen. Die Untersuchungen liefen auf Hochtouren und die Bundespolizei sei mächtig unter Zeitdruck. Der zuständige Direktor habe heute im Parlament vorsprechen müssen, weil verschiedene Nationalräte Fragen zu den laufenden Untersuchungen an den Polizei- und Justizminister, Bundesrat Canonica, gestellt hatten. Wann sie denn wieder zurück sei, fragt er.
„Voraussichtlich am Mittwoch, Marco.“
Sie wisse nicht genau, mit wem sich Peter treffe, aber es müssen wichtige Leute sein. Peter sei während des Flugs sehr nervös gewesen, erzählt sie. Er habe nicht viel geredet, mehrere Dokumente durchgearbeitet, viele Notizen gemacht und als er einmal auf der Toilette war, habe sie einen kurzen Blick darauf geworfen. Sie habe davon kaum ein Wort verstanden, sie könne halt nicht so gut Englisch, zumindest nicht auf diesem Niveau, aber offenbar muss es sich um eine Firma handeln, die sich Mont Pèlerin Society nennt.
„Ich denke, Peter will sich da irgendwie beteiligen. Es scheint

ein wichtiges Geschäft zu sein. Ich habe ihn noch nie so konzentriert gesehen. Sonst scheint ihn ja nichts aus der Ruhe zu bringen … Marco, bist du noch dran? … ja, heute Abend gehen wir essen. Sicher sind da auch ein paar Leute von dieser Firma dabei. Ich dich auch."
Hansruedi hat längst mitgekriegt, was da zwischen Anastasija Berger und diesem Politiker läuft. Und weil er sich schon wunderte, dass Peter Berger überhaupt geheiratet hat, wundert er sich kaum mehr über diese Dreiergeschichte. Hansruedi war schon bei einigen Unternehmern Chauffeur und könnte viel erzählen, wenn er wollte. Aber er will nicht. Ihm gefällt sein Job, obwohl er ständig abrufbereit sein muss, aber schliesslich ist er alleinstehend und niemandem verpflichtet. Vielleicht wird er, wenn er darin eine Art Sinn erkennt, einmal „Die Memoiren eines Chauffeurs" schreiben. Das macht heute schliesslich jeder und immerhin war er sogar einmal Chauffeur eines Bundesrates und der Fahrer einer griechischen Reedertochter. Aber die intensivste Erfahrung war das eine Jahr bei diesem französischen Musikproduzenten, der sich als international tätiger Kokainhändler entpuppte. Dass er vor Gericht auch noch zu einer Aussage gegen seinen Arbeitgeber gezwungen worden war, das war ihm dann eindeutig zu viel.

„Du wirst heute Abend die mit Abstand schönste Frau sein", sagt Peter Berger. Und es klingt so ehrlich, dass Anastasija ihm dafür einen grossen Kuss gibt.
„Ach, wärst du doch nur ein bisschen hetero", seufzt sie.
„Anastasija, wie könnte eine Ehe besser funktionieren als die unsere? Jeder kriegt vom anderen, was er für ein gutes, erfolgreiches Leben braucht und das Thema Beischlaf, an dem so viele Ehen scheitern, ist bei uns keines", analysiert Berger die gemeinsame Beziehung lakonisch.
„Die Schwerarbeit haben wir sozusagen ausgelagert."
„Was sind das für Leute, die wir heute Abend beim Essen treffen werden, Peter? Muss ich aufpassen, über welche Themen ich spreche?", fragt Anastasija ihren Ehemann, während der sich zum dritten Mal die Krawatte um den Hals legt, die er entweder zu lang oder zu kurz bindet.
„Sie sind wichtig für meine Geschäfte in Europa. Zeig dich einfach ein bisschen interessiert und frag nur nach Dingen, die du wirklich wissen möchtest. Das ist eigentlich alles."

„Ist das nicht eine englische Firma?“
„Welche Firma?“
„Na, die Firma, mit deren Chefs wir uns heute treffen. Der Mont Pèlerin ist doch eigentlich ein Berg am Genfersee?“, stellt Anastasija klar.
„Ach, du meinst die Mont Pèlerin Society? Das ist keine Firma. Das ist eine lose Vereinigung liberaler Denker … Intellektuelle, Ökonomen, Publizisten, Bankiers … die heisst nur Mont Pèlerin Society, weil sie sich in den Gründungsjahren vorwiegend zwischen Vevey und Montreux auf dem Mont Pèlerin getroffen hatten. Wir werden übrigens am Tisch des Vorsitzenden dinieren, Anastasija.“
„So? Und wie heisst der Mann? Sieht er gut aus?“
Berger lacht laut heraus. Die Krawatte sitzt inzwischen tadellos.
„Wieso fragst du? Bist du mit deinem Marco Keller nicht mehr zufrieden?“
Anastasija fährt es kalt den Rücken hinunter.
„Wieso weißt du …?“
„Anastasija, denkst du, mich interessiert nicht, was du den ganzen Tag machst, mit wem du deine Zeit verbringst?“
Sie spürt das erste Mal seit vielen Jahren wieder das Gefühl, das sie damals mit Wassily erlebte, als er ihr subtil zu verstehen gab, dass es nicht zu ihrem Vorteil wäre, falls sie mit ihm wegen der Immobiliengeschichte Schluss machen würde.
„Und, ist er jetzt gut aussehend oder nicht?“, versucht sie das Thema zu wechseln.
„Nein, das ist er nicht. Aber er ist ein furchtbar reicher Mann und Reichtum macht ja bekanntlich sexy. Sieh dich also vor, Anastasija.“
„Wie heisst er nun?“
„Eugene Greenfield, er ist der älteste Spross einer jahrhundertealten Bankiers-Dynastie“, antwortet Berger.
„Wir haben ihn schon einmal kurz getroffen, in Zürich“, doppelt er nach.

Der riesige Festsaal im Sechs-Sterne-Hotel Victoria Palace ist bis zum letzten Platz gefüllt. Herren in schwarzen Anzügen und Smokings sitzen neben zu puppenhaften Prinzessinnen herausgeputzten Frauen, eine schöner und teurer gekleidet als die andere. Die Tische sind üppig dekoriert, irgendwoher kommt die

Musik einer Liveband. Mindestens dreihundert Kellner marschieren wie ferngesteuert durch den Saal und kümmern sich um das Wohl der Gäste.
„Da hat auch nicht jeder die eigene Frau dabei“, bemerkt Peter Berger spitz, als sie zu ihrem Platz geführt werden.
„Ich werde also auch als deine Mätresse angesehen?“, erkundigt sich Anastasija irritiert. Er fasst ihre Hand und lässt sie nicht mehr los, bis sie vor ihrem Tisch stehen.
„Mrs. Berger, Mr. Berger, willkommen im Zentrum der Mont Pèlerin Society. Nehmen Sie doch Platz“, begrüsst stehend ein schlanker, grosser Mann mit weissen Haaren, braungebranntem Gesicht und weit geöffneten, dunkelblauen Augen das Paar. Sie scheinen die letzten Plätze des ansonsten bereits besetzten Tisches zu bekommen.
„Peter Berger hat uns nicht zu viel versprochen“, bemerkt der Weisshaarige anerkennend.
„Sie sind heute Abend die Königin, Mrs. Berger“, scharwenzelt er mit theatralischer Geste.
„Sie übertreiben, Mr. Greenfield … alleine hier am Tisch sitzen mehrere Miss Universe“, kokettiert Anastasija gekonnt. Die Tischdamen reagieren prompt. Peter Berger drückt kurz Anastasijas Hand, als ob er zu ihrem Auftritt gratulieren wolle, und rückt ihr den Stuhl zurecht.
„Das sind also Mrs. und Mr. Berger aus Zürich. Peter Berger ist ein international aufstrebender Global Player im Beteiligungsgeschäft und Rohstoffhandel. Er gehört seit einigen Monaten zu unserer kleinen Gesellschaft von Philosophen und Philanthropen“, stellt Greenfield die beiden ein wenig näher vor. Greenfield selber scheint ohne Begleitung zu sein. Harry White zu seiner Linken ist Börsenspekulant, sozusagen der kleine Bruder von George Soros, meint Greenfield. Seine Frau, eine ehemalige Miss Slowakei, ist eine ernsthafte Dame, die aus ihrer Langeweile keinen Hehl macht. Sie reagiert kaum, als Greenfield sie vorstellt. Mr. Hui Feng ist einer der reichsten Männer Chinas, obwohl seine Familie seit Jahrzehnten Mitglied der kommunistischen Partei ist. Den Grundstein seines Vermögens hat er mit dem Produzieren und Exportieren von Elektroapparaten, Geschirr, Unterwäsche, Ski- und Sportschuhen und Sonnenbrillen gemacht. Später hat er sich an amerikanischen und europäischen Hightechfirmen beteiligt, die er einige Jahre später nach China umsiedeln liess. Vor drei Jahren hat er im deut-

schen Ruhrgebiet eine moderne, aber selbst national nicht mehr konkurrenzfähige Kohlenförderanlage demontieren lassen, für die die Euro-Union vor acht Jahren noch über 600 Millionen Euro locker gemacht hatte und schon zwei Jahre später mit 80 Millionen pro Jahr subventionieren musste. Inzwischen stehen in China vierzehn solcher nachgebauten Anlagen, die zum Teil auch exportiert werden. Vor kurzem hätten 400 seiner chinesischen Arbeiter in Brasilien eine Anlage in Rekordzeit und zu einem konkurrenzlosen Preis aufgebaut. Zwölf Arbeiter seien dabei ums Leben gekommen, aber zu diesen Kosten könne man nicht aufwändige Sicherheitsvorkehrungen treffen. Mit Verlust müsse man halt rechnen. Er fände es schon interessant, wie die Europäer und die Amerikaner aus Kostengründen selbst volkswirtschaftlich heikle Bereiche in ausländische, chinesische Hände gäben, erzählt Hui Feng. Seine Begleiterin ist eine dicke Matrone, die sehr an einen weiblichen Buddha erinnert.
„Wir Chinesen sind nicht dumm, nur billig. Und bei über einer Milliarde Arbeitskräften werden wir das auch noch lange bleiben“, bemerkt Hui Feng.
Mrs. Jennifer Garfield ist die Haupteignerin zweier Automobilmarken und Mitbegründerin eines schnell wachsenden Pharmakonzerns. Sie ist vielleicht 50, höchstens 55 Jahre alt. Sie tut alles, um in keinem Reichsten-Ranking wie zum Beispiel dem Forbes Magazine aufzutauchen. Mit ihrem Vermögen finanziert sie Stiftungen, die Schulhäuser in Afrika bauen, Universitäten sponsern, natürlich nur solche, die neoliberale Wirtschaftstheorien vertreten, Wasserversorgungen in Indien erstellen und Lobbyisten im nationalen Parlament von Neu Delhi bezahlen. Es gehe dabei um patentiertes Saatgut. Die Kredite an die Bauern gewähren sie gleich selber. Ihr Mann ist Professor für Soziologie an einer renommierten Universität in Kalifornien und wohl eher der schweigsame Typ.
Zwar stellt Eugene Greenfield auch all die anderen Pärchen an der Tafel vor, aber Anastasija wird davon schon bald ganz schwindelig. Sie nickt nur noch und hat ein interessiertes Gesicht aufgesetzt. Wie viel lieber wäre sie jetzt mit Marco in Bern, würde dort irgendwo mit ihm einen Kaffee trinken und über die kleinen Dinge des Alltags sprechen. Wer was gekauft hat, sich mit wie vielen Millionen woran beteiligt hat und wer welche Benefiz-Veranstaltung oder Charity-Gala durchführen will, ist für sie nicht mehr zu fassen. Sie findet diese Gesell-

schaft von Superreichen, die sich die Welt wie ein Monopoly-Brett aufgeteilt haben und einander mit Wohltätigkeits-Events übertrumpfen wollen, ermüdend, was Peter ihr längst angemerkt hat.
„Mr. Greenfield, erzählen Sie doch mal wieder die Geschichte über Ihre Vorfahren während der Napoleonischen Kriege", schlägt Peter Berger vor.
„Die meisten an diesem Tisch werden sie bestimmt noch nie gehört haben", meint er ergänzend.
Eugene Greenfield schiebt sich den letzten Bissen des Filets auf die Gabel und führt sie zum Mund. Mit zwei, drei kräftigen Schlucken Chardonnay spült er nach, wischt sich mit der Serviette die Mundwinkel sauber und zieht seine Krawatte zurecht, die er zum Essen gelockert hatte.
„Wenn Sie meinen, Mr. Berger."
Greenfield beschreibt seine Ahnen, die damals die kleine Wechselstube bei Mainz eröffneten, als hätte er sie noch persönlich gekannt. Die Schilderungen um die Äufnung des Familienvermögens durch immer ausgedehnteren Handel und mit immer wichtigeren und grösseren Kreditnehmern sind ein „Who's who" der europäischen Geschichte.
„Bonapartes Kontinentalsperre 1810 gegen England ruinierte uns fast. Sein protektionistisches Verhalten war natürlich überhaupt nicht in unserem Sinn und Geist."
Dass Greenfield und seine Brüder in Frankreich, Grossbritannien, Spanien, Deutschland und Italien inzwischen angesehene und mächtige Financiers waren, erwähnt er zwar nur beiläufig, was aber umso interessierter von den Zuhörern aufgenommen wird. Hätte Bonaparte in den Jahren nach Leipzig nicht eine Schlacht nach der anderen verloren, gäbe es die Dynastie Greenfield mit Sicherheit nicht mehr, meint der Vorsitzende der illustren Gesellschaft. Trotzdem wäre seine Abdankung und Exilierung auf der Insel Elba keine wirkliche Erleichterung gewesen, vor allem wegen des ungünstigen Zeitpunktes. Nichts ist einem Investor unangenehmer als politisch unberechenbare Verhältnisse. Bonaparte wäre zwar ein eigensinniger, egozentrischer Amokläufer geworden, aber trotz allem war er der stabilisierende Faktor im damaligen Europa. Und so habe man alles getan, um den kleinen Mann mit dem unbändigen Ehrgeiz nach Paris zurückzuholen und wieder als Kaiser einzusetzen. Ein ausgeklügeltes Nachrichtenübermittlungssystem mit Rei-

tern und Morsezeichen mittels Spiegeln ermöglichte den Gebrüdern Greenfield bestens und Stunden voraus, über die politischen und militärischen Entwicklungen informiert zu sein.
„Ihre Familie hat Bonaparte aus dem Exil auf Elba befreit?“, fragt Anastasija ungläubig nach.
Greenfield räuspert sich, verneint und meint, man hätte lediglich alles getan, dass es dazu kommen konnte.
„Als Bonaparte im belgischen Waterloo auf Lord Wellington und seine englischen Truppen traf, zitterte ganz Europa vor der Rückkehr des kleinen Korsen. Niemand ahnte, dass meine Brüder den Preussen einen so grossen Kredit ausstellten, dass Feldmarschall Blücher den Engländern mit einem respektablen Kontingent an Soldaten zur Seite reiten konnte. Als die Informanten meiner Vorfahren London erreichten und über die drohende Niederlage des französischen Kaisers berichteten, verkauften sie an der Börse sämtliche Aktien und die anderen Investoren, die Michael Greenfields weit verzweigtes Informationsnetz kannten, taten dasselbe. Sie entzogen dem Markt ihr Geld, weil sie glaubten, Bonaparte stehe vor der neuerlichen Eroberung Europas und damit der endgültigen Niederlage Englands. Als 24 Stunden später die offiziellen Berichterstatter die Nachricht von Bonapartes definitiver Niederlage in die City of London brachten, hatten Greenfields Agenten den Grossteil der an der Londoner Börse gehandelten Aktien bereits wieder aufgekauft. Unsere geschickte Kreditpolitik entschied über Europas Zukunft und machte uns zur reichsten Familie der damaligen Zeit. Londons Kolonialpolitik, die Ausweitung des britischen Weltreichs, verschaffte unserer Familie ein Vermögen, das jede Vorstellungskraft sprengt.“
Anastasija steht auf, verlässt wortlos den Tisch und eilt aus dem Saal. Peter Berger weiss genau, was in ihr vorgeht. Greenfields Vermögen ist durch den Tod und das Elend von Millionen von Menschen in Europa entstanden.
„Für diese Menschen ist die Wirtschaft ein Spiel, um sich die Langeweile zu vertreiben!“, schreit Anastasija mit unterdrückter Stimme Peter Berger an, der ihr ein paar Sekunden später gefolgt ist.
„Ja, es tut mir Leid, Anastasija. Ich dachte, die Geschichte fändest du interessanter als die Auflistung der Millionenvermögen unserer Tischnachbarn. Es war eine dumme Idee!“, entschuldigt sich Peter Berger.

„Heute haben es diese Menschen noch viel leichter. Durch die technischen Möglichkeiten ziehen sie ihre Vermögen in immer kürzerer Zeit aus den Volkswirtschaften ab und stürzen Mieter, Pensionäre, die arbeitenden Menschen ins Bodenlose, anonym, ohne ihnen dabei in die Augen sehen zu müssen“, ereifert sie sich. Peter Berger steht da wie ein begossener Pudel.
„Karl Marx prophezeite in seinem Manifest eine Welt als internationale Fabrik der Kapitalisten, die ihre Vermögen in Steuer- und Investitionsparadiesen vermehren, auf der Welt herumschieben und damit die gewählten Politiker und die ihnen anvertrauten Menschen in immer grössere Schwierigkeiten bringen“, erregt sie sich.
Peter Berger ist überrascht. So klassenkämpferisch hatte er sie noch nie erlebt.
„Du bist ja eine Kommunistin geblieben“, stellt er fest.
„Quatsch, ich bin wenn schon eine Humanistin.“
„Unsere russischen Diktatoren wären neidisch auf das, was der neoliberale Kapitalismus geschaffen hat. 500 Konzerne kontrollieren zwei Drittel des Welthandels. Die angeblich im Wettbewerb stehenden Unternehmer sitzen da drin bei Kaffee und Kuchen und wissen ganz genau, dass sie ihre grossen Konzerne, Konglomerate, Kartelle, Allianzen oder Kombinate nur noch planwirtschaftlich führen können. Was für eine Farce!“
„Bitte, komm nach einer kleinen Pause an den Tisch zurück und mach mir hier keine Szene. Für mich steht zu viel auf dem Spiel, Anastasija. Lass dir deinen Abscheu möglichst nicht anmerken. Ich werde dich danach nie mehr in eine solche Situation bringen. Ich verspreche es dir, Anastasija. Okay?“
Sie nickt. Innert weniger Minuten hat sie sich wieder gefangen.
„Ich gehe schnell zur Toilette und frische mein Makeup auf. Dann bin ich wieder bei euch.“
Berger gibt ihr einen Kuss auf den Mund. Dann geht er in den Saal zurück.

KAPITEL 24

„Nicht weil es schwierig ist, wagen wir es nicht,
sondern weil wir es nicht wagen, ist es schwierig.“

Sokrates, griechischer Philosoph, 469–399 v.Christus

Rom, September 1978

Gianluca Casanegro beschliesst, endlich etwas essen zu gehen. Er legt seine Lesebrille auf den Tisch, auf dem er Unterlagen, Bücher und Notizen ausgebreitet hat und verlässt auf direktem Weg den Vatikan. Er isst am liebsten in einem der typisch römischen Restaurants in der näheren Umgebung des päpstlichen Palastes, dem weltlichen Zentrum der katholischen Kirche. In den Kneipen und Gassen kennen sie den kleinen, bescheidenen Mann in der unscheinbaren Kutte eines einfachen Mitarbeiters der Kurie. Sie wissen auch, Casanegro ist nicht nur ein enger, langjähriger Freund des vor Kurzem gewählten Papstes Johannes Paul I., als Albino Luciani vormaliger Erzbischof von Venedig, sondern auch ein wichtiger Berater des neuen Pontifex in ökonomischen Fragen. Casanegro leitet die wirtschaftswissenschaftliche Abteilung, die Papst Johannes Paul I. unmittelbar nach dem Antritt seines Pontifikats wieder ins Leben gerufen, reanimiert hatte. Unzählige Tage, Nächte und Wochen haben Luciani und Casanegro über wirtschaftliche Zusammenhänge, die Haltung der Kirche und die Hintergründe für das über Jahrhunderte aufrechterhaltene kanonische Zinsverbot der christlichen Kirchen diskutiert. Seit dem theologischen Studium hat sich diese gemeinsame Leidenschaft mit den Jahren immer mehr verstärkt. „Dein Wille geschehe, wie im Himmel so auf Erden“, beliebte Luciani den Satz aus dem Vaterunser zu zitieren, wenn mal wieder einer der konservativen Kollegen die These vertrat, dieses Leben hier sei nur ein schmerzvolles Intermezzo. Das wahre Leben, die Ewigkeit im Jenseits, die erst bringe Erlösung.

„Wie geht es unserem Papst?“, fragt der Wirt des Restaurants La Cucina Romana freundlich, als er seinem Stammgast die Karte an den Tisch bringt.
„Nicht so sehr gut. Er ist schnell erschöpft. Vor einigen Tagen ist er zur Erholung nach Castel Gandolfo gereist. Die vielen Kurzreisen haben ihn sehr ermüdet“, befriedigt Casanegro das Interesse des Wirts.
„Das ist nicht schön. Ich hoffe, er kommt wieder auf die Beine. Nicht, dass er die Annahme der Wahl etwa schon bereut, Monsignore?“
Casanegro verneint. In den Tagen nach der Wahl gab es viele Zeitungsberichte, dass Papst Johannes Paul I. einen ganzen Tag lang darüber nachgedacht habe, ob er das Amt, die Nachfolge Petri, überhaupt annehmen solle. Er war bereits überrascht, als er die ersten Wahlgänge überstand. Jeder der Kardinäle wusste, was für ein aufmüpfiger, schwieriger und kompromissloser Bischof er war. Wer ihm die Stimme gab, spekulierte darauf, dass Albino Luciani die römische Kurie einer grundlegenden Änderung unterziehen würde und den Gerüchten um die Bank des Vatikans nicht nur den Garaus machen, sondern sie zu einer Institution umbauen wollte, die massiven Einfluss nehmen werde, weltweit.
„Und Sie, Monsignore Casanegro? Sind Sie auch schon reif für die Insel?“, scherzt der Wirt jovial.
„Ich habe eine grosse Aufgabe gefasst, aber sie belebt mehr als dass sie mich belastet. Der Papst und ich haben ein Leben lang darüber philosophiert, was wir täten, wenn einer von uns beiden Pontifex würde, was natürlich nie ernsthaft in Erwägung gezogen wurde. Und jetzt wollen wir uns nicht beklagen. Was haben Sie mir heute Feines anzubieten, Signore Areis?“
„Wir haben frischen Karpfen aus dem Albaner See, dann die Pasta mit Meeresfrüchten, die Pizza ‚Papa Albino’, eine neue Kreation mit Pfifferlingen, Trüffeln und einer innovativen Überraschung …“
„Bringen Sie mir die Pizza. Ich werde unserem Papst ‚Albino’ danach berichten, wie sie geschmeckt hat“, unterbricht Casanegro Wirt Areis’ Aufzählung. Der nimmt die Karte zurück, nickt und fragt nach dem gewünschten Wein.
„Bringen Sie mir ein Glas von einer angefangenen Flasche, nichts Schweres.“
Nachdem sich der Wirt verzogen hat, zieht Casanegro ein dün-

nes, unscheinbares Büchlein mit gelbem Umschlag aus der Tasche, die er mitgenommen hatte. Das Buch wurde ihm von seinem Freund, dem Papst, persönlich überbracht, mit der Bitte, dass er es einmal genau durchlesen sollte. Es gefalle ihm überhaupt nicht und er halte es sogar für sehr gefährlich. Es trägt den Titel „Entnationalisierung des Geldes“ und ist verfasst von einem Professor Friedrich August von Hayek. Casanegro erinnert sich sofort. Von Hayek wurde vor zwei Jahren der Nobelpreis für Wirtschaftswissenschaften in Stockholm verliehen.
Areis bringt den Wein, dazu ein Körbchen mit geschnittenem Brot und eine Postkarte mit dem Bildnis von Johannes Paul I., dem neuen Papst.
„Geschätzter Monsignore, ich weiss, es ist ein bisschen unverschämt von mir, aber ich habe da eine Bitte … Sie würden jemandem eine grosse Freude machen.“
Casanegro legt das Buch beiseite und widmet sich ganz dem Anliegen des Gastwirts.
„Meine Mama liegt im Sterben. Ich habe ihre Adresse auf die Karte geschrieben … frankiert ist sie auch schon. Könnte ihr der Papst vielleicht ein paar Worte …“
Der Monsignore nimmt die Karte an sich, lächelt dem Bittenden zu und fragt, ob er noch etwas für ihn tun könne. Dankbar hält dieser Casanegros Hand.
„Die Pizza geht auf mich … aber erzählen Sie unserem Papa davon … natürlich nur, wenn sie gut ist“, kokettiert der Wirt, der ganz aus dem Häuschen ist.
Gianluca Casanegro beobachtet das geschäftige Treiben im Restaurant, sieht den Kindern zu, die seit zehn Minuten ihre Mutter mit wildem Geschrei traktieren, und dem schlürfenden Rossi, dem ewigen Alten, der seit mindestens hundert Jahren, so sagt der Wirt, hier zu Mittag isst, meistens Suppe, Brot, ab und zu ein Stück Fleisch oder Fisch, immer Wein und nur italienischen. Tatsächlich gibt es Fotos, die zeigen, wie Rossi auf demselben Sitzplatz vom Grossvater des jetzigen Wirts bedient wird. Zwei Tische vor ihm sitzen vier junge Italienerinnen, die offenbar zu Besuch sind. Man sieht, dass es keine Römerinnen sind, eher Frauen aus dem Süden, aus Neapel oder von noch weiter unten. Es sind junge Frauen, hübsche, voller Energie und femininer Ausstrahlung. Alle reden wild durcheinander, nur eine hört immer zu, offenbar allen gleichzeitig. Sie sprechen vom Heiraten, von den Ex-Freunden, von den sexuellen

Vorlieben ihrer Ehemänner. Eine erzählt lautstark, als wäre sie alleine im Restaurant, wie sie ihren Gino auf Touren bringt, wenn er mal keine Lust hat. Jetzt hören die anderen drei auch zu, gespannt, vielleicht etwas Neues zu hören, das sie noch nicht kennen. Dann kommt der Wirt an ihren Tisch, sagt ein paar Worte, alle schauen zurück zum Monsignore, der winkt und dann zu lachen beginnt. Die Frauen lachen ebenfalls laut heraus, als wäre ihnen eine grosse Peinlichkeit erspart geblieben. Dann steht eine der Frauen auf. Sie ist schlank, aber nicht dünn, hat ein volles, lebenshungriges Gesicht, Augen wie eine Raubkatze, glatt gekämmtes, aber offenbar widerspenstiges, kräftiges schwarzes Haar, volle Lippen, eine etwas zu grosse Nase, weisse, leicht verschobene Zähne, eine Wespentaille, lange, schlanke und kaffeebraune Beine. Sie trägt einen luftigen, dunklen Rock, der ihr knapp über die Knie reicht, und eine weisse Bluse mit hochgeschlagenem Kragen, eine goldene Kette mit einem Christusanhänger und kleine, fast unscheinbare Tätowierungen an beiden sehnigen und muskulösen Oberarmen.
„Darf ich mich zu Ihnen setzen, Monsignore?“, fragt sie mädchenhaft, was nicht zur prallen Weiblichkeit, die sie selbstbewusst zur Schau trägt, passen will. Casanegro bietet ihr den Platz gegenüber an.
„Monsignore, ich werde am Samstag heiraten. Ich bin deswegen alleine, ohne meinen zukünftigen Mann mit meinen Freundinnen nach Rom gereist, das erste Mal in meinem Leben.“
„Wie heissen Sie?“
„Mein Name ist Chiara. Ich komme aus Salerno.“
Casanegro ist erfreut. Er kennt Salerno.
„Freuen Sie sich auf die Hochzeit, auf den heiligen Stand der Ehe, Chiara?“
„Mein Mann ist ein Mörder, Monsignore.“
Casanegro schaut sie an, ohne mit der Wimper zu zucken.
„Wieso wissen Sie das, Chiara?“
„Er hat es mir gesagt. Nachdem ich auf seinen Antrag mit ‚Ja’ geantwortet hatte, wollte er alle düsteren Geheimnisse loswerden, reinen Tisch machen.“
„Hat er aus Notwehr gehandelt?“, fragt Casanegro, ohne sich bisher wertend geäussert zu haben.
„Vincenzo gehörte zur kalabresischen Mafia. Drei Menschen hat er erschossen, für Geld.“

Casanegro schweigt einen langen Moment. Chiara ist es nicht möglich, ihm eine Reaktion anzusehen.
„Er hat es Ihnen erzählt, um die Stärke Ihrer Liebe einer Prüfung zu unterziehen", urteilt Casanegro ein erstes Mal. Sie schaut ihn an, schweigend, mit grossen, traurigen Augen.
„Ich kann ihn nicht verraten. Ich liebe ihn so sehr. Er ist der Vater meines Kindes."
Tatsächlich, Gianluca Casanegro war der kleine Bauchansatz nicht aufgefallen, was ihn ärgert. Normalerweise würde ihm das nicht passieren. Offenbar haben andere Reize ihn davon abgelenkt. Auf weibliche Attribute nicht zu reagieren, das hatte er lange geübt und ist doch immer wieder gescheitert, auch wenn er den Verlockungen nie körperlich nachgegeben hat. Eine einzige Freundin hatte er, noch während des Theologiestudiums. Er liebte sie, aber sie bestärkte ihn auch, dass die Liebe zu Gott noch grösser, reiner war. Trotzdem ist er ein Kritiker des Zölibats. Es hat ihm wie auch seinem Freund Albino immer Spass bereitet, die Kirchenoberen zu provozieren, in Rage zu bringen. Sie beide konnten es sich leisten. Sie gehörten zu den Primussen aller Jahrgänge.
„Stellen Sie seine Liebe auf die Probe, Chiara", sagt er entschieden. Sie schaut ihn völlig verständnislos an.
„Stellen Sie seine Liebe auf die Probe, Chiara", wiederholt Casanegro erneut und mit Nachdruck.
„Wenn er Sie liebt, dann sollte er sich der Polizei stellen!"
„Monsignore, wie stellen Sie sich das vor! Er ist der Vater meines ungeborenen Kindes! Wir lieben uns. Ich kann doch meinen Mann nicht an die Carabinieri ausliefern."
„Das ist keine Liebe, Chiara. Vincenzo will Macht über Sie haben, indem er Sie dazu bringt, das Wissen über seine Taten mit ihm zu teilen. Wenn Sie schweigen, wird er Sie ein Leben lang in der Hand haben. Bei jedem Streit wird er Sie an Ihre Abhängigkeit von ihm erinnern. Sie wären mitschuldig, weil Sie es wussten und nichts gesagt haben. Er wird Ihnen das Leben zur Hölle machen."
Chiara ist verstummt. Sie schaut an Casanegro vorbei, während sie sich pausenlos den Bauch streichelt. Dann bricht sie in Tränen aus. Die drei Frauen stehen von ihren Stühlen auf, wollen ihrer Freundin nahe sein. Casanegro winkt ab.
„Sagen Sie Ihrem Mann, dass er nach Rom kommen soll. Sagen Sie es ihm, wenn ich dabei bin. Ich werde Ihnen beistehen",

schlägt Casanegro der völlig verzweifelten Frau vor.
„Er liebt mich doch … Enzo, du liebst mich doch!“, schluchzt sie.
Was hatte sie erwartet, dass ein Vertrauter des Papstes ihr sagen würde? Casanegro weiss, was dieser Mann mit ihr vorhat. Viele Menschen halten Macht über andere für ein erstrebenswertes Ziel. Sie wollen Macht haben über einen Schwächeren, über ihren Hund, über ihre Söhne, über ihre Frauen, über ihre Mitarbeiter, über ihr Land, über die Welt. Das Streben nach Macht ist eine kranke Sehnsucht, die den Menschen in die Wiege gelegt wird, seit Tausenden von Jahren schon. Sie vergiftet die zwischenmenschlichen Beziehungen bis in die kleinsten Zellen der Gesellschaft und mästet das anfangs spielerische Wettbewerbsprinzip, bis es zu einem reissenden, unzähmbaren Monster mutiert. Macht holt man sich, indem man anderen Menschen Angst macht, subtil oder auch ganz offen, ihnen aber gleichzeitig zu verstehen gibt, dass nur sie, die Angstmacher, die Ursprünge, die Gründe für diese Angst unter Kontrolle halten, bändigen können. In Angst gehaltene Menschen gehorchen, halten still, wehren sich nicht, stellen weder Fragen noch Autoritäten in Frage, sind ihren Despoten, Gurus oder Anführern oft sogar dankbar, verschwenden ihr Potenzial, verschwenden ihren Geist, verschwenden ihr Leben. Die katholische Kirche bedient sich seit ewigen Zeiten des Spiels mit der Angst. Sie ist eine Expertin mit jahrhundertelanger Erfahrung. Gianluca Casanegro weiss genau, wie das Zwillingspärchen funktioniert, die Schwestern Macht und Angst, und alle ihre Cousinen, die Existenzangst, die Angst vor dem Fegefeuer, die Angst vor der ewigen Verdammnis, die Angst vor dem strafenden Gott, vor Krankheiten, vor Arbeitslosigkeit, die Angst vor dem sozialen Abstieg, die Angst vor dem Terror, vor dem Versagen, vor der Armut, die Angst vor dem Alleinsein, die Angst nicht zu genügen, die Angst vor dem Tod, die Angst vor der Angst.
Casanegro streicht Chiara über das Haar, als Areis mit der Pizza kommt.
„Soll ich sie warm stellen, Monsignore?“, fragt er.
Chiara setzt sich aufrecht in ihren Stuhl, wischt mit den Handballen die Tränen weg und lächelt einen kurzen Moment.
„Essen Sie, Monsignore.“
Der Gastwirt stellt die Pizza elegant zwischen Gabel und Messer und bemerkt, dass er den Wein vergessen hat.

„Chiara, hier haben Sie meine Karte. Rufen Sie mich an, wenn Sie so weit sind. Heiraten Sie erst, wenn die Sache geklärt ist."
„Ich danke Ihnen sehr, Monsignore", sagt sie und küsst seine Hände.
Die anderen drei Frauen sitzen still an ihrem Tisch und warten auf Chiaras Rückkehr. Casanegro weiss, dass sie nichts von Chiaras dunklem Geheimnis ahnen.

Als Casanegro die Rechnung bestellt, ist das Restaurant fast leer. Die Pizza hat ihm ausgezeichnet geschmeckt, obwohl ihm das Gespräch mit der schönen Chiara auf den Magen geschlagen war. Er und Albino waren seit jeher überzeugt davon, dass der Mensch gut ist, ihn aber die Umstände, oder dann halt der Teufel, immer wieder zu grossen Dummheiten verlocken. Der Mensch ist das Produkt seiner Lebensumstände, des erreichten Grades seiner inneren Befreiung und des Systems, in dem er lebt. Anders als die klassischen Ökonomen waren beide aber nicht der Auffassung, dass steigender materieller Wohlstand die Menschen befreien würde, sondern erst die Befreiung von genau diesem Irrglauben. Wenn ein Wirtschaftssystem geschaffen ist, das die Menschen von ihren Existenzängsten befreit, dann würden die Menschen die Zeit haben, den wahren, den kulturellen und ethischen Fortschritt der Evolution zu erkennen. Das aber wäre auch das Ende jeder Art von Feudalismus, das Ende der Macht von ein paar wenigen Menschen über alle anderen.
Gianluca Casanegro hat das gelbe Büchlein beim Kaffee aufmerksam ein erstes Mal durchgeblättert. Es hat ihn nicht schockiert. Viele schlechte Absichten gegen die Menschen stehen geschrieben und werden dennoch von ihnen gefeiert, weil sie von den Menschen nicht wirklich verstanden oder erst gar nicht selbst gelesen wurden. Mit der Bibel machte man da keine Ausnahme. Das hat sich auch nach ihrer Übersetzung aus dem Lateinischen und der Verbreitung durch Martin Luther und Johannes Gutenberg nicht geändert. Casanegro erinnert sich an viele Kameraden und Bekannte, die sich für charismatische Demagogen und ihre gesellschaftlichen Visionen, die sich oft in weit von der eigenen Heimat entfernten Ländern abspielten, begeisterten. Meist forderten sie einen neuen Menschen und brachten den alten dafür um. Die Geschichtsbücher sind voll davon. Viele Völkermorde sind damit einhergegangen. Casa-

negro denkt an den grossen chinesischen Führer Mao, der vor wenigen Tagen verstorben ist. Was wohl dereinst alles über seine Herrschaft an die Öffentlichkeit kommen wird?
Die entscheidenden Stellen in von Hayeks Buch hat er mit Bleistift gekennzeichnet:

... je vollständiger die private Finanzwirtschaft von der staatlichen Regulierung des Geldumlaufs getrennt werden kann, desto besser wird dies sein. Die demokratische Macht über den Geldumlauf war immer schädlich. Ihr Gebrauch zu finanzpolitischen Zwecken war immer schädlich. Es ist viel besser, wenn die Finanzmacht für die privaten Interessen privater Banken organisiert wird ... nichts kann also erwünschter sein, als der Regierung die Macht über das Geld zu nehmen und so dem anscheinend unwiderstehlichen Trend zu einem beschleunigten Anwachsen des vom Staat beanspruchten Anteils am Volkseinkommen Einhalt zu gebieten ... es gibt keinen Grund zu bezweifeln, dass private Unternehmungen – wäre es ihnen gestattet worden – fähig gewesen wären, ebenso gut und zumindest genauso verbindliche Münzen bereitzustellen. In der Tat haben sie es bereits gelegentlich getan oder waren von Regierungen dazu beauftragt worden ... es ist unabdingbar, dass alles sehr schnell gehen muss, wenn man einen solchen Wechsel zu privaten Notenbanken vollzieht. Alle erforderlichen Freiheiten (freier Kapital-, Güter-, Dienstleistungs- und Personenverkehr) müssen gleichzeitig und ohne jede Verzögerung eingeführt werden. Die Möglichkeit zu freiem Wettbewerb zwischen konkurrierenden privaten Notenbanken ist eine essentielle Voraussetzung für das Gelingen des Plans. Die Menschen würden nur dann beginnen, dem Geld zu vertrauen, wenn sie sicher wären, dass es vollständig von jeder nationalen Kontrolle befreit ist ... das gegenwärtig instabile staatliche Geldsystem zu beseitigen und durch ein privates zu ersetzen ist eine wichtigere Aufgabe, als dass sie den Interessen einiger spezieller Gruppen geopfert werden sollte ... der hier vorgeschlagene Weg – die Geldmacht der demokratisch gewählten Regierungen zu brechen – ist gleichsam die einzige Möglichkeit, der anhaltenden Entwicklung der Regierungen zum Totalitarismus zu begegnen und das freie Unternehmertum zu erhalten ... Es gibt in der Tat kaum einen Grund dafür, warum Territorien, die zufällig der gleichen Regierung unterstehen, einen gesonderten nationalen Wirtschaftsraum bilden sollten. Durch nationale Protektion haben die Nationalstaaten staatliche Monopole gebildet, welche dem freien Wettbewerb schaden. In einer grösstenteils auf internationalen Austausch angewiesenen Weltordnung ist es widersinnig, die oft zufällige Zusammenfügung verschiedener Regionen unter einer Regierung als einen abgegrenzten Wirtschaftsraum zu behandeln … der Gedanke, die Notenbanken zu privatisieren, wird gewiss einer breiten Öffentlichkeit zu seltsam und fremd vorkommen, als dass es in naher Zukunft realisiert werden könnte … gleichwohl ist es sicherlich möglich, dass das jetzt noch unbestrittene Vorrecht der demokratisch gewählten Regierung auf die Geldproduktion weder notwendig ist noch überhaupt Vorteile bietet. Die Diskussion kann deshalb nicht früh genug beginnen. Zwar mag die Verwirklichung ganz und gar undurchführbar sein, solange die Öffentlichkeit darauf geistig nicht vorbereitet ist und unkritisch den Glaubenssatz eines notwendigen Vorrechtes der Regierung für die Geldhoheit hinnimmt. Doch sollte dies uns nicht daran hindern, bereits heute an die intellektuelle Erforschung dieses faszinierenden Plans heranzugehen, die Nationalbanken zu privatisieren, zu entstaatlichen, zu entnationalisieren, zu entdemokratisieren, zu feudalisieren.

Casanegro klappt das Buch zu. Albino hat Recht gehabt. Ein kleiner Zirkel wissender Feudalherren plant vor den Augen der Öffentlichkeit ein privates Währungs- und Bankensystem, womit sie die ganze Welt besteuern, lenken und kontrollieren können. Und die demokratisch gewählten Regierungen und Parlamente geben ihre Verfügungsgewalt, die ihnen die Wähler vertrauensvoll übertragen haben, wohl angesichts der grossen, scheinbar unlösbaren Aufgaben willig an die Strippenzieher im Hintergrund ab. Casanegro erinnert sich an die Weimarer Republik der 1920er-Jahre. Die Politiker, die politischen Parteien hatten sich müde und von den Problemen überfordert zunehmend aus der Verantwortung, aus der Öffentlichkeit zurückgezogen, nachdem die ständig wechselnden politischen Koalitionen an Aufgaben der dritten oder vierten Priorität endgültig zerbrochen waren. Man hat das Feld geradezu dankbar einer straff organisierten Bewegung überlassen, die von einem kleinen, ehrgeizigen Mann, der noch ein paar Jahre zuvor als Putschist in München gescheitert war, angeführt wird. Adolf

Hitler stieg zum gefürchteten Alleinherrscher Deutschlands, zum neuen Napoleon Bonaparte Europas auf, der nichts weniger als die Welt beherrschen wollte. Die Menschen, viele auch in Ländern ausserhalb Deutschlands, jubelten dem Anführer, dem Befreier, dem starken Mann zu, der ihre Probleme lösen, sie von ihren Ängsten befreien sollte. Sie jubelten ihm noch zu, als jeder bereits sehen konnte, was da wirklich vor sich ging – wenn man es denn sehen wollte. Der nächste Menschenverführer steht mit Sicherheit schon in den Startlöchern. Dieses nächste Mal wird es kein militärischer Feldherr oder politischer Führer mehr sein, sondern ein smarter, gut aussehender Manager im massgeschneiderten Anzug, mit einer Rolex am Handgelenk und der einlullenden Rhetorik des gefälligen Schauspielers, des redegewandten Winkeladvokaten, die gecastete Gallionsfigur der globalen Finanzoligarchie société anonyme des 21. Jahrhunderts, ein öffentlich gefeierter Mann der Weltwirtschaft.
„Signore Areis, ich möchte bezahlen", ruft Casanegro durch das leere Restaurant. Der Gastwirt kommt sofort an den Tisch, versichert Casanegro, dass die Einladung ernst gemeint war und er doch den Papst bitten möchte, die Karte an seine kranke Mutter möglichst bald abzuschicken.
„Wir wissen nicht, wie lange sie noch …"
Casanegro legt ihm die Hand auf die Schulter, nachdem er sich vom Stuhl erhoben hat, und wünscht ihm viel Kraft.
„Ich sehe den Papst in drei, vier Tagen, dann werde ich ihm die Karte mit Ihrer Bitte übergeben. Ich bin sicher, dass er sie sofort erfüllen wird, lieber Areis."
Mit der Tasche unter dem Arm verlässt Casanegro La Cucina Romana, in der er drei aufregende Stunden erlebt hat, die ihm in den weltfernen Räumen des Vatikans vorenthalten geblieben wären.
Auf dem Rückweg zum Vatikan begegnet Casanegro Luigi Fasonelli, einem Abgeordneten des italienischen Parlaments. Die beiden kennen sich aus Bergamo, wo sie kurz vor dem Ersten Weltkrieg gemeinsam die Oberstufe besucht hatten. Fasonelli hätte einen guten Bischof abgegeben, denkt Casanegro jedesmal, wenn er ihn sieht. Denn Fasonelli ist ein Prediger. Er konnte sich immer für die nächste politische Idee, die gerade aktuell war, begeistern. Und das mit einer Inbrunst, der man sich nur schwer entziehen konnte. Er hat sich für die Kommu-

nisten, für die Sozialisten, für die National-Liberalen und sogar für die Christdemokraten engagiert und wurde immer gewählt, weil er bekannt und zudem authentisch war. Er glaubte an die bessere Welt, die seine jeweilige politische Bewegung schaffen wollte. Für Casanegro verkörperte Fasonelli das Volk, das sich immer wieder von irgendwelchen Heilsversprechen verführen lässt, sich bald wieder enttäuscht abwendet, wenn sich erneut dieselben korrupten und feudalen Strukturen etabliert hatten, um einer neuen Vision aufzusitzen. Fasonellis Begeisterungsfähigkeit tat das keinen Abbruch. Er glaubt an die geistige Evolution der menschlichen Spezie. Mit jedem Scheitern kommen wir dem Ziel einen Schritt näher, ist er überzeugt.
„Gianluca!", ruft er durch die Menge, als er Casanegro schliesslich auch entdeckt hat.
„Luigi, hast du keine Kommissionssitzung?", neckt ihn Casanegro. Fasonelli ist immer auf dem Sprung zur nächsten Sitzung mit einer Kommission, der Partei, der Fraktion oder mit Freunden. Für ihn ist das ganze Leben eine einzige Sitzung und Gianluca macht sich schon seit Jahren einen Spass daraus, ihn damit aufzuziehen.
„Natürlich habe ich eine Sitzung, Gianluca. Ich habe immer eine Sitzung!", brüllt Fasonelli zurück und lacht aus seinem tiefsten Inneren heraus, als wäre er die sprichwörtliche italienische Lebensfreude in Person.
Casanegro und Fasonelli umarmen sich mitten auf dem Platz. Die Küsse links und rechts auf die Wange gehören dazu. Fasonelli hält seinen Freund mit festem Griff am Hals und schüttelt ihm roh die Hände. Casanegro ist immer froh, wenn er das auffällige Begrüssungszeremoniell hinter sich gebracht hat. Luigi Fasonelli findet es wahrscheinlich männlich. Er tut nämlich alles, um männlich zu wirken. Die Frauen stehen auf männliche Männer, auch wenn sie sie dann als Machos beschimpfen. Frauen lehnen ab, was ihnen eigentlich gefällt und pflegen auch ihre anderen Lebenslügen bis zum bitteren Ende. Fasonelli ist von dieser These derart überzeugt, dass er darüber schon ganze Abhandlungen in italienischen Gazzettas geschrieben hat. Die konservative Erziehung, alleine die Erziehung sei schuld an dieser gesellschaftlichen Misere, doziert Fasonelli gerne und oft, auch im Parlament. Eine Parteikollegin konterte ihm einmal per Leserbrief, dass die Männer dafür das Gegenteil machen. Nämlich nicht nur nicht ablehnen, sondern annehmen,

was ihnen nicht bekommt; das Fremdgehen, den Alkohol, die Zigarren, das fette Essen, den Fussballfanatismus. Das seien genauso Lebenslügen. Danach flatterten hunderte Leserbriefe in die Redaktion und füllten die Zeitung über mehrere Tage.
„Was macht unser Papa?“, fragt Fasonelli.
„Er erholt sich auf Castel Gandolfo.“
„Erholen? Wovon muss sich Albino erholen? Er ist erst seit … seit wie vielen Tagen ist er nun Papst?“
„Seit 33 Tagen, Luigi“, informiert Casanegro.
„Seit 33 Tagen … und schon jetzt muss er sich erholen? Gianluca, wir zählen auf ihn. Er ist eine grosse Hoffnung für die Italiener, für die ganze Welt. Von der Politik können wir nichts mehr erwarten … die christliche Kirche muss ihre Schuldgefühle abwerfen, die Fehler und politischen Komplotte der Vergangenheit eingestehen und sich bei den Menschen entschuldigen, die streng gehüteten Geheimnisse in den gesicherten Katakomben des Vatikans preisgeben und die Menschen aus ihren Verirrungen befreien!“, ereifert sich Luigi Fasonelli. Dass sich die weltliche Kirche damit auflösen, überflüssig machen würde, davon ist Fasonelli überzeugt, sagt es aber nicht vor Casanegro.
„Was ist denn plötzlich mit dir los, Luigi. Bei welcher Partei bist du momentan? Wieder eine Enttäuschung?“, spekuliert Casanegro erstaunt und blickt ihn dabei nachdenklich an.
„Ich bin wieder bei den National-Liberalen … wenigstens sind die offen genug, um sogar Paradigmen zu hinterfragen. Für die Christdemokraten ist die Erde immer noch eine Scheibe!“, klagt Luigi Fasonelli mit einem Hauch von Resignation in der Stimme. Casanegro zeigt sich darüber ein wenig erstaunt. Es ist laut auf dem Platz, überall wird geschrien, gehupt, diskutiert. Casanegro bittet seinen alten Freund, gemeinsam kurz in die kleine Kirche auf der anderen Seite des Platzes zu gehen, wo man ungestört sprechen könne. Fasonelli ist einverstanden. Sie sitzen einige Minuten stumm in der vordersten Bank, als Casanegro ihm das Buch von Professor von Hayek zeigt.
„Das ist das Nächste, womit die Welt verbessert werden soll, konfrontiert werden wird, Luigi“, sagt Casanegro besorgt.
„Entnationalisierung des Geldes?“, liest Fasonelli.
„Das ist von diesem österreichischen Nobelpreisträger, nicht?“, fragt er, obwohl er ihm bekannt ist.
„Und was schreibt er?“
„Nachdem viele sozialistische und kommunistische Staaten

ihre Geldnotenpressen manipuliert hätten, sieht von Hayek nun das Heil in der Privatisierung des Geldwesens."
„Klingt gut", entgegnet Fasonelli.
„Ja, es klingt gut. Nur, der Fehler ist das System selber, nicht bloss, wer es steuert. Es ist der alte Wein des Feudalismus in den neuen Schläuchen des Neoliberalismus ... es sind nur andere Worte. Wie oft hast du dich für etwas Neues begeistert und dich schliesslich wiederum in denselben dekadenten Strukturen gefunden, Luigi?"
Fasonelli nickt schweigend. Aber er versteht den Freund nicht.
„Kann ich das Buch mitnehmen? Ich möchte es lesen", schlägt Fasonelli vor. Casanegro verspricht, dass er ihm eines schicken werde. Das hier habe er bereits vollgekritzelt mit persönlichen Bemerkungen.
„Schau, der heilige Martin", bemerkt Casanegro und zeigt links des Altars auf eine grosse Statue.
„Der heilige Martin?"
Fasonelli scheint nachzudenken.
„Das ist doch der mit dem zerschnittenen Mantel, oder?", fragt Fasonelli seinen Freund ein wenig verlegen.
„Ja. Der heilige Martin teilte mit den Armen. Der 11. November ist der Tag des heiligen Martin von Tours", ergänzt Casanegro.
„Der 11. November? Das ist doch der Zehnten- und Zinstag?", glaubt Luigi Fasonelli zu wissen.
„Die armen Arbeiter und kapitalschwachen Kleinunternehmer teilen mit den Reichen!", fügt Fasonelli an.
„Und der 11. November ist auch der Beginn des Karnevals. Die Menschen feiern ihr eigenes Zum-Narren-gehalten-werden", bestätigt Casanegro leise. Unruhig rückt Fasonelli auf der harten Bank hin und her. Er mag es eigentlich nicht, in Kirchen zu sitzen. Plötzlich greift sich Casanegro mit beiden Händen an die Brust und fällt mit dem Oberkörper nach vorne.
„Gianluca, was ist?!", brüllt Luigi, hält ihn an den Schultern aufrecht und schaut ihm mit voller Sorge ins Gesicht. Stumm, mit aufgerissenen Augen und einem von Schmerzen gezeichneten Blick sieht Gianluca Casanegro ihn an. Er scheint den Kopf zu schütteln, ganz leicht.
„Ich werde einen Krankenwagen rufen, Luigi!"
In diesem Moment kommt ein Kirchendiener aus der Sakristei und erfasst die Situation sofort.

„Ich rufe einen Arzt!", sagt er, während er über die Altartreppe zurück in die Sakristei läuft.

Auf der Fahrt ins Spital liegt Gianluca Casanegro mit hellwachem Geist wie gefangen in einem gelähmten Körper auf der Liege des Krankenwagens, der sich mit aufgedrehtem Martinshorn und Blaulicht von der Kirche über den Platz durch die Menschenmenge auf die Hauptstrasse durchkämpft, um von dort ins Spital zu fahren. Fasonelli sitzt neben ihm und hält seine Hand. Er weint. Casanegro versucht zu sprechen. Es geht nicht. Er erinnert sich an die Gespräche mit dem Papst in den letzten Tagen, bevor Johannes Paul I. nach Castel Gandolfo abgereist ist. Fünf Jahre haben sie sich Zeit gegeben, um die Kirche den Menschen zugewandt zu reformieren. In fünf Jahren sollte die katholische Kirche das Haus der Liebe, das Haus des Jesu Christi auf Erden werden. In fünf Jahren sollte das Christentum zum Kern der Jesuslehre vorgestossen sein, die aufgeladene Schuld der vergangenen Jahrhunderte abgelegt und zu seinen Wurzeln zurückgefunden haben. Und in zehn Jahren sollte die Banco Talenti del Vaticano ein weltweites Netz um den Globus gelegt haben, welches es sich zur Aufgabe gemacht hat, die sozial nützlichen Talente der Menschen mit zinslosen Darlehen zu fördern, mit einer Währung ohne Wachstumszwang, die niemandes Schuld sein wird und die gedeckt ist durch das noch zu verdienende Vertrauen der christlichen Kirche. Albino Luciani und Gianluca Casanegro haben sich im vergangenen halben Jahrhundert vieles überlegt, wieder verworfen oder gefestigt. Sie hatten für kirchliche Begriffe Spektakuläres geplant. Das Geld der Vatikanbank wird Geld sein, womit nicht spekuliert werden kann, womit keine feudalen Verhältnisse zementiert werden können, keine Knechtschaftsbeziehungen entstehen werden, womit Gottes Erde weder privatisiert noch ausgebeutet werden darf. Und die Kirche wird Napoleon Bonapartes Sündenfall im Code Civil korrigieren und das Dominium wieder durch das Patrimonium ersetzen. Die Erde soll wieder Erbgut sein, das unversehrt an die nächste Generation weitergegeben wird, statt Eigentum nach römischem Recht, das es dem Besitzer gestattet, die Natur zu gebrauchen und zu verbrauchen, wie es ihm beliebt. Kaum einer der Kardinäle in Rom wusste nicht über Albino Lucianis revolutionäre Visionen Bescheid. Wenn sie ihn zum Papst gewählt haben, dann erwarteten sie auch, dass er sie anpacken wird, gegen alle weltlichen Widerstände. Wie lange haben Papst Johannes Paul I. und er, Gianluca Casanegro aus Bergamo, diese Ideen detailliert besprochen, strategisch geplant und in ihren Köpfen gefestigt, um sie dann wahr werden zu lassen. Jetzt ist es so weit, und Gott will ihn armselig in einem Krankenwagen auf dem Weg ins Spital sterben lassen? Fasonelli tupft Gianluca Casanegro eine Träne aus dem reglosen Gesicht.

„Er sollte im Verlaufe des Morgens wieder zu sich kommen. Die Operation ist gut verlaufen. Er hat grosses Glück gehabt“, teilt der Arzt Fasonelli mit, der sich im Gang des Krankenhauses auf einem Stuhl eingerichtet hat. Den Abend und die ganze Nacht ist Fasonelli dageblieben, hat sich immer wieder nach Casanegro erkundigt, die nötigen Telefonate geführt, Besucher getröstet und gegen den Schlaf gekämpft.
„Vielen Dank, Herr Doktor.“
„Er darf sich keinesfalls aufregen“, erinnert der Arzt Fasonelli erneut, bevor er in den Fahrstuhl steigen will.
„Sagen Sie ihm also noch nicht, dass Papst Johannes Paul I. gestern Morgen gestorben ist.“
Fasonelli nickt.
„Ich verspreche es Ihnen.“

KAPITEL 25

„Der vernünftige Mensch passt sich der Welt an. Der unvernünftige hingegen versucht, die Welt seinen Vorstellungen anzupassen. Weshalb jeder Fortschritt von unvernünftigen Menschen ausgeht."

George Bernard Shaw, irischer Literatur-Nobelpreisträger, 1856–1950

Der Parteipräsident sonnt sich im Applaus der Menge. Flavio Falcone führt seit über vier Jahren die schweizerische FDP als Präsident nicht erfolglos, aber ohne die visionäre, mitreissende Art seines Vorgängers. Seine Rede an die zur Versammlung nach Bellinzona gereisten Mitglieder soll die politische Gemeinschaft für die kommenden Wahlen und Abstimmungen stärken. In seiner Rede beschwor er die intelligente, wachsende, offene und gerechte Schweiz sowie die Herausforderung, dem Klimawandel mit effizienter Energiepolitik zu begegnen.
„Würde sich der liebe Gott von einem McKinsey-Ministranten beraten lassen, würde er ihm für ein sattes Beratungshonorar wohl die Schliessung der volkswirtschaftlichen Dreckschleudern USA, Europa und China antragen", frotzelt einer der Delegierten in der ersten Reihe zu seinem Nachbarn.
Falcone ist sichtlich bewegt über so viel Zustimmung. Die FDP hat Zustimmung und Einigkeit dringend nötig. Sie ist zwar eine Partei, die Sachpolitik und nicht mediale Schaumschlägerei in den Vordergrund stellt, dennoch verliert sie zunehmend Wählerinnen und Wähler. Selbst ihr zweiter Bundesratssitz ist bedroht. Im Dezember soll der Gesamtbundesrat vom Parlament wie alle vier Jahre bestätigt, der Bundespräsident von den Räten gewählt werden. Seit Landolt auf Kosten der CVP und mit Hilfe der FDP einen zweiten Bundesratssitz für seine Partei erobert hat, wackelt nun der zweite der FDP umso heftiger. Und das ist Hansruedi Binzeggers Sitz. Die FDP mit einem einzigen Bundesrat, das wäre der absolute Tiefpunkt in der Geschichte der freisinnig-liberalen Partei. Denn sie ist die eigentliche Ar-

chitektin der modernen Schweiz. Zwischen dem Gründungsjahr 1848 und der Wahl des ersten CVP-Bundesrates Joseph Zemp in die schweizerische Landesregierung, besetzten sieben Freisinnige die sieben Ministerien des schweizerischen Bundesrates. Die Geschichte der Schweiz ist eine eigensinnige, eine freisinnige.

Seit Anbeginn der Zeit versuchen die Menschen eine demokratische und gerechte Form des Zusammenlebens zu finden. Als die sich selbst versorgenden Bauernfamilien genug davon hatten, durch Dürre, Hochwasser oder andere Naturkatastrophen ihre Ernte zu verlieren und damit dem Hungertod ausgeliefert zu sein, taten sie sich mit anderen Bauernfamilien zusammen, um einen Getreidespeicher – einen Fonds für Notzeiten – für die gemeinsam erwirtschafteten Überschüsse anzulegen. Das war sozusagen die Gründung der ersten Bank, die von Getreidespeicherbeamten verwaltet wurde. Es war unvorstellbar, dass dieser Getreidespeicher privatisiert und nur den Aktionären gehören würde. Er gehörte der Gemeinschaft. Durch Intelligenz machten die allmählich zu einem Volk zusammengewachsenen ehemaligen Selbstversorger ihre Landwirtschaft produktiver und konnten so immer mehr Menschen für andere Tätigkeiten freistellen, ohne dass jene Angst vor Hunger haben mussten. Mit diesen Überschüssen wurden Tätigkeiten finanziert, die der Gemeinschaft nützlich waren, beispielsweise um für die Bauern Wagenräder, Werkzeug oder andere Dinge herstellen zu können. Das war der Beginn der volkswirtschaftlichen Idee und seither versuchen die Menschen einer Gemeinschaft, eines Nationalstaates, eine politische Form zu finden, um diesen Getreidespeicher gerecht verwalten zu können. Der griechische Staatstheoretiker Aristoteles war der Meinung, dass dies nur bis zu einer gewissen überschaubaren Grösse gelingen konnte, denn zunehmende Grösse macht ein System, eine Volkswirtschaft intransparent, anonym und somit ungerecht.

Um 1250 bildete das habsburgische, europäische Reich kein geschlossenes Gebiet. In der Mitte Europas fehlten das wegen des Gotthardpasses wichtige Uri, ferner Schwyz und ein Teil von Unterwalden. 1291 kam es zum Schwur auf dem Rütli, wie die Legende erzählt, dem 1308 die Bildung einer helvetischen Konföderation folgte. Am 15. November 1315 errangen die Eidgenossen am zugerischen Ägerisee den ersten grossen Sieg gegen die österreichischen Invasoren und deren Vögte. Der ewige Bund wurde erneuert. Der „Pfaffenbrief“ von 1370 gilt als erster Versuch einer schweizerischen Verfassung. 1481 kam es bei der Tagsatzung in Stans zu einem schweren Konflikt. Es drohte Bürgerkrieg. Es heisst, dass der Nationalheilige Niklaus von der Flüe, genannt Bruder Klaus, dem Pfarrer von Stans einen Rat mitgab, der bis heute unbekannt ist, aber zur friedlichen Lösung des Konflikts führte. Bis in die 1970er-Jahre verteilte man bei seinem Haus im obwaldnerischen Flüeli-Ranft, wo er sich in die Einsiedelei zurückgezogen hatte, einen Text mit Bruder Klaus’ fünf Staatsgrundsätzen: 1. Der Staat muss einig sein; „Eidgenossen, haltet zusammen, denn in der Einigkeit seid ihr stark. Hütet euch vor aller Zwietracht. Denn sie nagt am Marke des Volkes!“ 2. Der Staat muss frei sein; „Macht den Zaun nicht zu weit, damit ihr eure sauer erstrittene Freiheit erhalten und geniessen könnt“. 3. Der Staat muss unabhängig sein; „Mischt euch nicht in fremde Händel und verbindet euch nicht mit fremder Herrschaft!“ 4. Der Staat muss wehrbar sein; „Ohne hochwichtigen Grund fangt nie einen Krieg an. So man euch Frieden und Freiheit rauben wollte, kämpft mannhaft für Freiheit und Vaterland!“ 5. Der Staat muss christlich sein; „Was die Seele für den Leib, das ist Gott für den Staat. Wenn die Seele aus dem Körper weicht, dann zerfällt er. Wenn Gott aus dem Staat vertrieben wird, ist der dem Untergang geweiht!“

Die aufmüpfigen Helvetier galten bald als loyale, zuverlässige und versierte Söldner und somit wünschte sich der römische Papst 1506 keine spanischen Bewacher mehr, sondern helvetische Leibgardisten. Der Augsburger Bankier Jakob Fugger, der den florentinischen Medici das Kreditgeschäft mit der römischen Kirche zunehmend abspenstig machte, sollte sie finanzieren. Bereits 1513 zählte Helvetien mit der Aufnahme Appenzells dreizehn Stände. 1515 besiegten die mit Schweizern verstärkten Truppen des französischen Königs beim italienischen Marignano die bis anhin als unbesiegbar geltenden Schweizer. Diese Schlacht war das Waterloo der Helvetier. Helvetien wurde neutral. Wenn die Kriege heute tatsächlich in der Wirtschaft geführt werden, könnte man sich fragen, ob nicht doch wieder Schweizer Söldner in fremden Diensten gegen die eigenen Leute vorgehen.

1524 wurde der aussenpolitische Verkehr dem Gesamtstaat übertragen. Alles andere blieb in der Hoheit der Gemeinden. Mit der Reformation der Kirche kamen die Hugenotten und mit ihnen die Uhrmacherkunst nach Genf, die neben dem Textilgewerbe eine wichtige Exportbranche der Eidgenossenschaft werden sollte. Erst 1648 erhielt die Schweiz nach Artikel 6 des Westfälischen Friedens die volle Freiheit vom Heiligen Römischen Reich Deutscher Nation. 1692 gründeten private Geschäftsleute der City of London mit den Privilegien des Königs die Bank von England, nach deren Vorbild schon bald die Notengeldsysteme in anderen Volkswirtschaften entstanden. Sie markierte den Beginn des heutigen Weltwährungssystems, das ausschliesslich auf Papiergeld gründet, welches damals noch mit Gold gedeckt war.

1712 wurde in Genf der Staatsheoretiker Jean-Jacques Rousseau geboren, der heute als Aufklärer der politischen Befreiung und Begründer des demokratischen Nationalstaates gilt. Nach der theologischen Aufklärung durch Martin Luther, der politischen durch Jean-Jacques Rousseau kam 1724 der Philosoph Immanuel Kant zur Welt, der die moralisch-ethische Selbstverantwortung des Menschen begründete. 1762 veröffentlichte Rousseau sein Werk „Der Gesellschaftsvertrag". Er war kein unkritischer Verfechter des direktdemokratischen Nationalstaates. Mit zunehmender Kopfzahl nehme bei jeder Staatsform das Risiko zu scheitern zu, besonders in der Demokratie. Dies geschähe durch das schwindende Interesse am Staatswesen, schrieb er. Jean-Jacques Rousseau arbeitete 1772 zusammen mit weiteren Genfer Staatsrechtlern massgeblich die konstitutionelle Doktrin Amerikas aus. Zwischen diesen Jahren und 1780 begann innerhalb der breiten Schweizer Bevölkerung ein eigentlicher Leseschub. „Volk" bedeutete aber nach wie vor „der grosse Haufen" neben Adel, Geistlichkeit und gebildeten Staatsbürgern. Nach dem grossen Interesse und regem Austausch mit den Schweizer Staatsrechtlern in Genf erklärten 1776 die ersten dreizehn Kolonien Amerikas der neuen Welt ihre Unabhängigkeit.

1780 wurde der Luzerner Ignatz Paul Vitalis Troxler geboren. Ihm wird in der Regenerationsphase Helvetiens das demokratische Aufbrechen des sich aristokratisch gebärdenden Liberalismus zugeschrieben. 1784 übergab der Mitbegründer der Vereinigten Staaten von Amerika Benjamin Franklin dem Basler Oberzunftmeister Peter Ochs den auf Französisch geschriebenen Verfassungsentwurf der USA. 1789 ereignete sich in Paris der Sturm auf die Bastille. Die Schweizer Garde des Königs von Frankreich wurde massakriert. Die französischen Bauern und das Bürgertum befreiten sich in der Französischen Revolution von der Ausbeutung durch den Klerus und die Aristokratie. Im gleichen Jahr lockerte die römisch-katholische Kirche erstmals das über Jahrhunderte geltende kanonische Zinsverbot, wie es in der Bibel gefordert ist. Der Anführer der diktatorischen Jakobiner-Bewegung Robespierre stellte sich zwar gegen den König und auf die Seite des Volkes, errichtete aber ein absolutistisches Terrorregime, das erst von Napoleon Bonaparte abgelöst wurde. Bonaparte löste auch den 13-örtigen Staatenbund der Alten Eidgenossenschaft wieder auf. Damals hatte die Schweiz 1,6 Millionen Einwohner. Basels Oberzunftmeister Ochs wurde von ihm beauftragt, eine neue Verfassung zu entwerfen. Beseelt vom französischen Literaten Antoine Léonard Thomas schrieb er das auch von Napoleon Bonaparte belächelte „Ochsbüchlein“. Ochs zählte in erster Linie die alle ernährenden Bauern und sämtliche den Menschen nützlichen Handwerkskünstler zum Volk. Für Bonaparte war die als Helvetik benannte Verfassung aber lediglich ein Diktat, um an die eidgenössischen Staatsschätze zu kommen. Während 1799 Bonaparte durch einen Staatsstreich erster Konsul Frankreichs wurde, beschlossen die eidgenössischen Räte, dass das Münzrecht einzig dem Staat zukommen soll. Der Franken wurde als offizielle Währung eingeführt, ohne dass die lokalen Währungen zunächst abgeschafft wurden. Weltweit lebten zu dieser Zeit 980 Millionen Menschen. Um die strategisch wichtigen Pässe Lötschberg und Simplon zu sichern, machte Napoleon Bonaparte das Wallis zu einem französischen Protektorat. Erst 1810 sollte es wieder an die Schweiz zurückgehen. Der schweizerische Schriftsteller Karl Viktor von Bonstetten erklärte die Nationenbildung als identitätsstiftend und als unbedingte Voraussetzung nationalen Wohlbefindens, das mit blossem materiellem Wohlstand nicht verwechselt werden sollte.

1802 zerfiel der zunächst nach französischen Vorstellungen zentralistisch organisierte Nationalstaat dennoch und die Kantone erhielten ihre Hoheit zurück. Mit dem Code Civil, auch

Code Napoleon genannt, kehrt das römische Eigentumsrecht im Sinne des Dominiums zurück, (Artikel 544: Das Eigentum ist das unbeschränkte Recht zur Nutzung und Verfügung über die Dinge, die Natur), an dem sich auch die zukünftigen bürgerlichen Gesetzesbücher Europas orientieren sollten. Die Abkehr vom Patrimonium öffnete der Ausbeutung der Natur und dem Erfolg des durch Gold, Öl, Land oder vielleicht bald Wasser geeichten Papiergeldes Tür und Tor. Obwohl Napoleon Bonaparte ein Kind der französisch-republikanischen Revolution war, krönte er sich 1804 in Anwesenheit des Papstes selbst zum Kaiser und offenbarte damit sein dynastisches Denken. Nach Bonapartes Ende begann in der Schweiz die Zeit der Restauration, wodurch die sozialen Unterschiede zwischen den Bürgern wieder hergestellt wurden. In Frankreich spekulierte der Bankier Rothschild gegen den neuen französischen König und der Monarch verlor 1818 seine Unabhängigkeit an das international agierende Bankhaus.

Während der 1820 beginnenden Industrialisierung der Schweiz gründete Francois Louis Cailler in Genf die erste Schokoladenfabrik des Landes. Ein nationaler Reichtum, die Schweizer Kuhmilch, wurde zu Milchschokolade verarbeitet und begründete damit den Nimbus der süssen Erfolgsgeschichte. 180 Jahre später wird die Schweizer Milch den Schweizern, den Schokoladefabrikanten und einem privaten Monopol in der Milchproduktverarbeitung wieder einmal zu teuer sein. Nach England gehörte die Schweiz zu den am frühesten industrialisierten Ländern der Welt. Durch das Haltbarmachen von Lebensmitteln wurden die Hausfrauen und Mütter entlastet und konnten so der schnell wachsenden Industrie zur Verfügung stehen. Die Kehrseite der Industrialisierung waren Massenarmut, Kinderarbeit, Hungersnöte, Arbeitskämpfe, Alkoholprobleme und Auswanderung.

Nach 1830 begann die Epoche der Restauration, in welcher die Liberalisierung der alten Gesellschaftsordnung stattfand, die wirtschaftliche, politische und soziale Gleichstellung aller Bürger. Vorwiegend Freisinnige und Liberale setzten sich für ein breites Bildungswesen ein, um dem Volk auch moralisch seine Souveränität im Sinne der Allgemeinheit zu ermöglichen. 1831 starb Johann Wolfgang von Goethe. Der zweite Teil seines

„Fausts“ wurde veröffentlicht und sollte lange nicht wirklich verstanden werde, wie es Goethe prophezeit hatte. Seine Zeit werde das darin enthaltene Geheimnis nicht verstehen können, sagte er.

1832 wurde als leitende und vollziehende Behörde der Eidgenossenschaft ein fünfköpfiger Bundesrat vorgeschlagen. Das war ein Rückgriff auf das fünfköpfige Direktorium der Helvetischen Republik Bonapartes. 1834 gründete Johann Jakob Sulzer in Winterthur eine Eisengiessfabrik, die bald weltbekannte Schiffdieselmotoren herstellen sollte. 1845 gründeten die Konservativen gegen die Angriffe der Liberalen ein Verteidigungsbündnis, den so genannten Sonderbund. Der darauf folgende unblutige Sonderbundskrieg galt später als schweizerische Version des US-amerikanischen Sezessionskrieges unter Abraham Lincoln im Jahr 1865.

Im noch von den schweren Revolutionen gebeutelten Europa entstand 1848 der föderalistische Bundesstaat Schweiz durch die Annahme der Verfassung. Aus dem verfassungsrechtlichen Laboratorium, in dem seit 1830 alle denkbaren demokratischen Formen geprüft wurden, erhob sich inmitten Europas als ein gänzlich neues Staatsgebilde, dessen Moderne auf dem ganzen Kontinent seinesgleichen suchte, der Sonderfall Schweiz.

1850 wurde in Zürich mit der Zürcher Kantonalbank die erste staatliche Regionalbank gegründet, zu deren Geburt der Schweizer Politiker und Schriftsteller Gottfried Keller sagte: *Wir brauchen diese Staatsbank, um den Zins zu bekämpfen, den Privatbanken heilsame Konkurrenz entgegenzustellen und die mittleren und kleineren Gewerbebetriebe vor der Ausbeutung durch die in erster Linie auf eigenen Nutzen bedachten Privatbanken zu schützen.* Bereits 1856 gründete der Industrielle Alfred Escher die erste Grossbank der Schweiz, die Schweizerische Kreditanstalt, der 1857 ebenfalls auf seine Initiative hin die Gründung der Schweizerischen Rentenanstalt folgte. In den USA begann mit der Förderung und Raffinierung des Erdöls eine neue Epoche der Industrialisierung. Die billige Energie des Öls sollte der Globalisierung einen gehörigen Fortschritt verschaffen, die auch massgeblich zum Bevölkerungswachstum um das Sechsfache in 140 Jahren beitragen wird. Gab es zu Christi Geburt vielleicht 300 Millionen Erdenbürger, waren es 1800 Jahre später erst eine Milliarde, und noch 1950 erst 1,8 Milliarden.

1859 wurde das schweizerische Söldnerwesen, das Dienen in fremden Armeen, endgültig verboten. 1860 wurde das System Escher gestürzt. Das Schicksal der Verstaatlichung seiner Eisenbahngesellschaft ereilte später auch die private Southern and Pacific Railroad in der Schwesterrepublik Kalifornien. 1863 gründete Henri Dunant das Internationale Rote Kreuz. 1866 erfand Henri Nestlé eine Babynahrung aus Milchpulver, Zucker und Weizenmehl. Seine Firma wird 130 Jahre später der grösste Lebensmittelkonzern der Welt sein. Durch einen Prozess in Genf wurde Grossbritanniens Regierung unter Königin Victoria im so genannten Alabama-Fall zu einer Busse von 15,5 Millionen Dollar verurteilt. Damit war die Schweiz erstmals internationaler Begegnungsort. Die 1875 in den USA gegründete Standard Oil Corporation des John D. Rockefeller kontrollierte schon bald 95% der weltweiten Ölproduktion. In Basel entstand durch die Gründung der CIBA – der Chemischen Industrie in Basel – der erste pharmazeutische Konzern. Im Jahr 1885 veröffentlichte der Rapperswiler Theodor Curti den ersten schriftlichen Beitrag zur Theorie der direkten Demokratie, während die Verstaatlichung der Eisenbahn, das Banknotenmonopol, die Arbeiterbewegungen und die Einführung des Proporz-Wahlverfahrens die scheinbar fest gefügte Parteienlandschaft durcheinanderbrachten, aus der die Gründung der SPS, der sozialdemokratischen Partei der Schweiz hervorging. 1891 wählte man erstmals einen Nicht-Freisinnigen in den Bundesrat. Der christlichdemokratische Bundesrat Joseph Zemp gilt als Vater des Initiativ- und Referendumsrechts. Im gleichen Jahr wurde der 1. August Nationalfeiertag. Erst 1894 formierten sich die Freisinnigen und Radikaldemokraten zur FDP, um den Siegeszug der SPS aufzuhalten, allerdings erfolglos. 1907 wurde die Nationalbank gegründet. Erstmals kam gesamtschweizerisch gültiges Papiergeld in Umlauf. 1910 war Rockefeller der mit Abstand reichste Mann der Welt. Seine Firma machte US-Präsidenten und Weltpolitik. Nach 123-jährigem Ringen privatisierte 1913 eine Handvoll Abgeordneter die amerikanische Notenbank, die Zentralbank der nach Grossbritannien zur neuen Weltmacht aufsteigenden Vereinigten Staaten von Amerika.

1918, nach der Niederlage Deutschlands im Ersten Weltkrieg, gründeten Industrielle und der Landwirtschaft nahe stehende Politiker die SVIL, die Schweizerische Vereinigung Industrie und Landwirtschaft, denn nach dem Zusammenbruch des damaligen Währungssystems konnte die Schweiz ihre eigene Bevölkerung nicht mehr ernähren. Der vorangegangene exzessive Freihandel führte zur breiten Vernichtung des nationalen Bauernstandes. Während der Hungersnot schoss beim Generalstreik die Armee in Grenchen auf die eigene Bevölkerung. Es gab Tote. Dies sollte nie mehr passieren.

1920 wurde die Schweiz Mitglied des Völkerbundes, des Vorläufers der UNO. 1925 prägte der Schweizer Ökonom Hans Honegger den Begriff „Neoliberalismus". Er meinte damit die Befreiung der Wirtschaft von jedwelchen staatlichen Fesseln. Die Totalrevision des Gesetzes über das Münzwesen führte 1931 zum Goldstandard. Der Schweizer Franken wurde quasi durch diese Goldreserven geeicht, gedeckt. 1932 erschossen beim Generalstreik in Genf erneut Angehörige der Armee Schweizer Arbeiter. Im selben Jahr forderte der Ordoliberale Alexander Rüstow in Dresden einen starken Staat oberhalb der Wirtschaft. Während es 1934 deutschen Forschern gelang, Treibstoff aus Kohle herzustellen, um von den Ölförderländern unabhängiger zu werden, überflügelte die amerikanische die chinesische Wirtschaft um ein Vielfaches. Die geballte Kraft des Erdöls stellte jedem Amerikaner die Muskelkraft von 35 Menschen zur Seite.

In Deutschland wählte 1933 das Parlament Adolf Hitler an die Macht der damals zweitgrössten Volkswirtschaft der Welt. 1939 begann der Zweite Weltkrieg. In der Schweiz wurde 1940 erstmals ein Mitglied von Christian Landolts Partei SVP Bundesrat: Rudolf Minger. Aufgrund der weltpolitisch unsicheren Lage begann schon bald die grosse Anbauschlacht. Jeder unverbaute Quadratmeter Boden wurde für landwirtschaftliche Zwecke umgenutzt. Die Bevölkerung sollte bei einem länger dauernden Krieg jederzeit ernährt werden können. 1943 erhielt der Bundesrat sozialdemokratischen Zuwachs.

1944 wurde der US-Dollar im Kongress von Bretton Woods gegen den Vorschlag der englischen Delegation unter John Maynard Keynes globale Reserve- und Leitwährung der Welt. 1947 nahm man den Wirtschaftsartikel in die schweizerische Verfassung auf. Damit konnte der Staat wirtschaftspolitisch tätig werden. Die unsichtbare Hand des Marktes bekam eine sichtbare des Staates zur Seite gestellt. Im selben Jahr trafen sich neben den Professoren Friedrich August von Hayek, Vàclav Klaus und Milton Friedman weitere Vertreter des Neoliberalismus bei Montreux. Mit der Montan-Union schuf man 1951 erstmals eine übernationale, europäische Organisation mit eigenen Souveränitätsrechten.1960 gründete man sozusagen als Gegenkonzept zu dieser europäischen Wirtschaftsgemeinschaft die European Free Trade Association, die ihren Mitgliedern, darunter der Schweiz, die freie Ausgestaltung des Aussenhandels ermöglichte.

In den USA war Präsident Kennedy 1963 fest entschlossen, die Nationalbank zu verstaatlichen. Im November desselben Jahres wurde er in Dallas erschossen, von einem Einzeltäter. Zur Finanzierung des Vietnamkrieges druckte und verlieh die amerikanische Notenbank der US-Regierung unter Präsident Richard Nixon Geld, das nicht mehr durch Gold gedeckt war. Der französische Präsident Charles de Gaulle fürchtete um den Kaufkraftverlust der in Dollar angehäuften Währungsreserve des französischen Volkes und forderte das in Fort Knox eingelagerte Gold zurück. 1971 verkündete Richard Nixon am Fernsehen die Aufhebung des Goldstandards. Seither ist die Leitwährung der Welt eine durch nichts gedeckte Papiergeldwährung. Die Ölförderländer, allen voran Saudi-Arabien, wollten ihre Dollars in den durch Gold gedeckten Schweizer Franken wechseln, was die schweizerische Wirtschaft unter Druck brachte. Der Bundesrat verfügte eine Kapitalimportbeschränkung.

In Skandinavien wurde drei Jahre zuvor der Nobelpreis für Wirtschaftswissenschaften eingeführt, den vorwiegend Ökonomen der neoliberalen Schule erhalten sollten. Im Jahr 2005 wird die gesamte Familie Nobel öffentlich gegen diesen Preis protestieren. 1973 scherte die Schweiz als erstes Land aus dem Bretton-Woods-Abkommen aus. 1974 erhielt Professor von Hayek den Wirtschaftsnobelpreis. 1976 veröffentlichte US-Präsident Kennedys Wirtschaftsberater John Kenneth Galbraith sein Buch „Geld – Woher es kommt, wohin es geht“. Der

Schweizer Nationalrat Werner Schmid schrieb im selben Jahr „Die Geschichte des Schweizer Frankens“ und Professor von Hayek das Buch „Entnationalisierung des Geldes“, in welchem er die Privatisierung des Geldwesens forderte. Hans Würgler, der Leiter der Konjunkturforschungsstelle der ETH Zürich, sagte Ende der 1970er Jahre öffentlich, dass es keine Arbeitslosigkeit geben könne, wenn es die politisch Herrschenden nicht wollten. Papst Johannes Paul II. ging wegen eines Attentats auf ihn mit seiner Sozialenzyklika „Laborem exercens“ erst 1981 an die Öffentlichkeit. In ihr forderte er „den erweiterten Arbeitgeber“ – die Geldverleiher – auf, soziale Verantwortung zu übernehmen und die menschliche Arbeit über das Kapital zu stellen. Sein Kardinal und der ihm 25 Jahre später als Papst nachfolgende Bayer Joseph „The brain“ Ratzinger verurteilte den aufkommenden Neoliberalismus damals auf das Schärfste. Zu einem Zeitpunkt, als die linken Intellektuellen in Frankreich und Deutschland den Faschismus noch aus dem deutschen Kleinbürgertum abzuleiten versuchten. Die Zurückweisung seiner Kritik geschah damals interessanterweise nicht mit dem üblichen Belächeln, sondern sehr nervös und durch eine klare Hetze gegen ihn.

1989 herrschte in der Schweiz Vollbeschäftigung. Dem Mittelstand sowie den staatlichen Betrieben ging es blendend. Das Schweizer Volk lehnte 1992 den Beitritt der Schweiz zum Europäischen Wirtschaftsraum ab. Der damalige Bundesrat Adolf Ogi nannte ihn das „Trainingslager“ für den EU-Beitritt. 1993 trockneten massive Zinserhöhungen den schweizerischen Mittelstand aus. Die privaten Banken füllten ihre Kriegskassen, um sich für die anstehende Privatisierungswelle des Service Public in der Schweiz, im nahen und fernen Ausland zu rüsten. 1995 erschien dann das Buch „Mut zum Aufbruch“, eine Kampfschrift der Neoliberalen gegen die staatlichen Unternehmen und für die neoliberale Idee, die die Auflösung des Sonderfalls Schweiz einläutete. Markus Kutter bewies in seinem Aufsatz „Doch dann regiert das Volk“, dass ein Einfügen der Schweiz in die Europäische Union nur mit einer Totalrevision der Verfassung möglich wäre. Heerscharen von Juristen machten sich ans Werk.

1997 gab es eine Neuauflage von Norbert Elias' Werk „Über den Prozess der Zivilisation", in dem er die Machtbereiche herleitete, welche der Staat, in einer Demokratie also das Volk, besitzen muss, um sein eigenes Territorium gestalten, kontrollieren, finanzieren und auch zukünftigen Generationen den Zugang zum Lebensraum und zum wirklich freien Markt offenhalten zu können: die Verkehrswege, die Kommunikationsmittel, das Energiewesen, das Geldwesen und die Regeln der Arbeitsteilung (Banken und Versicherungen dürfen nicht in Konkurrenz zur wertschöpfenden Wirtschaft stehen, also nur Geld annehmen und verleihen bzw. kassieren und auszahlen). Eine Privatisierung dieser Machtmittel würde ein riesiges Ungleichgewicht zwischen den Besitzenden und den Besitzlosen schaffen. Der Staat könnte nur noch mit Steuern auf Arbeit und Konsum finanziert werden. Gewinne würden somit privatisiert, soziale und ökologische Kosten sozialisiert. Die echte Demokratie, die ihre Machtbereiche selber verwaltet, wäre das beste Bollwerk gegen jede feudalistische Bestrebung.

1999 gründeten vierzehn Schweizer Grossunternehmen die neoliberale Denkfabrik Avenir Swiss und drei Jahre später erleichterte das verkleinerte Vorstandsgremium der Schweizerischen Nationalbank den freien Kapitalverkehr und beschloss den teilweisen Verkauf der Goldreserven, des Volksvermögens. Eine öffentliche Diskussion über diese Änderung in der Geldpolitik des Landes und ob man das Gold tatsächlich verkaufen wolle und dürfe, fand nicht statt. 2002 veröffentlichte die Salzburger Leopold-Kohr-Akademie das Lebenswerk des gleichnamigen Staatsökonomen und Philosophen „Das Ende der Grossen – Zurück zum menschlichen Mass". Darin beschrieb Kohr, warum er die Schweizerische Eidgenossenschaft vor ihren neoliberalen Verirrungen für das bisher perfekteste Staatsgebilde der Weltgeschichte hielt. Während 2006 Professor Heinrich Bortis sein Lebenswerk „Institutions, behaviour and economic theory", ein umfassendes, politisches Gesellschaftsmodell, das die Schweiz als Alternative zur neoliberalen Globalisierung vorschlug, weltweit veröffentlichte, erschien gleichzeitig Professor Binswangers Buch „Die Wachstumsspirale", eine wissenschaftliche Arbeit über die Zerstörung ökologischer, sozialer, wirtschaftlicher, kultureller und gesellschaftlicher Strukturen durch das neoliberale Kreditgeldsystem.

Marco Keller sitzt in einer der hinteren Reihen des Kongresszentrums in Bellinzona, in dem der gesamtschweizerische Parteitag seiner FDP stattfindet. Viele der versammelten Delegierten kennt Keller persönlich. Immer wieder schüttelte er im Vorbeigehen eine Hand, tauschte ein paar Floskeln aus, erkundigte sich nach der Familie, den Kindern, den Geschäften, dem persönlichen Wahlergebnis, dem Hund. Nach der Gattin zu fragen, auch wenn er sie kannte, hat er sich inzwischen abgewöhnt, weil er sich dadurch immer öfters das Anhören übler Scheidungschronologien eingehandelt hatte. Sinnigerweise waren darunter nicht selten Scheidungsanwälte, die es durch die Trennungen Dritter zu erheblichem Wohlstand gebracht haben. Bei einer Einladung von Andreas Höppli, einem freisinnig-liberalen Aargauer Nationalratskollegen und angesehenen Staranwalt, der sich auf Scheidungen von Prominenten spezialisiert hatte, zeigte dessen Frau Svetlana, Drittplatzierte bei den Miss-Prag-Wahlen 1999, Marco Keller und seiner damaligen Freundin Franziska lange und ausführlich ihre private Sammlung besonderer Kunstgegenstände. Höppli liess sich bei jeder Promi-Scheidung einen Teil seines Honorars in Sachwerten auszahlen, die er bereits beim ersten Sondierungsgespräch in der Villa des von ihm vertretenen VIPs aussuchte und vertraglich sicherte. Bei seiner eigenen Scheidung hat Höppli neben dieser bizarren Kunstsammlung nicht nur das Haus, sondern auch seinen Ruf als erstklassiger Scheidungsadvokat verloren. Svetlana Höppli erwies sich nicht nur als exquisite Kunstkennerin, sondern auch als sehr lernfähig in Sachen Scheidungsrecht. Andreas Höppli wurde tagelang durch den Kakao der Boulevardpresse und der Klatschmagazine gezogen. Sie heiratete kurze Zeit später wieder einen Juristen, der sich auf Erbrecht spezialisiert und den sie beim FDP-Parteitag in Genf kennengelernt hatte. Vor ungefähr einem Jahr stürzte er bei einer Skitour in den Walliser Bergen zu Tode. Svetlana Camenzind-Höppli soll ihn noch gewarnt haben, bevor sie wenige Sekunden später Zeugin des tragischen Unglücks und einige Tage danach Alleinerbin eines nicht unbeträchtlichen Vermögens wurde. Derzeit bildet sie sich bei einem Anwalt für Strafrecht weiter. Der, Albert Kielholz, sei Kandidat der FDP für das Bundesgericht in Lausanne. Im September wolle sie ihn heiraten, hat sie Marco Keller heute beim vorangegangen Apéro unaufgefordert erzählt. Dann heisse sie Svetlana Kielholz-Camenzind.

Mit der Einladung zum Parteitag hat Marco Keller auch eine Art schriftliche FDP-Bedienungsanleitung erhalten, die vier Projekte und zehn Themenbereiche umfasst und die Parteizugehörigen auf ein gemeinsames Vokabular einstimmen soll. Das erste Projekt nennt sich „Die intelligente Schweiz“. Bildung sei der Rohstoff des Landes und das gehöre zu den führenden Denk-, Forschungs- und Kulturstandorten der Welt. Nur „Die wachsende Schweiz“ werde Gerechtigkeit und Nachhaltigkeit garantieren, wird auf der nachfolgenden Seite behauptet. Würde sich die FDP-Geschäftsleitung öfters mit ihrer Denkfabrik, der Gottfried-Keller-Gesellschaft, austauschen, wäre sie wohl besser im Bild, woher der Wachstumsdruck tatsächlich kommt, denkt sich Keller. Beim Themenbereich „Bildung“ sticht ihm die Kernaussage „Wissen ist der Treibstoff der Zukunft“ ins Auge. Er blättert weiter zu „Finanzen“. Dort steht als Kernaussage „Keine Hypotheken auf morgen“, man müsse an die nächste Generation denken. Ermattet steckt er das liberale Evangelium wieder ein. Er ahnt, dass sein Engagement für die Partei ihm zukünftig einiges an Strapazierfähigkeit und Toleranz abverlangen wird.

KAPITEL 26

„Fragt nicht, was euer Land für euch tun kann.
Fragt, was ihr für euer Land tun könnt.“

John F. Kennedy, US-Präsident, 1917–1963

Das Café im oberen Stock der Konditorei Sprüngli in Zürich ist gut besucht. Anastasija und Chauffeur Hansruedi finden in einer hinteren Ecke ein freies Tischchen.
„Glück gehabt!”, sagt Anastasija und setzt sich auf die gepolsterte Bank.
„Hier gibt es zwar auch so gestopfte Leute wie beim Empfang in London, aber hier ist das mit weissen Truffes wesentlich angenehmer zu ertragen”, plaudert Anastasija drauflos.
„Ist dieser Tisch noch frei?”, fragt die sportlich wirkende Frau mit der Umhängetasche. Sie trägt eine Jeans, eine helle Bluse, das dunkelbraune Haar offen. Ihre Nase wirkt ein bisschen schräg, als sei sie schon einmal gebrochen gewesen.
„Ich glaube, die alte Dame ist gegangen, ja”, antwortet Hansruedi Gröbli aufmerksam. Die Frau bedankt sich, will sich setzen, da klingelt ein Telefon in ihrer Tasche.
Während sie sich hinter das Café-Tischchen zwängt, entnimmt sie der Tasche ein Handy. Einige der älteren Frauen an den benachbarten Tischen werfen böse Blicke, tuscheln und schieben sich verärgert ein Stück Torte in den Mund.
„Franziska Fischer!”, meldet sie sich schliesslich am Telefon. Sie hört einen Moment zu, runzelt die Stirn und beginnt an einem ihrer Fingernägel zu knabbern.
„Das klingt ja spannend … und ich könnte den Informanten heute Nachmittag treff… hier in Zürich? … ja, natürlich … im Moment kann ich schlecht sprechen, ich bin inmitten von Sprünglis betagten Patisserie-Groupies”, lästert sie leise. Hansruedi kann sich ein Grinsen nicht verkneifen, während sich Anastasija die Hand vor den Mund hält.
„In den Tagen vor der Abstimmung? Das ist ja jetzt wirklich

spannend … also, ich erwarte deinen Anruf", verabschiedet sie den Gesprächsteilnehmer kurz und greift nach der Menükarte. Anastasija ist ein wenig bleich geworden, was Hansruedi sofort auffällt.
„Frau Berger, ist Ihnen nicht gut?", fragt er.
Sie verneint, meint, sie müsse nur schnell zur Toilette, möchte einen Milchkaffee bestellt haben und lässt beim Aufstehen versehentlich ihr Handy fallen. Franziska Fischer schaut der attraktiven Frau nach und merkt, dass sie dabei beobachtet wird.
„Eine auffällige Erscheinung, nicht wahr?", bemerkt Hansruedi schmunzelnd.
Irritiert reagiert Franziska mit einem Kopfnicken.
„Ich bin nur der Chauffeur", stellt er unmissverständlich klar.
„Sie hätten es wohl gerne anders?", provoziert sie unvermittelt.
„Na ja, in meinem Alter wäre das wohl ein wenig lächerlich."
Schon wieder ist ein Handyklingeln zu hören. Franziska sieht das unter der Bank liegende Telefon zuerst, bückt sich danach und liest auf dem Display ungewollt den Namen des Anrufers: Marco Keller.
„Ich denke, Sie sollten es wohl entgegennehmen", sagt sie, drückt auf Empfang und hält es dem älteren Herrn mitten ins Gesicht. Völlig überrumpelt nimmt er es an sich.
„Gröbli am Apparat. Herr Keller? Sie ist im Moment auf der Toilette … ich bin der Chauffeur … ja, sie hatte es hier am Tisch liegen gelassen und da dachte ich … nein, das ist kein Problem. Ich werde es ihr ausrichten … Ihnen auch, danke."
Als Anastasija zurückkommt, gibt er ihr das Handy zurück, erklärt, wie er dazu gekommen ist, und dass ein Herr Keller ihren Anruf erwarte.
„Herr Keller ist mein Liebhaber", platzt es aus ihr heraus.
Während Hansruedi Gröbli es kaum überrascht zur Kenntnis nimmt, verschluckt sich am Nebentisch Franziska Fischer, beginnt zu husten und hört nicht mehr damit auf.
„Kann ich Ihnen helfen?", erkundigt sich Hansruedi Gröbli.
„Danke, es geht schon wieder. Ich muss irgendwas in meinem Getränk gehabt haben."
„Sind Sie Reporterin?", fragt Anastasija ohne Umschweife.
„Wieso …?"
„Ich habe in Ihrer Tasche eine Kamera gesehen, die eine Frau kaum freiwillig herumtragen würde", erklärt sich Anastasija.

In den folgenden zwanzig Minuten plaudern die beiden, als würden sie sich schon länger kennen. Anastasjia fragt nicht nach Landolt, Franziska möchte nicht wissen, was es mit Marco Keller auf sich hat. Und Hansruedi Gröbli sitzt schweigend auf seinem Stuhl, hört staunend den beiden Frauen zu und holt sich schliesslich eine Zeitung. Auf der Titelseite ist mal wieder der Managerlohn das Thema. Markus Karrer ist einmal mehr der bestverdienende Manager des Landes. Der Chef der Helvetik Kredit hat im vergangenen Jahr 34 Millionen Schweizer Franken kassiert, weil seine Bank einen Rekordgewinn von 28% vor Steuern erzielt hat. Hansruedi versteht zwar nichts von Wirtschaft, aber irgendwie kommen ihm diese Gewinnmargen und exorbitanten Löhne spanisch vor. Obwohl die Weltwirtschaft boomt, liegt die gerade mal bei 4% jährlichem Wachstum. In einem Kästchen daneben findet er eine interessante These:

Seid umschlungen, Millionen! Millionengehälter – einmal erhalten! Mehrfach bezahlt? Nehmen wir an, der Manager eines Konzerns setzt sich nach sechs Jahren Tätigkeit zur Ruhe und hat in dieser Zeit 30 Millionen Franken kassiert (ein anderer Angestellter mit einem Jahresgehalt von 60'000 Franken müsste dafür 500 Jahre arbeiten). Nun lässt er das Geld für sich arbeiten und lebt von einer 6%igen Verzinsung (was bei einer so grossen Summe sicher möglich ist). Dann stehen ihm pro Jahr 1,8 Millionen, also monatlich 150'000 Franken zur Verfügung, ohne die Substanz der 30 Millionen antasten zu müssen. Bescheidet er sich mit 25'000 Franken, nimmt sein Vermögen monatlich um 125'000 Franken zu. Durch diesen Zuwachs verdoppelt die Zinseszinsrechnung alle 15 Jahre sein Vermögen. 45 Jahre später erhalten die Kinder des frühpensionierten Managers 240 Millionen Franken, womit sie sich gleich zur Ruhe setzen können. Wenn sie Vaters Lebensstil übernehmen, hinterlassen sie 30 Jahre später ihren Kindern wiederum eine schlappe Milliarde Franken. Woher aber kommt diese wunderbare Substanzvermehrung? Sie ist von den Schuldnern in der Wirtschaft aufzubringen. Die Schuldner aber, soweit es keine Privathaushalte sind, müssen die Zinsen als Kosten in ihre Produkte und Dienstleistungen einrechnen und an die Endverbraucher weitergeben. Für das fürstliche Gehalt unseres Konzernchefs mussten die Aktionäre bluten, aber für die Vermehrung der endlos laufenden „Monatsrente" werden alle Bürger über

Jahrzehnte zur Kasse gebeten. Denn wer Geld arbeiten lässt, lässt immer andere für sich arbeiten. Natürlich fliessen diese gezahlten Zinsen auch wieder in private Taschen zurück, aber das ist nur für jene Haushalte von Vorteil, die aus ihrem Vermögen mehr Zinsen erhalten, als sie in ihren laufenden Ausgaben mitbezahlen.

Hansruedi Gröbli erinnert sich an eine heftige Diskussion, die er als Chauffeur für das World Economic Forum in Davos miterlebt hatte, was mindestens 25 Jahre her sein muss. Markus Karrer, der spätere Verwaltungsratspräsident der Helvetik Kredit, hatte in seiner Rede während des Forums die in jenen Tagen veröffentlichte scharfe Verurteilung der neoliberalen Globalisierungsdoktrin des römischen Kardinals Joseph Ratzinger als „Amoklauf eines weltfremden Kuttenträgers" bezeichnet. Gröbli hat ihn danach zum Flughafen nach Zürich fahren müssen. Jean-Claude Lehmann, damals Mitglied der Geschäftsleitung des Forums, war im letzten Moment zugestiegen und verwickelte Karrer in ein ungewöhnlich emotionales Streitgespräch über Geld, Ethik und Wirtschaftstheorien. Immer wieder warf Lehmann Karrer vor, mit der Finanzierung der neoliberalen Denkfabrik Avenir Suisse die rotarischen Grundsätze zu verraten. Lehmann war ausser sich, während Karrer ihn nur auslachte. Lehmann und Karrer waren Mitglied im selben Rotaryclub. Gröbli wunderte sich nicht, als sich Karrer Jahre später öffentlich gegen die Wahl Lehmanns zum Präsidenten der Schweizerischen Nationalbank aussprach und forderte den Bundesrat auf, einen modern denkenden Ökonomen als Währungshüter einzusetzen. Er drohte subtil sogar mit dem Wegzug der Helvetik Kredit nach London, falls Lehmann gewählt würde. Auf der Rückfahrt von Zürich nach Davos kam Lehmann erst wieder zur Ruhe, als er Gröbli sein Herz ausschütten konnte. Dieser verstand damals kaum ein Wort, aber er erinnerte sich sehr genau daran, was ihm Lehmann geantwortet hatte, als er sich nach besagten rotarischen Grundsätzen erkundigte. Lehmann sagte, ein echter Rotarier orientiere sich in seinem Handeln immer an der rotarischen Vier-Fragen-Probe: 1. Ist es wahr? 2. Ist es fair für alle Beteiligten? 3. Wird es Freundschaft und guten Willen fördern? 4. Wird es dem Wohl aller Beteiligten dienen?

„Hansruedi, ich würde gerne gehen", wird er aufgeschreckt, nachdem er sich in den Artikel vertieft hatte.
„Ja, natürlich, Frau Berger."
Bevor er die Zeitung wieder zusammenfaltet, liest er noch das Zitat am Ende des Textes: „Der Zinseszins ist die grösste Erfindung des menschlichen Denkens", Albert Einstein, Physiker und Nobelpreisträger, 1879–1955.
„Hier haben Sie meine Nummer, Frau Fischer. Es würde mich freuen, wenn Sie mich anriefen", meint Anastasija freundlich, als sie ihre Karte überreicht. Anastasija und ihr Chauffeur verlassen das Café und lassen Franziska Fischer alleine zurück.

„Frau Fischer?", fragt der gut gekleidete Herr die auf der Parkbank am Quai beim Bellevue wartende Franziska. Sie hatte sich Marco Kellers Handynummer gemerkt, in ihrem Mobiltelefon gespeichert und nun in Gedanken versunken darüber nachgedacht, ob sie ihn einfach anrufen sollte, nach so langer Zeit.
„Ja, das bin ich. Sind Sie mein Kontakt?"
„Mein Name ist Jan Häusler. Ich bin … ich war ein enger Mitarbeiter von Bundesrat Landolt", stellt er sich vor.
Der Mann ist höchstens 45 Jahre alt, sehr gepflegt, nicht allzu gross und recht schlank. Seine leicht feminine Art lässt Franziska Fischer vermuten, von ihm nichts befürchten zu müssen, was männliche Zudringlichkeit betrifft.
„Möchten wir uns hier unterhalten, Herr Häusler?"
Er setzt sich kurz zögernd neben ihr auf die Bank. Es ist herrliches Wetter. Am Seeufer füttern Jugendliche die Schwäne, was eigentlich nur im Winter erwünscht ist. In der Bucht des Sees sind Segelschiffe, Motorjachten und Windsurfer zu sehen. Der Quai ist bevölkert von spazierenden Rentnern, Anzugträgern, die sich nach einem Bürotag etwas an die Sonne setzen wollen, und Müttern mit ihren Kindern. Hinter einer grünen Hecke fliesst der Feierabendverkehr vorbei, der auf der Bellevuewiese gastierende Nationalzirkus Knie bricht seine Zelte ab, der Parkplatz vor dem Opernhaus wird gerade von Gemeindearbeitern der Stadt gereinigt. Von der Haltestelle her hört man regelmässig das laute Quietschen der einfahrenden blauen Trams.
„Ich habe mir lange überlegt, ob ich mich an Sie wenden sollte, Frau Fischer. Bundesrat Landolt hat oft … nein, nicht oft, aber doch ab und zu von Ihnen gesprochen. Sie seien seiner Meinung nach die einzige investigative Reporterin in diesem Land.

Das war ein grosses Kompliment aus seinem Mund", beginnt er zu erzählen.
Franziska Fischer ist verblüfft.
„Ich bin unsicher, ob ich nicht doch hätte zur Polizei gehen sollen, aber in diesem Land passieren Dinge, die mich je länger je mehr an unserer hochgelobten Rechtsstaatlichkeit zweifeln lassen, Frau Fischer."
„Und jetzt wünschen Sie sich eine Schlagzeile, einen öffentlichen Befreiungsschlag in einer grossen Tageszeitung?", bringt es Franziska direkt auf den Punkt.
„Das wäre wohl das Gescheiteste. Wie frei sind Sie in der Einflussnahme auf den zu veröffentlichenden Inhalt?"
Sie meint, sie sei sehr frei, wenn die Story gut ist. Und eine heisse Spur im Fall Christian Landolt sei mit Sicherheit eine Story wert.
„Herr Landolt war in den letzten Tagen vor seiner wichtigsten Abstimmung ein völlig anderer Mensch. Er war durcheinander ... sogar ein wenig verängstigt ... das war eine völlig neue Seite an ihm. Er wollte mit mir über Dinge sprechen, die niemand sonst hätte hören dürfen ... er fühlte sich hintergangen, betrogen ... sein ganzes Weltbild schien zusammengebrochen zu sein."
„Was war die Ursache dafür?"
„Es muss ein Treffen mit dem Präsidenten der Nationalbank gewesen sein."
Häusler holt eine Akte aus seiner Mappe, die ihn wie den Buchhalter einer kleinen Fabrik aussehen lässt und so gar nicht zu seinem Anzug passt.
„Ich habe Ihnen alles zusammengestellt, was ich habe ... persönliche Notizen Landolts, die beiden Bücher, die er im Büro heimlich gelesen hatte, eine CD, eine Liste der Telefonnummern, die er in den letzten Tagen regelmässig anrief, und einige Gesetzesentwürfe, die er ausführlich mit mir besprochen hatte."
Franziska bedankt sich und nimmt die Akte an sich, die sofort in ihrer Fototasche verschwindet.
„Ich werde die Sachen lesen. Wie kann ich Sie erreichen, Herr Häusler?"
„Gar nicht. Sollten Sie mich im Departement in Bern anrufen, werde ich sagen, dass ich Sie nicht kenne und auch so mit Ihnen sprechen, falls Sie sich nicht abwimmeln lassen. Dieses Treffen

hat nie stattgefunden. Sie werden alles verstehen, wenn Sie die Unterlagen studiert haben. Bundesrat Landolt war ein grosser Patriot. Das Land lag ihm wirklich sehr am Herzen, aber offenbar sass er den falschen Leuten auf. Er fühlte sich an der Nase herumgeführt."
Fischer reicht ihm ihre Visitenkarte, falls er es sich doch noch überlege und direkt mit ihr Kontakt aufnehmen möchte.
„Ich nehme an, Sie haben beim Anruf in der Redaktion keine Spuren hinter…"
„Ich weiss, wie die Spielchen laufen. Ich wünsche Ihnen viel Glück, Frau Fischer. Es steht viel auf dem Spiel. Ich bin kein Mensch, der ein Held sein möchte, wenn Sie verstehen, was ich meine."
Franziska Fischer nickt, schüttelt seine hingestreckte Hand und sieht ihm nach, wie er über den Quai zur Seebrücke geht, dort die Strassenseite wechselt und Richtung Grossmünster verschwindet.
In einem nahe gelegenen Café beim Stadelhofen zieht sie sich in die hinterste Ecke zurück und packt die Akte aus der Tasche. Nach vier Stunden, drei Kaffees, einem Brötchen mit Rohschinken und drei Zigaretten – eigentlich hatte sie sich das Rauchen abgewöhnt – drückt sie auf ihrem Handy Marco Kellers Nummer.
„Hier ist Franziska Fischer!"
Keine Reaktion. Dann fragt Keller als Erstes, wie sie denn zu seiner Nummer gekommen sei.
„Marco, wir müssen uns unbedingt sehen."

KAPITEL 27

„Viele Regierungen machen den Fehler, den Reichen zu viel Macht zu geben ... es kommt eine Zeit, da aus etwas nicht wirklich Gutem etwas wirklich Böses wird, denn die Eingriffe der Reichen sind von zerstörenderer Wirkung für den Staat als die Taten des Volkes.“

Aristoteles, Philosoph und Staatstheoretiker, 384–322 v. Christus

„Wie ich sehe, geht es dir gut“, sagt Franziska, als Marco Keller sie zurückhaltend begrüsst, sie aber dennoch auf die Wange geküsst hat.
„So? Und woran sieht man das?“
„An deiner glücklichen Freundin. Sie wäre wohl kaum so aufgestellt, wenn sie nicht geliebt würde ... so weit weg von zu Hause“, antwortet sie mit verschmitztem, strahlendem Gesicht.
„Aha, die Reporterin dringt durch! Du scheinst in deinem neuen Beruf so ehrgeizig und gründlich zu sein wie früher beim Sport.“
Franziska erzählt ihm von der Begegnung im Café Spüngli, vom Treffen mit einem Beamten aus Landolts Volkswirtschaftsdepartement, dem inzwischen der ehemalige Ständerat Fritschi vorsteht, und auch von den zwei langen Nachmittagen bei Klaus Bürgi in Lugano. Bevor Marco persönlich wird und Franziska nach ihrem Privatleben ausfragen will, legt sie die Akte auf ihren Tisch des Restaurants Hofer in der Solothurner Altstadt. Nachdem die Bedienung das bestellte Frühstück serviert hat, beginnt Franziska über ihre Recherchen zu berichten, die seinerzeit mit dem Fotoauftrag in Landolts Villa begonnen hatten. Marco stellt immer wieder Verständnisfragen, fügt eigenes Wissen, eigene Recherchen hinzu, und das Puzzle vervollständigt sich bald zu einem erkennbaren Bild. Franziska Fischer und Marco Keller funktionieren zusammen wie ein Schachcomputer, der ständig die Möglichkeiten, Alternativen, die Risiken und die grösste Wahrscheinlichkeit berechnet.

„Christian Landolt alias Napoleon Bonaparte entdeckte seinen eigenen Irrtum. Er war ein Leben lang völlig ahnungslos einem Paradigma aufgesessen, das ein nie hinterfragter Denkfehler war und die Souveränität seiner geliebten Schweiz gefährdete“, schliesst Franziska die besprochenen Kombinationen ab.
„Klaus Bürgis Vater wusste, dass sein eigener Sohn Klaus die Absichten bald durchschauen würde. Dessen Schulkamerad Christian Landolt schien ihm und seinen Freunden von der Mont Pèlerin Society die geeignete Marionette, um die Jahrzehnte im Voraus erahnte Opposition des Volkes bei der geplanten Abstimmung über den politischen Beitritt der Schweiz zur Euro-Union anzuführen. Nachdem sich Landolt als starker, selbstloser und patriotischer Revoluzzer auf die Seite des Volkes geschlagen hatte, war er für die Schweizer über jeden Zweifel erhaben. Das unwissende Volk hatte den genauso ahnungslosen Gärtner zum Bock gemacht. Was aus seinem Mund kam, war Gesetz. Dass sich die Schweiz mit der Einführung der neoliberalen Freiheiten, den von ihm unterstützten bilateralen Verträgen und der bereits vorbereiteten Abschaffung des Schweizer Frankens genauso in der Euro-Union auflösen würde, als wenn sie beigetreten wäre, wurde ihm erst in den letzten Tagen vor seiner wichtigen Abstimmung bewusst. Es wäre nicht nur das Ende des Sonderfalls Schweiz gewesen, sondern auch der Niedergang des schweizerischen Mittelstandes, der der Billigkonkurrenz ausgeliefert gewesen wäre. Aber genau dieser breite, produktive, die ganze Gesellschaft stabilisierende, alles tragende Mittelstand war das angestrebte Produkt des politischen Sonderfalls, das eigentliche Kind des Freisinns. Der als Erfolg gefeierte neoliberale Wirtschaftsraum Europa schuf amerikanische Verhältnisse mit einer hohen Arbeitslosenquote, stetig steigendem Güterverkehr, Sozialabbau, beschleunigter Immigration, Rassismus, politischer Polarisierung, Umweltverschmutzung, steigender Staatsverschuldung, auseinanderdriftender Zweiklassengesellschaft und gewalttätiger, brutaler Kriminalität. Seine gut begründeten Gesetzesentwürfe zur unbedingten Verstaatlichung der Notenbank, der Kanalbanken, des Kommunikationswesens, der Atomkraftwerke und die teilweise Stornierung der Dossiers mit der EU lagen praktisch vollendet auf seinem Schreibtisch. Sein Ziel war, als Bundespräsident am Nationalfeiertag im Schweizer Fernsehen Tacheles zu reden. Das hätte das endgültige Ende des neoliberalen

Projektes, der als Naturgesetz verkauften, neoliberalen Globalisierung bedeutet", fasst Marco Keller zusammen.
Franziska schaut ihn bewundernd an.
„An dir sind ein Soziologe, ein Philosoph und ein Kriminalautor verloren gegangen."
„Oder ein Politiker", scherzt er.
„Wusstest du, dass in der griechischen Antike nur ältere, lebenserfahrene Philosophen ins Parlament durften?"
Franziska schüttelt den Kopf.
„Das Parlament hatte die Aufgabe, seinen Bürgern das gerechte und glückliche Zusammenleben zu ermöglichen. Alleine die Frage, was das Glück ist, bedarf schon eines lebenslangen Studiums. Platons Schüler Aristoteles beschrieb in seinem Buch ‚Politik', was wir nach 2300 Jahren immer noch nicht verstanden haben. Zu diesen Schlüssen konnte er nur kommen, weil er seine Beobachtungen in kleinen, übersichtlichen Lebensräumen erkennen konnte. Ursachen und Wirkungen waren unmittelbarer, konnten nicht vertuscht, verschleiert, relativiert, interpretiert, ideologisch oder religiös verklärt werden."
Franziska ist wie verzaubert. Sie mochte seine Art, die Dinge zu sehen, zu philosophieren und zu träumen schon immer. Aber irgendwie verstand sie bisher nie den Sinn darin, denn die Welt ist eine andere, eine, in der man sich anzupassen hat oder untergehen muss. Schöngeistige Reden und Gedankenspielereien fand sie wenig effektiv, kaum sinnvoll.
„Und wieso ist die griechische Demokratie trotzdem untergegangen?"
„Man denkt, es war der überhandnehmende Sophismus."
Ob er das auch ausdeutschen könne, fragt Franziska und berührt dabei seine Hand. Er lässt es sich gefallen.
„Die Sophisten relativierten die Wahrheit, um sich Vorteile zu verschaffen. Denn Wissen ist Macht. Sie machten die Wahrheit von der Mehrheitsfähigkeit abhängig. Konnte man die Mehrheit in der Debatte überzeugen, dass die Erde flach ist, dann war sie flach. Die Mehrheit entschied, was die Wahrheit ist. Ist das Paradigma falsch, also in unserem Fall, dass die Erde flach ist, hätte man recht, wenn man sagte, dass man vom Planeten fiele, wenn man zu weit hinaussegelt. Ein falsches, nicht hinterfragtes Paradigma macht also falsche, aber logisch klingende Wahrheiten möglich."

„Und solche Denkfehler, wie dass die Erde flach wäre, existieren bis heute zuhauf“, fügt Franziska an.
„Du solltest jetzt Landolts Rede halten, im Parlament oder auf der Rütliwiese, Marco“, findet sie.
„Um mich auch umbringen zu lassen?“, wehrt er ab.
„Jemand muss es tun. Ich bin mittlerweile fast sicher, dass Jean-Claude Lehmann Landolts Rede am 100. Geburtstag der Nationalbank halten wollte.“
„Eben! Bist du etwa immer noch sauer auf mich, dass du mir eine so gefährliche Aufgabe unterjubeln willst?“, fragt Marco Keller unschuldig.
„Wieso, ich habe Schluss gemacht!“
„Nein, ich bin einfach gegangen!“
„Ja, weil ich nicht mehr wollte.“
„Meinetwegen.“
Beide schütteln sich vor Lachen. Schliesslich beruhigen sie sich wieder. Franziska greift bewusst seine Hand. Eine wohlige Wärme erfasst seinen Körper.
„Marco, du musst diese Rede halten. Du hast auf den Herrgott, auf die Verfassung geschworen und bist dir und deinem Gewissen verpflichtet“, redet sie mit der Ernsthaftigkeit eines konservativen Bischofs auf ihn ein.

KAPITEL 28

„Jeder Bürger unseres Staates muss um die wirtschaftlichen Zusammenhänge wissen und zu einem Urteil befähigt sein, denn es handelt sich hier um Fragen unserer politischen Ordnung, deren Stabilität zu sichern uns aufgegeben ist.“

Ludwig Erhard, Deutscher Bundeskanzler, 1897–1977

„Bist du noch dran?“, fragt Marco Keller, nachdem er seit Minuten keinen Ton mehr gehört hat.
„Ja, bin ich, Marco“, antwortet Anastasija.
Keller liegt auf dem Bett in seinem Berner Appartement und spricht seit einer halben Stunde ohne Pause ins Telefon. Er sprudelt geradezu über.
„Marco, können wir uns sehen?“
„Natürlich, immer … was hast du plötzlich?“, fragt Keller besorgt. Er spürt, dass irgendetwas nicht stimmt.
„Ich muss dir etwas sagen. Und es wird dir nicht gefallen.“
Er bleibt stumm, hört Anastasijas Atem. Sie schlägt vor, dass sie wie immer mit dem Zug nach Bern kommt, noch heute Abend.
„Ich werde dich abholen, Perron 3. Wenn du dich beeilst, kommst du um 22.55 Uhr an.“
„Ja, so machen wir es“, sagt sie leise und hängt ab.
So niedergeschlagen hatte er sie nun doch noch nie erlebt.

Keller verbringt den Abend in der Altstadt. Am Morgen war er mit seiner vergangenen Liebe Franziska in Solothurn und heute Abend wird er Anastasija bei sich haben. Und die Umstände, die dazu geführt haben, sind im Grunde einen Roman wert. Vielleicht würde er ihn schreiben, wenn das alles durchgestanden wäre. Während er durch die Gassen schlendert, nimmt er das erste Mal richtig wahr, was für ein Durcheinander in den Läden herrscht. Während sich die grossen Kaufhausketten immer mehr vom Kuchen abschneiden, strampeln die kleinen

Geschäfte um ihr Überleben. Zusatzverkäufe heisst das Zauberwort. Die liberalisierte Post verkauft in ihren Schalterhallen Papeteriewaren, Bücher und Elektronikzubehör, um den Umsatz aus den verlorenen Geschäftsbereichen zurückzuholen. Keller kann sich nicht vorstellen, dass drei Postdienste, auch wenn es private sind, ökonomisch oder ökologisch sinnvoller seien als eine einzige staatliche. Der Bäcker verkauft Salate und Milchprodukte, der Tankstellenpächter Brot- und Backwaren, der Metzger Gemüse und Früchte, der Landwirt „Schlafen im Stroh", Sonntagsbrunch und Bauernhof-Eiscreme. Bundesrat Fritschi hat bereits angekündigt, das Cassis-de-Dijon-Prinzip umsetzen zu wollen, wonach in der EU zugelassene Produkte ungehindert in die Schweiz eingeführt werden sollen, ohne Gegenrecht. Die Bauern stehen dem Freihandelsabkommen kritisch gegenüber. Die Buchpreisbindung soll fallen. Die Wirtschaft muss wachsen und der Konsum gleichzeitig billiger werden. Goethes Faust führt das Regime mit harter Hand.
„Keller, wieder auf Freiersfüssen?!", ruft es aus einer Seitengasse. Es ist Bärtschi. Wer sonst.
„Alleine unterwegs, an diesem herrlichen Sommerabend?", fragt er listig, als er Keller erreicht hat.
„Und du? Hast du noch einen Beichttermin in der Kirche, Bärtschi?", kontert Keller.
Bärtschi reagiert nicht, holt stattdessen eine zusammengefaltete Zeitungsseite aus der Innentasche seines Blazers.
„Euer Vize-Fraktionschef Pacher wird ja richtig frech. Hast du's schon gelesen?"
„Was gelesen?"
„Pachers Satire."
„Konrad Pacher hat eine Satire geschrieben? Ausgerechnet Pacher?!", ist Keller ausserordentlich erstaunt.
„Tja, trübe Wasser können tief sein. Hier, du kannst sie haben. Aber ich hätte sie gerne zurück", meint Bärtschi und geht seiner Wege, nachdem er Keller einen kurzweiligen Abend gewünscht hat. Noch auf der Strasse beginnt Keller zu lesen. Er lacht.
„Der Pacher?!"
Auf einer Bank beim Bahnhof nimmt er Platz und liest weiter.

Der Consultant
Im Jahr 2006 wurden weltweit für 1488 Milliarden Franken Rüstungsgüter verkauft. Das ist der 30. Teil des globalen Brut-

tosozialproduktes. Kriege, vor allem gegen den Terror, fördern die Nachfrage und sichern den Waffen produzierenden Staaten Wirtschaftswachstum, auch weil sich vorwiegend Firmen aus den Angreiferstaaten um den nachfolgenden Wiederaufbau kümmern. Zunehmend beklagen sich aber gerade mittelständische Hersteller von Kriegsspielzeug über ihren geringer werdenden Anteil am wachsenden Kuchen.

Der dunkelblaue Audi TT ist flott unterwegs. Hinter der Kirche verlässt er die Hauptstrasse, um mit erhöhtem Tempo die leicht ansteigende Seitenstrasse zu erklimmen. Nach wenigen Kilometern hält er vor einem mächtigen Tor an. Die Kameras auf den kunstvoll verzierten Säulen, an welchen die zwei schmiedeeisernen Flügel des Tores befestigt sind, scheinen den motorisierten Besuch näherzuzoomen. Langsam öffnet sich das Tor und gibt den Blick auf die Strasse zu einer vornehm anmutenden Villa frei. Das Coupé rollt die restlichen Meter zum Haus, wo es vor einer breiten Treppe hält. Der sportlich gekleidete, ältere Herr unter dem überdachten Eingangsportal des Anwesens zieht die Hände aus den Hosentaschen und hebt die eine schneidig zum Gruss. Die beiden Türen der dunkelfarbenen Karosse werden geöffnet. Ein junger Herr in grauem Anzug, mit hellblauem Hemd, roter Krawatte und ledernem Aktenkoffer schwingt sich sportlich aus dem Wagen, begleitet von einer attraktiven Dame Anfang dreissig in hellem Hosenanzug, mit Sonnenbrille und zu einem Pferdeschwanz zusammengebundenem, schwarzem Haar.
„Herr Schmuckli senior?“, fragt der Fahrer des Audis den Herrn auf der Treppe.
„Sie sind pünktlich!“, entgegnet dieser kurz.
„Zeit ist Geld, Herr Schmuckli.“
„Das kann er laut sagen“, murmelt Schmuckli halblaut.
Plötzlich erzittert das Grundstück. Zwei Explosionen kurz hintereinander zerreissen die Stille. Ein Vogelschwarm steigt aus den üppigen Grünanlagen in den wolkenverhangenen Himmel. Schmuckli meint wie die Ruhe in Person, dass das wohl wieder das Militär sei. Die würden drüben in der Kiesgrube auf der anderen Seite des Waldes regelmässig üben.
„Meine Dame, mein Herr, willkommen in meinem bescheidenen Heim. Folgen Sie mir bitte. Wir gehen direkt ins Besprechungszimmer. Die anderen sind auch schon da.“

„Die anderen?“, fragt die Dame, die inzwischen die Sonnenbrille eingesteckt hat. Sie hat ein feines, fast mädchenhaftes Gesicht mit grossen Rehaugen, ist dezent geschminkt und hat auffällige Grübchen, wenn sie die Mundwinkel hochzieht.
„Mein Sohn und sein Cousin. Meine Geschäftsnachfolger.“
Der als Besprechungszimmer bezeichnete Raum ist ein grosszügig angelegter Saal mit einem ovalen Tisch in der Mitte, an dem sich ein gutes Dutzend Leute mit Unterlagen ausbreiten könnte, ohne einander in die Quere zu kommen. Die südliche Front des Raumes ist durchgehend aus Glas und gibt den Blick auf den gepflegten Park, einige Tannen, den weit unten liegenden See und die Berge frei. Am oberen Ende des Tisches stehen die zwei angekündigten Herren, der eine gross und man ist versucht zu sagen magersüchtig, der andere ein wenig kleiner und wesentlich gewichtiger.
„Darf ich vorstellen, mein Sohn Walter Schmuckli junior und sein Cousin Felix Schweiger. Das sind Frau Hölderlin und Herr Schmidt von der Consultingfirma Schär, Hölderlin & Valeur“, macht Schmuckli senior die Herrschaften miteinander bekannt.
Nachdem alle einander die Hände geschüttelt haben, verteilt man sich in die bequemen Ledersessel um den Tisch. Hölderlin legt ihre Aktentasche auf die Platte. Dann entdeckt sie die zu Postern vergrösserten Fotografien an den hell gestrichenen Wänden. Es handelt sich dabei durchwegs um „Aktfotos“ aus diversen Kriegen. Durch die Beschriftungen darunter können die Fotografien den jeweiligen Konflikten zugeordnet werden; Polnisch-Sowjetischer Krieg 1920-21, Zweiter Chacokrieg 1932-35, Griechischer Bürgerkrieg 1946-49, Algerienkrieg 1954-62, kolumbianischer Bürgerkrieg seit 1962, Bürgerkrieg Ruanda 1994 usw.
„Sie sehen auf jedem Bild mindestens ein ehemaliges oder aktuelles Produkt aus unserer Angebotspalette, Frau Hölderlin“, erklärt Schmuckli senior nicht ohne Stolz.
„Das dort rechts vom Eingang zeigt unseren Schützenpanzer ‚Tell 900’. Nicht weniger als 24 Stück waren am Sturz von Salvador Alonso in Chile 1973 beteiligt. Gustavo Pino und Henry Kieslinger haben sich persönlich mit je einer Weihnachtskarte für die zuverlässige Lieferung bedankt. Alonso hatte drei Jahre vorher auch welche geordert, aber das waren noch Bananen.“
„Bananen?“, fragt Schmidt.

„Verzeihung, das ist Berufsjargon. Banane. Reift beim Kunden! Von der Beantwortung der Mängelrüge hatten wir aufgrund des zu erwartenden Regierungsumsturzes abgesehen, um den administrativen Aufwand niedrig zu halten“, erklärt Schmuckli senior die näheren Zusammenhänge.
„Das Foto dort neben dem Kamin sieht interessant aus. Das könnte aus dem zweiten Irakkrieg sein, Herr Schmuckli?“, fragt Schmidt nicht ohne streberhaften Unterton.
„Das sind meine Frau Hildegard und ich auf der Hochzeitsreise in Tel Aviv, beim israelischen Sechs-Tage-Krieg“, entgegnet Schmuckli kühl.
„Wie viele Generationen ist Ihre Familie schon im Rüstungsgütergeschäft, Herr Schmuckli?“, fragt Hölderlin interessiert.
„Für Ihre Tagesansätze müssten eigentlich Sie mir solche Fragen beantworten, Frau Hölderlin!“, kontert Schmuckli unverblümt.
„Die eigentliche Firmengründung wurde durch den eidgenössischen Sonderbarbundskrieg 1847 ermöglicht. Meine Vorfahren konnten innert weniger Tage beide Seiten mit Kanonen beliefern, da eine produzierte Bestellung aus der Türkei kurzfristig storniert worden war.“
„Und was ist das für ein Gerät?“, fragt Hölderlin und zeigt auf eines der neueren Bilder.
„In Ihren Katalogen habe ich das nirgends gesehen, Herr Schmuckli.“
„Dieses Modell wurde inzwischen ersetzt durch den ‚Heidi 600’. Der ‚Heidi 600’ hat sowohl einen Beifahrer-Airbag als auch ein satellitengestütztes GPS. Das wird gerade für Invasionen in fremden Ländern immer öfter nachgefragt, da vermehrt ortsunkundiges Panzerpersonal von Einheimischen getötet wurde, bei denen es sich nach dem Weg erkundigen wollte … zum Beispiel im Kosovokrieg 1999“, meldet sich erstmals der Junior zu Wort.
„Für den ‚Heidi 600’ prüfen wir derzeit eine schusssichere Stempeluhr. Sollten die Soldatengewerkschaften mit ihrer Forderung nach der 60-Stunden-Woche Erfolg haben, werden wir die Ersten sein, die ein adäquates Fahrzeug mit moderner Zeiterfassung ausgerüstet zum Kauf anbieten können“, schaltet sich nun auch Felix Schweiger ein.
Hölderlin, die seit ihrem Studienabschluss in erster Linie Weichkäsefabrikanten, Kosmetikhersteller und Petfoodprodu-

zenten beraten hat, zeigt sich wenig beeindruckt.
„Mein Partner, Herr Schmidt, und ich haben Ihr Unternehmen, Ihr Marketingkonzept, Ihre Logistik, Ihre Lieferanten, Ihre Kunden, den Markt, das Controlling sowie weitere relevante Bereiche der Schmuckli & Schweiger GmbH geprüft. Unser Gutachten wird Sie nicht erfreuen."
Die beiden Geschäftsnachfolger schauen sich an, um dann gemeinsam einen Blick zu Schmuckli senior zu werfen, der sich ungerührt in seinen Sessel schmiegt.
„Frau Hölderlin, das weiss ich selber. Für solche Feststellungen bezahle ich Ihnen kein Tageshonorar von 3000 Franken."
Schmidt klappt eine Leinwand auseinander, während Hölderlin einen Beamer auf dem Tisch installiert.
„Das dritte Jahrtausend ist vielversprechend gestartet. Die globalen Rüstungsausgaben sind in den letzten zehn Jahren um exorbitante 37% gestiegen. Vor allem der Irakkrieg kann als absoluter Glücksfall für Ihre Branche bezeichnet werden. Die Konflikte im Nahen Osten dürften erfreulicherweise weiterhin zunehmen, Lateinamerika, speziell Venezuela, rüstet auf wie noch nie. Ihre Firma hingegen hatte ein durchschnittliches jährliches Wachstum von lediglich 1,2%. Die Auftragsbücher sind höchstens bis Mitte des nächsten Jahres gefüllt und was die Innovationen betrifft, da können Sie selbst bei Submissionen von Drittweltdiktaturen kaum mehr mithalten", bringt es Hölderlin kurz und bündig auf den Punkt.
Schmuckli senior zeigt sich nach wie vor ungerührt.
„Immerhin haben wir die Hellebarden aus dem Sortiment genommen", scherzt Walter Schmuckli, der Dünne. Es lacht keiner.
Inzwischen ist der Beamer aufgestartet. Schmidt hat den Raum etwas abgedunkelt, indem er die schweren Vorhänge über die Glasfront gezogen und das elektrische Licht zurückgedreht hat.
„Nun, meine Herren, der lange Rede kurzer Sinn, wir haben mögliche Szenarien für die Zukunft der Schmuckli & Schweiger GmbH erarbeitet", leitet Hölderlin ein. Schmidt hat inzwischen wieder Platz und die Fernbedienung an sich genommen. Hölderlin will ihre Analyse fortsetzen, als ein Herr, offenbar ein Hausangestellter, den Saal durch eine Seitentüre betritt. Es ist ihm sichtlich unangenehm, seine Herrschaften bei einem geschäftlichen Gespräch zu stören.

„Was ist denn?“, fragt der Hausherr verärgert.
„Es geht um Ihren Sohn, Herr Schmuckli.“
„Meinen Sohn? Mein Sohn ist doch hier!“
„Um Ihren Sohn Christoph-Lara.“
Christoph-Lara ist Schmucklis Jüngster. Er gilt als sehr aggressiv und fällt auch in der Schule immer wieder durch äusserst unkonventionelle Aktionen auf. Vor einigen Wochen hat er den Schulhausabwart als Geisel in den Heizungsraum gesperrt, um beim Gemeinderat für seine Fussballmannschaft ein grösseres Terrain für das Übungsgelände zu erzwingen. Der Gemeindepräsident persönlich konnte ihn davon überzeugen, dass die internationalen Richtlinien für Fussballfelder gerade deshalb international verbindlich sind, um keine Mannschaft zu benachteiligen. Erst nach mehreren Telefongesprächen mit seinem Anwalt, der die Richtigkeit der Aussagen des Gemeindepräsidenten bestätigte, liess Christoph-Lara den Abwart wieder frei. Allerdings erst, nachdem ihm der Gemeindepräsident schriftlich zugesichert hatte, die nächsten fünf Spiele als lebendiges Maskottchen zu begleiten. Dabei handelt es sich um einen Hamster mit einem überdimensionalen Helm aus Plüsch, einem Patronengurt aus Legosteinen und einer schusssicheren Weste der Firma Deathoralive Products. Unter dem rechten Arm hat er auch noch einen Fussball zu tragen, der mit einer dekorativen Zündschnur versehen ist.
„Was hat er denn nun wieder angestellt?“
„Er hat die Afghanen Ihres Nachbarn in die Luft gesprengt.“
„Afghanen?“, wiederholt Hölderlin irritiert.
Das seien keine richtigen Afghanen, sondern nur die widerlichen Köter von Nachbar Gämperli, beschwichtigt Schmuckli senior. Die würden ständig in seinen Garten scheissen und Christoph-Lara habe schon beim Mittagessen gesagt, dass er sich demnächst um das Problem kümmern wolle.
„Ich konnte ja nicht ahnen, dass er die Hunde gleich …“
„Na ja, ahnen konnte man das schon“, fällt Walter Schmuckli seinem Vater ins Wort.
„Sagen Sie Gämperli, ich werde nach dem Abendessen vorbeikommen. Womit hat er die Hunde überhaupt …“
„Der Koffer mit den Tretminenmustern!“, entfährt es Felix Schweiger, „ich habe ihn heute morgen bei der Garderobe abgestellt.“
Schmuckli schiesst aus seinem Sessel hoch.

„Wo?"
„Beim Sandkasten, zwischen den Rosenbeeten und der Rodin-Statue", antwortet der Hausangestellte. Schmuckli eilt wortlos über die Terrasse in den Garten vor der Glasfront, gefolgt von seinen Geschäftsnachfolgern. Hölderlin und Schmidt wechseln einen Blick und folgen ebenfalls.
Da, wo offenbar einmal ein Sandkasten und eine Kinderschaukel waren, klafft jetzt mitten in der Wiese ein riesiger Krater. Abgesehen von ein paar Fellteilen in den Rosenbeeten und Blutspritzern an der Statue, einem Krieger mit nacktem Oberkörper, scheint von den Hunden nichts mehr übrig geblieben zu sein. Ein Mann in gelben Shorts, einem offenen Hawaiihemd, das den Blick auf einen käseweissen, haarigen Bauch gewährt, und mit hochrotem Kopf steht mit in die Hüften gestemmten Armen ein paar Meter hinter dem Tatort, der selbst bei genauerer Betrachtung auch als Einschlagschneise eines Meteoriten durchgehen könnte. In der einen Hand hält er ein Stück Fell und mit der anderen das Ohr von Christoph-Lara.
„Lassen Sie sofort meinen Sohn los, Gämperli!", brüllt Schmuckli senior den Mann an.
„Ihr Sohn ist ein Monster! Der gehört in eine Anstalt!", brüllt Gämperli zurück.
„Ihre beiden Köter haben mir oft genug in die Rosenbeete gekackt. Es war nur eine Frage der …"
„Papa, bleib stehen! Komm ja nicht näher!", ruft Christoph-Lara, ein dickes, hässliches Kind mit Igelfrisur und Tätowierungen an den Armen, unter Tränen seinem Vater entgegen.
„Keine Angst, Junge, ich werde dir nichts tun. Ich weiss doch, dass du es nur gut gemeint …"
„Stehen bleiben!", wiederholt der frühpubertierende Zerstörungstriebtäter.
„Die dritte Tretmine ist noch nicht explodiert!", fügt er hinzu.
Alle bleiben wie angewurzelt stehen. Nur Schmuckli senior bleibt locker. Er sieht sich einen Moment um.
„In dem Koffer waren aber vier Minen!", klärt Felix Schweiger die Sachlage.
„Die vierte habe ich im Pool hochgehen lassen, um die feindlichen U-Boote zu stoppen!", sagt Christoph-Lara und schluchzt hinter vorgehaltenem Arm. „Make war, not love", steht auf dem Unterarm.
„U-Boote? Was für U-Boote?", fragt Schmuckli senior, bevor

er die Liegestühle auf dem Dach des Westflügels entdeckt. Zwei weitere Liegestühle sind seitlich ins Gewächshaus eingeschlagen.
„Ich weiss gar nicht, von wem er das hat?“, fragt sich Schmuckli so leise, dass es nur Hölderlin hören kann. Sie zieht ihre Augenbrauen hoch, verkneift sich aber jede Bemerkung.
„Hast du sie alle um den Sandkasten herum eingebuddelt, Christoph-Lara?“
Der lässt den Arm sinken und schaut seinen Vater stumm an. Er hat keine Ahnung mehr.
„Felix, sind das die neuen Tretminen oder die alten mit den Verzögerungen?“
„Ich sagte doch, es sind die Muster von den neuen.“
„Die alten haben eine Verzögerung?“, fragt Hölderlin mit einem Hauch von Hoffnung in der Stimme.
„Die alten gehen erst zwei Sekunden, nachdem Sie draufgetreten sind, hoch. Bei den neuen reicht eine Erschütterung im Umkreis von einem Meter“, erklärt Schmuckli die Unterschiede.
„Wie tröstlich“, flüstert Hölderlin Schmidt zu.
Schmuckli senior fragt Gämperli, ob er nicht einen dritten Hund habe. Gämperli nickt und fragt nach einer kurzen Pause, wieso er das wissen wolle.
„Rufen Sie das Vieh hierher. Wir legen uns alle flach auf den Boden und der Köter soll das Ding aufstöbern.“
„Sie sind ein Sadist, Schmuckli!“, brüllt ihn Gämperli an.
„Nein, nur pragmatisch. Die Katze brauchen Sie mir gar nicht erst vorzuschlagen. Die ist viel zu leicht“, antwortet Schmuckli senior ruhig.
„Na, das ist mal was anderes, als Firmen für Butterkekse oder Sprudelwasser zu beraten, Frau Hölderlin“, flüstert Schmidt seiner Chefin zu. Er solle den Mund halten und sich still verhalten. Sie wolle nicht im Vorgarten von einem geistesgestörten Waffenhändler saldiert werden.
Inzwischen liegen alle Beteiligten flach auf dem Boden, Schmuckli senior direkt neben der Hölderlin.
„Haben Sie in Ihrem Konzept auch mögliche Finanzierungsmöglichkeiten vorgesehen?“, fragt Schmuckli senior.
„Können wir das vielleicht später besprechen?“, schlägt Hölderlin nach Luft japsend vor.
„Na, hören Sie mal, bei Ihren Honoraren kann ich ja wohl ein bisschen Belastbarkeit und Flexibilität erwarten, oder?!“

„Wie stehen Sie zu einer Börsenkotierung?“, fragt Hölderlin.
„Lieber wäre mir die Pensionskasse der kantonalen Verwaltung als Investor.“
„Bei 1,2% Wachstum?“
„Mit dem nötigen Kleingeld lässt sich das ohne weiteres steigern. Ich habe einen Schwager in Zentralafrika. Der hat Kontakte zu beiden Bürgerkriegsparteien. Die Handyhersteller sind interessiert, dass denen die Waffen nicht ausgehen, solange sie für Coltan keinen Ersatz gefunden haben. Nichts wollen die weniger als politisch stabile Verhältnisse.“
„Coltan?“
„Coltan wird aus dem Metall Tantal gewonnen und unter anderem aufgrund seiner Beschaffenheit und Möglichkeiten für Handys und Laptops eingesetzt.“
„Ich habe gelesen, dass es einen Zusammenhang zwischen der Coltangewinnung und dem Zurückgehen des Lebensraumes für Menschenaffen im Kongo gibt“, meldet sich Schmidt zu Wort, der bisher zugehört hat.
„Menschenaffen?“, wiederholt Schmuckli senior.
„Das da drüben ist ein Menschenaffe … Gämperli, lassen Sie endlich meinen Sohn los! Sie reissen ihm noch das Ohr ab!“, brüllt Schmuckli senior wieder auf das benachbarte Grundstück.
„Rufen Sie jetzt endlich Ihren Hund, Gämperli … oder wollen Sie übers Wochenende bleiben?“
„Was halten Sie von meiner Idee, Frau Hölderlin?“
„Dass Gämperlis Hund sich für die dritte Tretmine opfern soll?“
„Nein, das mit der Pensionskasse.“
Hölderlin schüttelt nur den Kopf, was Schmuckli verärgert zur Kenntnis nimmt.
„Die können das auch als eine Art Wirtschaftsförderung betrachten. Sogar der Kanton Graubünden hat ein Wirtschaftsförderungsgesetz, dass unter Artikel 11 und 12 explizit mit Steuergeldern zukunftsträchtige Branchen zur Erschliessung von Auslandsmärkten …“
„Ich glaube nicht, dass eine kantonale Pensionskasse …“
„Das glauben Sie. Sie haben ja keine Ahnung, welche Gefechte sich unser kantonales Parlament und die Verwaltungsleute in den letzten Wochen zum Thema Pensionskasse geliefert haben. Ein Investment in meine Firma …“

„Herr Schmuckli, Sie verkaufen Waffen und keine Gummibärchen …"
„Na und? Meine Steuergelder nehmen die doch auch. Ausserdem ist die ortsansässige Tabaklobby wesentlich tödlicher … die müssen das sogar auf ihre Zigarettenschachteln schreiben. Haben Sie schon mal eine mit ‚Sprengstoff kann Ihre Gesundheit gefährden' beschriftete Kanone gesehen?"
„Können wir uns für den Moment vielleicht auf die Sache mit der Tretmine konzentrieren, Herr Schmuckli? Ich bin sicher, wir werden eine Lösung für die Finanzierung finden", versucht Hölderlin das Gespräch wieder auf die erste Priorität zu lenken. Inzwischen beginnt es auch noch zu regnen.
„Sie können Ihrer Töle ja auch ein Mäntelchen überziehen, damit sie sich nicht erkältet, Gämperli", scherzt Schmuckli senior.
Gämperli erwidert aufgebracht, dass man sich wegen der Schlagzeilen über die zunehmende Jugendgewalt nicht zu wundern brauche, wenn sich die Kinder zu Hause Kriegsfilme ansehen und im Haushalt Tretminen herumstünden. Schmuckli sagt, dass es da überhaupt keinen wissenschaftlich begründeten Zusammenhang gebe und ausserdem seien das keine Kriegsfilme, sondern Werbeclips für internationale Rüstungsgütermessen. Und was die Tretminen angeht, könne er auch nichts dafür, dass sein dusseliger Neffe ständig nur ans Essen denke und dabei immer wieder die Arbeit vernachlässigt. Hölderlin hat inzwischen ihr Handy gezückt und die Vermittlung angerufen.
„Sie haben schon richtig gehört. Ich brauche … ja, ein Sprengstoffkommando … vielleicht beim VBS in Bern oder beim Zürcher Flughafen … woher soll ich das wissen? Sind Sie die Auskunft oder ich?", schreit sie ins Handy.
„Wie kommen wir überhaupt dazu, einen Waffenproduzenten zu beraten?", schluchzt Schmidt, der als Erster die Nerven zu verlieren scheint. Hölderlin legt ihm behutsam die Hand auf den Unterarm. Er weint immer lauter.
„Diese jungen Leute, also wirklich!", meldet sich Schmuckli senior wieder.
Hölderlin massregelt Schmuckli, er möge doch jetzt endlich den Mund halten. Für dieses kleine Intermezzo werde man ihm sowieso eine gehörige Zusatzrechnung präsentieren und die Frage, weshalb sie dieses Beratungsmandat überhaupt angenommen hatten, sei ja wohl ohnehin längst überfällig. Sie habe inzwischen auch kapiert, dass die Schmuckli & Schwei-

ger GmbH, ja, Gesellschaft mit beschränkter Haftung, das ist ja so treffend, natürlich nur friedliche Staaten beliefere, die sich dann so quasi als Zwischenhändler anböten. Hölderlin ist inzwischen so laut geworden, dass selbst Gämperli die Standpauke mitbekommen hat.
„Sagen Sie dem alten Tattergreis nur, was Sache ist. Wissen Sie auch, dass Ihr feiner Herr Schmuckli Mitglied bei einer rechtskonservativen Partei ist?"
Der Regen hat deutlich zugenommen. Die ganze Gesellschaft liegt nach wie vor komplett durchnässt um den tiefen Krater. Schmuckli meint, das mit der Partei spiele hier keine Rolle und er solle zuerst vor seiner eigenen Haustür kehren. Gämperli erwidert, wenigstens er sei in einem seriösen Geschäft tätig. Glutenfreie Teigwaren, ja, das ist es, was diese verrückt gewordene Welt brauche.
„Und bei jeder Parteiversammlung beschwören die die Neutralität unseres Landes, beliefern aber die Welt mit Waffen und verwalten die Vermögen der Kriegstreiber, Diktatoren und Oligarchen verarmter Völker, denen sie dann auch noch die Entwicklungshilfe streichen! Dieses Land ist der drittgrösste Vermögensverwalter der Welt. Geld stinkt nicht. Das ist ja sowas von neutral!"
Wann er endlich seinen dämlichen Köter rufe, schmettert Schmuckli senior zurück. Er werde seinen Hund nicht für einen rechtsradikalen Waffenschieber opfern, vorher würde er seinen tätowierten Sohn über die Wiese robben lassen, meint der Nachbar. Hölderlin tippt eine Nummer in ihr Handy. Schweiger fragt, ob sie nochmals die Auskunft anrufen wolle. Hölderlin erklärt mit zur Schau getragener Gleichgültigkeit, dass sie das Date von heute Abend absagen müsse, denn selbst wenn dieser Zirkus hier noch vor Büroschluss sein Ende fände, bräuchte sie Stunden, um wenigstens ihr Haar wieder einigermassen gepflegt herzurichten.
„Sie machen immer eine gute Figur, Frau Hölderlin", meint Schmidt und weint weiter.
Schon Friedrich Dürrenmatt habe gesagt, die ewige Neutralität der Schweiz erinnere an eine Jungfrau, die in einem Puff zwar Geld verdienen, dabei aber keusch bleiben wolle, kläfft Gämperli durch den Platzregen.
„Friedrich Dürrenmatt war ein ewiggestriger Nörgler!", entgegnet Schmuckli senior.

„Das Gewissen der Schweiz … einer der ganz Grossen, das ist Dürrenmatt gewesen. Man kritisiert, was man liebt!“
„Kann starker Regen die Mine auch zünden?“, fragt Schmuckli junior.
„Woher soll ich das wissen? Das sind Musterminen“, antwortet ihm Felix, sein Cousin.
Ein Handy klingelt.
Manuela Hölderlin schreckt auf. Sie war auf ihrem Schreibtisch eingeschlafen. Sie reibt sich die Augen, berührt ihr Haar. Es ist trocken. Dann greift sie nach dem Handy und drückt auf Empfang.
„Hölderlin von Schär, Hölderlin & Valeur Consulting … ja, natürlich … Herr Schmuckli will den Termin auf nächste Woche verschieben. Das ist kein Problem.“
Hölderlin fragt nach, ob alles in Ordnung sei.
„Schmucklis Sohn macht derzeit ein bisschen Probleme“, antwortet die Sekretärin.
„Wie heisst er denn?“
Hölderlin schluckt, verabschiedet sich und klappt das Handy zusammen. Dann streicht sie den Schmuckli-Termin.

„Dieser Pacher! Wer hätte das gedacht. In meiner Partei scheint es doch mehr Leuchten zu haben, als ich dachte“, spricht Keller mit sich selber, schaut auf die Uhr und macht sich auf zu den Bahnhofsperrons. Der Zug aus Zürich trifft pünktlich ein. Nur noch vereinzelt steigen Reisende aus dem Zug. Eine junge, beinahe nicht mehr ansprechbare Frau fällt auf den Perron. Keller hilft ihr auf.
„Lass mich in Ruhe, du Krawatten-Fuzzi!“, brüllt sie ihn an. Keller sagt nichts, streckt entschuldigend die Hände hoch und schaut zu, wie sie sich selber hochrappelt, was nach drei Versuchen auch gelingt. Drogenabhängige gehören mittlerweile zum Stadtbild, wie Betrunkene, kettenrauchende Jugendliche und streitlustige Cliquen, die wahllos einzelne Männer oder Frauen belästigen. Immer mehr Menschen fallen aus dem System, suchen auf diese Art Ablenkung und Aufmerksamkeit. Und der Staat schützt sich unter der Flagge der Inneren Sicherheit vor solchen … vor der eigenen Bevölkerung. Ja, die Schweiz ist angekommen in der Welt.

„Haben Sie vielleicht eine grosse, attraktive Frau gesehen, die noch nicht ausgestiegen ist?“, fragt Keller einen Kondukteur, der gerade einen der Waggons verlässt.
„Tut mir leid, nein … es ist niemand mehr drin.“
„Seltsam.“
Dummerweise hat er das Handy in seiner Maisonette liegen lassen. Sie wird angerufen haben, wenn sie den Zug verpasst hat.
Zurück in der Wohnung wirft er den Schlüsselbund aufs Bett, holt sich ein Bier aus dem Kühlschrank und sucht das Handy, das entweder in der Küche, beim Schuhschrank oder … genau, auf dem Nachttischchen liegt. Keine Nachricht. Nur eine SMS von einem Fraktionskollegen, ob er morgen auch an die Veranstaltung der Krebsliga gehe. Man könnte allenfalls gemeinsam fahren. Er drückt Anastasijas Nummer. Es meldet sich nur die Combox. Gegen 1 Uhr schläft Keller angezogen und bei laufendem Fernseher auf dem Bett ein.

KAPITEL 29

„Die Produktion und der Verkauf eines sozial nützlichen Gutes mit Gewinn gehört in den Bereich der Oikonomia, der natürlichen Erwerbskunst; der Produzent hat eine gesellschaftlich anerkannte Leistung vollbracht, für die er entschädigt wird. Dagegen könne man die reine Spekulation, das Vergrössern einer Geldmenge, ohne eine gesellschaftlich anerkannte Leistung zu erbringen, als Chrematistik bezeichnen."

Aristoteles, Philosoph und Staatstheoretiker, 384–322 v. Christus

Zürich, 1888

Gottfried Keller schaut aus dem Fenster seiner Zürcher Wohnung. Erst vor wenigen Tagen hat er einer Beerdigung beigewohnt und spürt deutlich, dass auch er nicht mehr mag. Er hatte ein reiches Leben als Gemeindeschreiber, Schriftsteller und freisinniger Politiker, ein Politiker mit freien Sinnen. Auch die Liebe meinte es ganz gut mit ihm. Am meisten Freude überkommt ihn aber, wenn er an die Entwicklungen in seiner schweizerischen Heimat denkt. Das Fundament für die lange erträumte, gerechte Gesellschaft ist geschaffen worden. Die 1874 revidierte Bundesverfassung ist ein Meisterstück, die Bildungsoffensive durch die Freisinnigen und Radikaldemokraten macht die Menschen im Land zu verantwortungsvolleren und umsichtigeren Bürgern, die Ausgestaltung des weltweit einzigartigen Initiativ- und Referendumsrechts ist Realität geworden. Aber es liegt noch ein langer, weil nie endender Weg vor ihr. Vor allem totalitäre Regime, extreme politische Strömungen und die elitären Feudalisten in den näher und entfernter gelegenen Staaten würden die Schweiz besser heute als morgen wieder abgeschafft wissen. Wie in Goethes „Faust" würden sie „Baucis und Philemons Scholle" am liebsten vergessen, vernichtet sehen, um kein alternatives Beispiel zu haben, das ihre eigenen Absichten konkurrenzieren oder sogar aufdecken könnte. Und

Gottfried Keller weiss das. Selbst die Widerstände und heimtückischen Sabotageversuche innerhalb der Staatsgrenzen waren nicht harmlos. Er setzt sich trotz der Rückenschmerzen wieder an den Tisch, an dem er vorher schon gesessen und geschrieben hat, einen Brief an die politischen Kinder des Freisinns, seines Freisinns. Nicht des Freisinns, der sich hinter liberaler Beliebigkeit versteckt und sich aristokratisch gebärdend immer wieder die Klassengesellschaft herbeipolitisiert. Zwischen Tintenfässchen und der Weinkaraffe liegt ein Stapel vergilbten Papiers. Es ist eine handgeschriebene Kopie der Memoiren des französischen Kaisers Napoleon Bonaparte. Es gebe nur wenige davon und Verwandte des Basler Oberzunftmeisters Ochs hatten sie ihm und seinen politischen Getreuen zukommen lassen. Man spürt aus den Zeilen streckenweise und dort deutlich die Verbitterung eines getäuschten Mannes, der sein Leben und das seines Volkes verschwendet hat. Auch würde er mehr Zeit den Frauen widmen, wenn er sein Leben wiederholen könnte. Frauen seien angenehme, intelligente und überraschende Gesprächspartner, wenn sie nicht die besseren Männer sein wollten, schreibt er. Aber er schreibt auch, lange und ausführlich, über Goethes Vortrag in der Kutsche, von Moskau kommend auf der Strecke zwischen Weimar und Köln. Verstanden habe er ihn auf dem Schlachtfeld im belgischen Waterloo, begriffen erst auf St. Helena. Neben dem Papierstapel liegt ein frisch gedrucktes Exemplar seiner Novelle „Martin Salander", das er bereits signiert hat, um es später einem Freund im Wirtshaus Helvetia beim Bellevue zu bringen. Keller liest nochmals den letzten Abschnitt seines Briefes, in dem er den römischen Philosophen Seneca zitiert: "Unser Leben ist lang genug und ist uns reichlich zugemessen, die grössten Dinge zu vollbringen, wenn wir es nur als Ganzes zu nutzen wissen. Wenn wir es aber verschwenderisch und unachtsam verfliessen lassen und uns für keine grosse Sache einsetzen, und schliesslich tritt die letzte Notwendigkeit heran, dann fühlen wir: das Leben, das wir in seinem Gang nicht beachtet haben, ist nun vergangen." Keller greift nach der Füllfeder und schreibt weiter, begleitet von seiner sonoren Stimme, die seinem Gehör den Klang des geschriebenen Wortes vermitteln soll. Schreiben ist komponieren, sagt er immer. „Man wird euch zu verwirren wissen, euch teilen … ‚divide et impera', um euch wegzulenken von den wahren Absichten … die Deputierten der Sophisterei wer-

den euch glauben machen, dass unser demokratischer Staat ein Mehrparteiensystem brauche, ein rechtes und ein linkes Lager. Dadurch soll das Bild eines ständigen Kampfes zwischen Industrie und Arbeit, Arbeitgeber und Arbeitnehmer, Staat und Wirtschaft, Sozialisten und Liberalen entstehen, das von hinter den Kulissen agierenden Kräften, die weder eine linke noch eine rechte, weder eine konservative noch eine liberale, sondern einfach ihre eigene Politik verfolgen, gelenkt und geschürt wird. Weder ein politisch linkes noch ein rechtes Lager werden die Sophisten als ihre wahren Gegner erkennen können. Die Parteien werden sich in den Parlamenten mit zweit- und drittwertigen Aufgaben zermürben, einander beschimpfen und in kräftezehrenden Wahl- und Abstimmungskämpfen gegenseitig entmündigen. Unser Staat aber ist ein freisinniger Staat. Er braucht keine ideologische Auseinandersetzung, sondern nur den gesunden, verfeinerten Menschenverstand und das Wissen um die ökonomischen und monetären Zusammenhänge. ‚Wer sich aufs Geld versteht, versteht sich auf die Zeit, sehr auf die Zeit', schrieb Johann Wolfgang von Goethe." Keller greift nach dem Wein, gönnt sich zwei kräftige Schlucke.
„Aristoteles, der wichtigste Vordenker der griechischen Demokratie, auf deren Fundament die schweizerische entsteht und die europäischen entstehen werden, teilte nicht die Politik, sondern die Wirtschaft in eine linke und eine rechte Seite, in eine Werte schöpfende und eine abschöpfende. Edelmetallhaltige Münzen lösten bereits zur Zeit des antiken Griechenland Aristoteles' die Tauschwirtschaft ab. Dies ermöglichte den Handel über weite Distanzen und das Konservieren geleisteter Arbeit. Aristoteles beobachtete aber auch, dass mit dem Geld etwas Unnatürliches in den wirtschaftlichen Prozess kam. Dies war der Grund, weshalb er die Wirtschaft in zwei Hälften teilte: die Versorgungswirtschaft nannte er ‚Oikonomia', und die Erwerbswirtschaft, die nicht mehr vor allem den Ausgleich zwischen Mangel und Überfluss, sondern den monetären Gewinn zum Ziel hat, nannte er ‚Chrematistik'. Aristoteles sah schon damals, obwohl die Münzen noch mit Edelmetallen geeicht wurden, was wir heute erst recht sehen müssten. Geld ist das einzige Gut, das der Mensch aus dem Nichts, aus Zetteln schaffen kann. Die ‚Oikonomia' hat zwangsläufig endliches Wachstum, begrenzt durch die Grenzen der Erneuerung unserer Natur und den befriedigten Genuss. Aristoteles nannte es das Begrenzungs-

oder Sättigungsprinzip. Die ‚Chrematistik' aber, welche als Auswuchs die Maximierung des monetären Gewinns zum Ziel hat, ist durch die Geld- und Kreditschöpfung zu unendlichem, exponentiellem Wachstum befähigt. Wir sahen das beispielsweise vor der Französischen Revolution und auch vor 1850 ganz einfach daran, dass die ‚Zettel' mit den Zahlen, die wir Geld nennen, immer zahlreicher wurden, während wir mit der dafür benötigten Arbeit kaum mehr nachkamen. Obwohl die Werte längst nicht mehr im Geld stecken, eigentlich auch nie gesteckt haben, rennen wir ihm nach, streiten mit unseren Familien, Freunden, Geschäftspartnern und Ratskollegen darum und vergiften damit die familiäre, die staatstragende Einigkeit, den unbedingt notwendigen Zusammenhalt. ‚Ihr könnt nicht zwei Herren dienen, Gott und dem Mammon', steht geschrieben. Um den modernen Wirtschaftsprozess und den Zwang zum Wirtschaftswachstum zu verstehen, muss also zwingend zwischen Versorgungs- und Erwerbswirtschaft unterschieden werden. Nur wenn wir die Wirtschaft im Sinne von Aristoteles in dieser Art unterscheiden, können wir der regelmässig auftretenden Verwirrung entkommen. Frühere Ökonomen, vor allem die Merkantilisten, haben wie Aristoteles erkannt, dass durch die Ausbreitung der Geldwirtschaft die Struktur der Wirtschaft völlig verändert wird. Die Erwerbswirtschaft entkoppelt sich über die Jahrzehnte nicht nur von der Versorgungswirtschaft, sie bedroht sogar deren Existenz. Nebst dem Merkantilismus gab es vor Adam Smith und Karl Marx auch noch die Physiokraten. Sie gewichteten die Wertschöpfung der Natur in ihren Wirtschaftstheorien als vorrangig. Doch die Berechnung ist schwierig und eine Übernutzung der Natur noch schwer vorstellbar. Dennoch ist die unentgeltlich geleistete Wertschöpfung der Natur die Basis allen Wirtschaftens. Sie fliesst aber in keine betriebswirtschaftliche oder volkswirtschaftliche Rechnung ein. Ebenso wenig wie die Leistungen der Mütter, welche die kommenden Generationen von Arbeitnehmern, Käufern und Steuerzahlern heranziehen, und die aller Freiwilligenarbeit, die unsere Gesellschaft letztendlich zusammenhält. Wenn wir von ökonomischer Logik sprechen, sprechen wir also von etwas Unvollkommenem. Stehen die ‚Oikonomia' und die ‚Chrematistik' innerhalb der Grenzen eines Staates, also die Lehr-, Wehr-, Nährstände und wie sie alle heissen, die zu einer stabilen, vollständigen, souveränen, weil möglichst autar-

ken Volkswirtschaft und nationalen Gesellschaft gehören, in einem gesunden Verhältnis zueinander, dann kann uns das unvermeidliche Wertloswerden des Geldes wenig anhaben. Die Einführung des Schweizer Frankens, die Gründung der regionalen Kantonal- und Kanalbanken und die hoffentlich baldige Gründung einer demokratisch kontrollierten Notenbank sind fundamentale Eckpfeiler, um eine eigenständige und unabhängige Wirtschafts-, Sozial- und Vollbeschäftigungspolitik zu betreiben, die bei Wahlen vertrauensvoll in unsere Hände gelegte Verantwortung wahrnehmen zu können. Sich an unserem Beispiel orientierend, könnten so weltweit eine Vielzahl lokaler Paradiese geschaffen werden. Vielfalt statt Einfalt. Es geht darum, das Subsidiaritätsprinzip zu globalisieren. Je stärker der Mensch auf seine unmittelbaren Lebensumstände Einfluss nehmen kann, desto glücklicher ist er. Der Welthandel auf der Ebene der reinen Preisvergleiche würde zurückgehen, spekulative Kapitalbewegungen könnten unterbunden werden, jedes Land könnte sein Recht auf eine eigene ‚Oikonomia', also eine eigene Landwirtschaft, ein eigenes Gewerbe und eine eigene Industrie wahrnehmen. Der politische Raum ist keinesfalls weder vom Wirtschaftsraum noch vom Währungsraum zu trennen. Das kurzfristige Interesse der Konsumenten und Kapitalbesitzer würde damit hinter das langfristige der Produzenten gestellt werden, denn die Fähigkeit zu produzieren ist wichtiger als der Handel. Es gäbe zwischen den Ländern eine vorteilhafte Zusammenarbeit statt eine destruktive Konkurrenz. Eine Vollbeschäftigungspolitik würde die Spannungen zwischen Einheimischen und Zuwanderern entschärfen, und es gäbe eine Freiheit der Ideen und Erfahrungen, was dem Kulturkontinent Europa gut anstehen würde. Aber wo die Sonne der Kultur tief steht, da werfen auch Zwerge Schatten. Es muss neben dem Völkerrecht auf Selbstbestimmung – also auf eine selbstbestimmte Wirtschaft – auch das Recht auf Arbeit in der Heimat geben."
Die Karaffe ist leer. Keller geht wieder zum Fenster, öffnet es und schaut in sein Zürich hinaus. Er ist sicher, dass man auch seine Worte als Worte aus früheren Zeiten entwerten wird, wie es immer geschieht. Die feudalistischen Sophisten jeder Zeit werden die Gesellschaften und ihre politischen Vertreter immer herauszufordern wissen, denn was niemand glauben will ist oft die Wahrheit. Keller zieht einen Zettel, der zwischen den

Büchern von Jean-Jacques Rousseau liegt, heraus. Es sind seine von Hand geschriebenen Notizen. Keller liest stumm den obersten Abschnitt, ein Zitat Rousseaus: „Wenn sie in den Kampf ziehen sollten, kaufen sie sich Söldner und bleiben zu Hause; sollten sie ins Rathaus gehen, ernennen sie Deputierte und bleiben daheim. Aus Faulheit und mittels Geld verfügen sie letztendlich über Soldaten, um ihr Land zu knechten, und über Repräsentanten, um es zu verkaufen."
Keller räuspert sich.
„Ja, im Krieg töten sich Menschen, die sich nicht kennen, im Auftrag von Menschen, die sich kennen, denn Soldaten sind Männer, die die offenen Rechnungen der Politiker mit ihrem Leben bezahlen", spricht Keller laut aus, als stünde er auf der Kanzel. Er ist müde. Wie sieht die Schweiz wohl in 100 oder 150 Jahren aus? Wird es sie noch geben? Oder wird sie in etwas Grossem aufgelöst werden? Er denkt an den kürzlich beerdigten Menschen. Ob man weiter grübelt, wenn man tot ist?
„Ich hoffe nicht."

KAPITEL 30

„Unsere Zweifel sind wichtiger als unsere Überzeugungen, denn der Zweifel ist die Spore des Gedankens. Und Wahnsinn ist nichts anderes als die Unfähigkeit zu zweifeln.“

Sir Peter Ustinov, Philantrop, Schriftsteller und Schauspieler, 1921–2004

Telefongeklingel reisst Marco Keller aus dem Schlaf. Er realisiert, dass er angezogen in seinem Bett liegt. Draussen ist es bereits hell. Die Uhr zeigt 7.50 Uhr.
„Das wird Nastija sein“, motiviert er sich aufzustehen und den Hörer zu suchen.
„Keller! ... ah, guten Morgen, Herr Professor ... heute? ... das ist ganz schlecht ... meine Rede auf dem Rütli? ... ich weiss, dass ich ein Keller bin, aber ich habe keine Lust, wie Lehmann oder Landolt ... okay, treffen wir uns am späteren Nachmittag ... Sie rufen mich nochmals an, wegen wo und wann. Bis später, Herr Professor Portis.“
Keller ist hellwach geworden. Langsam erkennt er, warum man ihn seinerzeit so selbstlos gefördert hat, um ihn in den Nationalrat zu bekommen. Ob sie es waren, die Lehmann und Landolt auf die Einsichten gebracht haben? Und warum sagt Binzegger nichts? Der ist immerhin Bundesrat. Aber halt kein furchtloser Held, sondern ein Buchhalter, der sich an Zahlen klammert.
Als Keller die Wohnung in der Junkerngasse verlässt, drückt er das dritte Mal Anastasijas Nummer. Es kommt einmal mehr nur die Combox. Seltsam. Eigentlich schon fast unheimlich.
Beim Bahnhof sieht er sich die Aushänge der Zeitungen an. Verheerende Waldbrände in Portugal und Frankreich, Überschwemmungen in Osteuropa, Grossbritannien, Mexiko, Erdbeben in Japan ... der Planet scheint sich wie ein Hund die Flöhe aus seinem Fell schütteln zu wollen. Keller entschliesst sich, auf Bergers Festanschluss anzurufen.
„Ja, hier ist Keller, Marco Keller. Ist Frau Berger im Haus? ... Ich? Ein Freund der Familie ... die Nachrichten?“

Keller hört fassungslos zu und hält das Handy noch ans Ohr, als die Dame am anderen Ende der Leitung bereits aufgehängt hat. Anastasija wurde heute Morgen tot aufgefunden. Sie sei in der Nähe des Bahnhofs, beim Landesmuseum, überfallen und ausgeraubt worden. Wahrscheinlich habe sie sich gewehrt, meinte die Frau am Telefon. Wie in Trance verlässt er das Bahnhofsgebäude, geht zurück in die Wohnung und schliesst hinter sich ab.

Franziska sitzt stumm am Küchentisch vor einer Tasse Kaffee. Marco Keller hat kaum ein Wort gesprochen, seit sie vor einer Stunde angerufen hat, dann in seine Wohnung in der Junkerngasse gekommen ist. Sie war bereits in der Stadt, zu einem Interview mit Bundesrat Fritschi verabredet, was aber kurzfristig abgesagt wurde, Terminkollision.
„Ein Freund bei der Polizei wird mich anrufen, sobald er mehr weiss", sagt Franziska. Sie findet die Umstände von Anastasijas Tod auch sehr eigenartig.
„Was wollte sie überhaupt um diese Zeit am Bahnhof?"
Keller erzählt, dass sie gestern Abend mit dem Zug nach Bern kommen wollte, um ihm etwas zu erzählen, woran er keine Freude haben würde.
„Wollte sie Schluss machen?"
„Vielleicht."
„Hat sie sonst noch etwas gesagt, was du seltsam fandest?", fragt Franziska nach.
„Nein, eigentlich nicht."
„Worüber habt ihr gesprochen?"
„Eigentlich habe nur ich gesprochen. Sie sagte fast nichts, hörte zu."
„Und ihren Mann? Kennst du ihn?"
Keller verneint. Vielleicht hat er ihn mal im Fernsehen gesehen. Er soll ein erfolgreicher Händler sein, habe gute Kontakte nach Russland, Südafrika.
„War sie zufrieden mit eurer Beziehung … so unverbindlich?"
„Eigentlich ja … ein einziges Mal, bei einem Ausflug nach Grindelwald, hat sie darüber gesprochen, dass ihr das manchmal ein bisschen zu wenig sei, aber …"
„Wieso hatte sie keine Kinder?"
„Berger ist homosexuell."
Franziska Fischer schaut ihn an, als habe er etwas sehr Bösartiges gesagt, was Keller auch gleich zur Kenntnis nimmt. Er er-

klärt die ganzen Umstände, auch, dass Berger von ihm wusste und mit der Beziehung einverstanden war, solange nichts an die Öffentlichkeit käme.
„Mit anderen Worten, du kannst nicht mal an die Beerdigung, zumindest nicht offiziell."
Er werde nicht gehen. Er hätte sich dort nicht unter Kontrolle und die Leute würden sich fragen, in welcher Beziehung er zur Toten gestanden habe. Vermutlich würde man ihren Leichnam sowieso nach Kazan überführen, ihn in der Nähe der Eltern beerdigen.
„Ich hasse dieses beschissene Leben. Was man liebt, wird einem genommen, was man hasst, wird immer grösser und mächtiger, nimmt einem die Luft zum Atmen", gibt er halb wütend, halb verzweifelt von sich. Franziska verzichtet darauf zu fragen, was er damit meine. Sie ahnt es.
„Nastija wusste etwas, was sie nicht hätte wissen dürfen!", platzt es plötzlich aus ihm heraus.
„Marco, du steigerst dich da in etwas hinein", versucht sie ihn zu beschwichtigen.
„Kennst du Anastasijas Chauffeur? Vielleicht sollte man mit ihm Kontakt aufnehmen?", schlägt sie vor.
„Entschuldige einen Moment", sagt sie und verzieht sich in die Küche, um einen Anruf vom Handy entgegenzunehmen. Keller geht ins Bad. Er will sich das verweinte Gesicht frisch machen. Als er zurückkommt, steht Franziska wie angewurzelt im Türrahmen der Küche. Die Arme hängen kraftlos an ihrem Körper herunter.
„Das war mein Kontakt bei der Polizei."
„Und?", entgegnet er, während er mit einem Handtuch sein Gesicht trocken reibt.
„Durch Zufall hat sich herausgestellt, dass es Anastasijas Haare sind, die man im Bett in Landolts Haus fand, an jenem Tag, als man ihn in seinem Pool ertränkt gefunden hat."
Keller versteht kein Wort. Sie erzählt ihm von der Sache mit dem Bett auf der Terrasse, den zwei Frauen und Landolts Vorliebe für junge Damen.
„Nein, das muss ein Irrtum sein! Das passt nicht zu ihr! Das war sie nicht! Sie war ein Engel, ein Geschöpf aus einer anderen Welt!"
Franziska sagt nichts. Sie weiss, dass ihr Freund bei der Polizei es nicht gesagt hätte, wenn er nicht sicher gewesen wäre.

KAPITEL 31

„Die täglichen, grenzüberschreitenden Geldbewegungen sind heute 25 Mal grösser als die grenzüberschreitenden Güterbewegungen. Geld wird nicht mehr nur als Transaktionsmittel benutzt zum Zwecke der Finanzierung, sondern Geld wird gehandelt wie eine eigene Ware."

Alfred Herrhausen, Vorstandssprecher Deutsche Bank, 1930–1989

Positano, Sommer 1989

Das Wasser des Mittelmeers glitzert wie eine Schmuckausstellung in der hellen Morgensonne. Von einem der Segelschiffe schwingt dumpfe, schnelle Musik an den Strand. Alfred Herrhausen küsst seine Frau, die er seit dem Frühstück das zweite Mal gründlich und unaufgefordert mit Sonnencreme eingerieben hat, erhebt sich aus seinem Liegestuhl, wirft einen Blick auf die Meute Kinder, die lautstark einen jungen Mann bis zum Hals im Sand eingegraben hat, und zieht sein rotes Poloshirt über.
„Wohin gehst du, Schatz?", fragt die eingecremte Mittfünfzigerin.
„Ich will kurz aufs Zimmer. Soll ich dir etwas mitbringen?"
Sie greift nach seiner Hand, bekommt aber nur die Fingerspitzen zu fassen. Zärtlich reibt sie mit ihren Fingerkuppen über die seinen.
„Einen Kuss."
Er geht in die Knie, streichelt ihr Gesicht und küsst sie auf den Mund. Sie reagiert mit einem gehauchten „Ich liebe dich, Hanspeter Schuhmacher". Herrhausen reist privat immer unter einem Pseudonym, was bereits genügt, um nicht erkannt und damit auch nicht gestört zu werden. Ohne Anzug und den gekämmten Seitenscheitel und mit einem stoppeligen Dreitagebart ist er bereits fast nicht mehr zu erkennen, wohl aber an seinem richtigen Namen. Der ist weltweit ein Begriff.

„Herr Schuhmacher, ich habe eine Nachricht für Sie", ruft der kugelbauchige Rezeptionist, als Herrhausen durch die Lobby zu seinem Zimmer gehen will.
Herrhausen stutzt. Kaum einer weiss, dass er hier ist, und diejenigen, die es wissen müssen, wissen auch, dass sie ihn hier nur in wirklichen Notfällen belästigen dürfen. Herrhausen greift nach dem entgegengestreckten Zettel, sucht in der Brusttasche seines Shirts nach der Lesebrille, die natürlich nicht dort ist, und schaut dem Rezeptionisten mit einem Ausdruck von Hilflosigkeit ins runde Gesicht. Immer, wenn er abends am Hotelbuffet steht und die vielen Köstlichkeiten betrachtet, denkt er an diesen schwergewichtigen Süditaliener und schon konzentriert er sich auf die gesunden, nicht dick machenden Gerichte. Herrhausen ist ein grosser, eleganter und schlanker, fast schon magerer Mann, der jeden Morgen eine Stunde joggt. Das Wetter hat darauf keinen Einfluss. Er kann es sich nicht leisten, übergewichtig und pausbäckig auszusehen. Das wirkt gerade in seinem Geschäft unseriös, bedient unliebsame Klischees und macht alles andere als sympathisch. Das Asketische ist ihm aber ohnehin nie schwer gefallen.
„Ich hoffe, wir haben das richtig notiert. Denn irgendwie macht die Nachricht wenig Sinn", meint der Concierge, wie man ihn richtigerweise nennen sollte, entschuldigend.
„Geben Sie mir mal Ihre Brille", fordert Herrhausen in flottem Tonfall, worauf der Italiener leicht überrumpelt Folge leistet.
Herrhausen liest, schmunzelt und gibt die Brille zurück.
„Nein, das ist so schon in Ordnung. Ich denke, ich habe die Nachricht verstanden."
Der Concierge schaut ihm sprachlos nach, bis Herrhausen im Gang zu seiner Suite verschwunden ist.

„Alfred, muss das denn wirklich sein?", ärgert sich seine Frau beim Mittagessen.
„Traudl, du weisst, dass ich das nie tun würde, wenn es nicht wirklich wichtig wäre", redet sich Herrhausen heraus.
„Wann bist du denn wieder zurück?"
„Es wird spät werden. Vielleicht werde ich sogar in Neapel übernachten. Die Strasse ist nachts zu gefährlich."
„Sagst du mir wenigstens, wen du so dringend treffen musst?"
Herrhausen schaut seine Frau schweigend an. Sie weiss genau, dass er ihr das nicht sagen wird. Es ist ja nicht das erste Mal,

dass er so ein Geheimnis um etwas macht. Allerdings ist es das erste Mal in den gemeinsamen Ferien. Und das sind zwei, höchstens drei Wochen jährlich. Oft genug hat er ihr erklärt, dass es für sie sicherer sei, möglichst wenig über seine Arbeit zu wissen.
„Ich werde es wiedergutmachen, Schatz. Ich verspreche es."
„Da musst du dir aber schon etwas Besonderes einfallen lassen", entgegnet sie mit ironischem, ein wenig frivolem Unterton.
Nachdem sich Herrhausen verabschiedet hat, erwartet ihn sein hellblaues Mercedescabrio bereits mit geöffnetem Verdeck in der Einfahrt des Hotels. Von Einfahrt kann man eigentlich nicht sprechen, denn der berühmte Badeort Positano ist in die steilen Hänge der Costiera amalfitana eingefügt. Für grosszügige Einfahrten oder Vorplätze ist da kaum Platz. Eigentlich steht der deutsche Roadster schon fast mitten in der Hauptstrasse. Herrhausen freut sich sichtlich auf den Ausflug. Bei herrlichstem Wetter persönlich am Steuer seines Cabrios eine der schönsten Küstenstrassen Europas entlangzufahren, ist für ihn ein sehr seltenes Vergnügen. Und das Ganze auch noch ohne Personenschutz. In Italien fühlt er sich viel sicherer und freier als zu Hause in Deutschland, obwohl in den letzten Jahren auch hier immer wieder Politiker oder Wirtschaftsführer von terroristischen Organisationen verschleppt oder gar ermordet worden sind.

In Neapel steuert Herrhausen sein luxuriöses Gefährt spritzig durch die schmalen Gassen, vorbei an Bistros, Strassenverkaufsständen und wild gestikulierenden Italienern, die sich wohl über das Fussballspiel des vorangegangenen Abends unterhalten. Neapel hat gegen den AC Milan verloren, wenn auch nur knapp. Am Hafen angekommen, fragt Herrhausen nach einer ihm von einer früheren Reise bekannten Bootsvermietung. Offenbar ist sie umgezogen oder wurde aufgegeben.
„Sergio hat aufgehört", erklärt ein alter Mann in fast akzentfreiem Deutsch. Offenbar ist ihm das deutsche Nummernschild nicht entgangen. Viele Napolitaner haben jahrelang in Deutschland oder der Schweiz gearbeitet, um den Winter und vielleicht sogar schon den Herbst des Lebens sorgenfrei und ohne Arbeit in der Heimat verbringen zu können.
„Wo kann ich jetzt ein Motorboot mieten?"

„Wohin wollen Sie denn damit?“
Herrhausen überlegt einen Moment, ob das den alten Herrn wirklich etwas angeht.
„Hinüber nach Capri.“
„Da brauchen sie aber ein grosses Schiff, wenn Sie heute wieder zurückfahren wollen. Am späteren Nachmittag ist Sturm angesagt.“
Herrhausen ärgert sich ein wenig. Das soll nun wirklich nicht seine Sorge sein.
„Angelo hat Sergios Laden gekauft. Sie müssen nur ein paar Meter weiter da runter fahren, dann sehen Sie seine Boote schon. Lassen Sie sich nicht übers Ohr hauen. Wenn der Ihren Wagen sieht, verlangt der glatt das Doppelte“, erklärt der Alte versöhnlich, als habe dieser Herrhausens Verärgerung gespürt.
Herrhausen verabschiedet sich mit einer dankenden Geste und beschleunigt seinen deutschen Sportwagen so, dass ihm die Leute nachsehen.

„Sie können die neue Motorjacht haben. Die kostet aber 250 Mark die Stunde, plus verbrauchtes Benzin“, meint Angelo erfreut, als hätte er das Geschäft mit dem Deutschen bereits auf sicher.
Angelo ist ein junger, gut aussehender und langhaariger Süditaliener, wie er im Buche steht. Braungebrannt, ein kantiges, männliches Gesicht und mit dem animalischen Feuer in den Augen, wie es die nordeuropäischen Frauen bekanntlich schwach werden lässt. Wenn er es nicht besser wüsste, würde Herrhausen ihn für den Sohn eines Paten der kalabresischen Camorra halten, der den ganzen Tag den Frauen nachjagt.
„Haben Sie nicht was Kleineres, Handlicheres?“, erkundigt sich Herrhausen unleidig.
„Sie wollen doch heute wieder zurückfahren, oder?“
„Natürlich.“
„Am Abend werden Sie starken Wellengang haben. Da kommen Sie mit einem kleineren Boot bestimmt in Schwierigkeiten.“
„Ich fahre nur rüber zur Insel. Das ist doch keine Weltreise.“
„Wenn ich Ihnen ein kleineres Boot gebe, habe ich nur Scherereien. Das kenne ich schon. Wollen Sie nun nach Capri oder nicht?“
Nachdem Herrhausen seinen Bootsführerschein und die Kreditkarte gezückt hat, steigt er in den üppig designten Salzwas-

serboliden, eine schneeweisse Motorjacht mit zwei Aussenbordmotoren von je 350 PS. Herrhausen fühlt sich über den Tisch gezogen, aber was sollte er machen. Er hatte keine Zeit mehr, noch länger mit dem jungen Bootsvermieter zu diskutieren. Schon nach wenigen Minuten hat er den Ärger vergessen. Das Boot zieht kraftvoll und wie ein scharfes Messer durch das azurblaue Wasser des Mittelmeers, vorbei an spät zurückkehrenden Fischerbooten und überfüllten Ausflugsschiffen. Während Neapel immer kleiner wird, ist der Vesuv zunehmend deutlicher zu sehen und ebenso scheint die Insel Ischia in unmittelbare Reichweite zu rücken. Capri ragt wie eine Burg aus dem Wasser. Der Monte Solaro, der höchste Punkt der Insel, ist fast 600 Meter hoch. Es muss drei oder vier Jahre her sein, seit Herrhausen das letzte Mal auf Capri war. Seine Frau mochte die Insel nicht. Vor allem nachts fühlte sie sich unwohl, nicht am Festland zu sein. Für Herrhausen war Capri das Hollywood seiner Jugend. Immer wieder berichteten Fernsehen und Boulevardzeitschriften über die nordamerikanische und europäische Prominenz aus Film, Adel und Wirtschaft, die Schönen und Reichen, die sich den Sommer über auf Capri vergnügten. Heute gehört er selber zur gesellschaftlichen Oberschicht, aber in der Freizeit zieht er die Ruhe der Anonymität dem Rummel in der Öffentlichkeit schon seit Langem vor.
In der Marina Grande angekommen, steuert er auf einen Jungen zu, der ihm schon von Weitem gewinkt hatte. Flink vertäut er Herrhausens schwimmenden Untersatz an einer freien Mole und freut sich über den grosszügigen Batzen, den der Herr ihm in die Hand drückt. Ob er bis heute Abend auf das Boot aufpassen könne, fragt Herrhausen ihn in holprigem Italienisch. Der Junge nickt, als würde er sich über die Frage wundern. Für so viel Geld würde er das Boot vermutlich sogar noch reinigen.
Nachdem Herrhausen das bunte Treiben im Hafen zu Fuss hinter sich gelassen hat, betritt er etwas oberhalb der Piazzetta eine Motorrad-Vermietung. Keine zehn Minuten später sitzt er behelmt auf einer roten Vespa und dreht am Gas, dass das Kultvehikel ihn zügig die passähnliche, kurvenreiche Asphaltstrasse hinaufzieht. Alfred Herrhausen fühlt sich um Jahrzehnte zurückversetzt. Als er das erste Mal die Insel besuchte, war er mit Norma zusammen, einer Biologiestudentin aus Kassel. Die ganzen Semesterferien hatten sie hier verbracht. Sie waren frisch verliebt und Capri das sprichwörtliche Paradies auf Er-

den. Abends, wenn die Tagestouristen das Eiland verlassen hatten, waren sie wieder unter sich, die Berühmten und Reichen, die Capresen, er und Norma. Sie haben in den gemütlichen Ristorantes Fisch gegessen, Wein getrunken, über die gemeinsame Zukunft philosophiert, sogar ernsthaft darüber nachgedacht, ob sie auf Capri ein Hotel eröffnen sollten. Jede Nacht haben sie sich am Strand geliebt und meistens sind sie morgens von der Sonne oder dem Lärm der Seevögel geweckt worden. Die Beziehung hielt einen Sommer, den Capri-Sommer lang.
Capri war einmal Zentrum des Römischen Reiches. Der menschenscheue Kaiser Tiberius hatte in den letzten Jahren vor seinem Tod den Amtssitz des damaligen Weltreichs auf die Mittelmeerinsel verlegt. Manche Historiker glauben aber eher, dass ihn die Regierungsgeschäfte langweilten und er hier diskreter seiner Vergnügungssucht frönen konnte. Wer würde ihn hier nicht verstehen. Herrhausen wird heute zwar keinen Kaiser antreffen, aber immerhin eine zukünftige Königin.
„Können Sie mir sagen, welche Strasse zur Villa Rilke führt?“, fragt Herrhausen in die Runde alter Herren, die ihm amüsiert zugesehen haben, wie er etwas unbeholfen sein Zweirad vor das Strassencafé manövriert hat, um sie nach dem Weg zu fragen. Viele der alten Capresen haben die Insel ein Leben lang nie verlassen. Wozu auch sollten sie in die Welt hinaus? Die Welt kam schliesslich zu ihnen. Im Zweiten Weltkrieg hatten sie sogar die deutsche Wehrmacht hier. Und Mussolini hat sich auch ab und zu blicken lassen. Für die Capresen scheint alles Fremde eine Art Theater, ein Besuch des Zirkus zu sein, über den sie sich freuen, staunen, meistens wundern, aber nie ärgern. Das Unerfreuliche geht vorbei, das Erfreuliche bleibt, wie Capris berühmter Sonnenuntergang.
Einer der gemütlich dasitzenden Grossväter zeigt ohne ein Wort zu sagen auf eine der vielen Verzweigungen, die vom Dorfplatz in die Hügel führen.
„Mille grazie“, sagt Herrhausen und bringt seinen Roller erneut in Position.
Die alten Herren sehen ihm dabei interessiert zu. Diesmal ohne einen Mundwinkel zu verziehen.
Die Villa Rilke ist die letzte der Strasse. Sie wirkt unscheinbar, aber Herrhausen vermutet schon jetzt, das sie eine phänomenale Aussicht auf Neapel, den Vulkan und die beiden anderen Inseln haben muss.

Dünn ist sie geworden, denkt er sich, als ihn die Gastgeberin persönlich von der Haustüre zur Terrasse begleitet. Sie ist die meistfotografierte Frau der Welt und ohne ihre scheue Art, die mädchenhaft verstohlenen Blicke, für die sie seit ihrer Hochzeit mit dem Thronfolger eines der berühmtesten Königshäuser Europas berühmt ist, wäre sie das sicherlich nicht geworden. Sie ist keine Schönheit im klassischen Sinn, aber dennoch eine der faszinierendsten Frauen, die Herrhausen je in seinem Leben getroffen hat.
„Ich konnte nicht widerstehen“, eröffnet sie das Gespräch entschuldigend, nachdem sie sich wortkarg an der Tür begrüsst hatten.
Er verstehe nicht, entgegnet Herrhausen.
„Na, Sie in Ihren Ferien zu stören. Aber Karim hat Sie bei einem Ausflug in Amalfi gesehen und wiedererkannt. Als er mir davon erzählt hat, war es für mich ein Leichtes herauszufinden, in welchem Hotel Sie sind.“
„Karim?“, fragt Herrhausen irritiert.
„Karim ist mein Freund. Er ist nicht hier. Er ist mit dem Helikopter nach Rom geflogen, um Geschäftliches zu erledigen.“
„Dann ist es also wahr, was die Paparazzi schreiben?“
Die blonde Frau mit der bleichen Haut nickt.
„Mein Mann hat schon seit Jahrzehnten eine Freundin.“
Ein salopp gekleideter Angestellter, kein Italiener, bringt einen Krug mit Eistee, zwei Gläser und frische Früchte, die bereits portioniert und auf zwei Tellern angerichtet sind. Mit kleinen Gabeln lassen sie sich bequem zum Mund führen.
„Ich hätte nicht gedacht, dass Sie wirklich kommen werden, Herr Herrhausen.“
Herrhausen antwortet nicht darauf, sondern reagiert mit einem viel sagenden Schmunzeln. Er und die Prinzessin hatten sich vor ungefähr einem Jahr auf einer Benefiz-Gala für von Tellerminen geschädigte Kinder und Frauen in Hamburg kennengelernt. Sie hatten sich auf Anhieb gut verstanden und sich beim abendlichen Dinner zum Entsetzen der Organisatoren einfach zueinander gesetzt. Manchem Anwesenden war es sichtlich peinlich, wie hemmungslos die Frau des britischen Thronfolgers und Europas mächtigster Banker miteinander flirteten, obwohl man von der Prinzessin schon einiges gewohnt war. Zumindest machte es den Eindruck, als würden sich die beiden mehr als nur anziehend finden. Herrhausen hat sich auf der Bootsfahrt

nach Capri das damalige Gespräch zwischen ihnen nochmals vollständig in Erinnerung gerufen. Es gab dabei auch einige sehr ernste Momente. Und er weiss genau, dass sie der Grund sind, warum ihn die Prinzessin nach Capri eingeladen hat.
„Ich kann mir nicht vorstellen, dass die Queen sehr ‚amused' gewesen ist, als sie mitbekommen hat, dass ihre potenzielle Nachfolgerin ausgerechnet mit einem zwielichtigen Geschäftsmann muslimischen Glaubens aus Dubai liiert ist", verlässt Herrhausen wie gewohnt schnell den sicheren Hafen des Smalltalks.
„Ich werde nie Königin sein. Mein ältester Sohn wird seine Grossmutter ablösen … und Karim ist kein zwielichtiger Geschäfts… "
„Wir haben ihn bereits zweimal als Kunden ablehnen müssen", fällt er der Prinzessin ins Wort.
„Er trägt mich auf Händen … bei ihm fühle ich mich begehrt … wie eine Frau und nicht wie eine Puppe, die für die Monarchie im Schaufenster steht."
„Und ein hübsches Gesicht macht?"
Die Prinzessin füllt die beiden Gläser mit Eistee.
„Wir hatten kein Eis mehr", sagt sie leise.
„Das Eisfach funktioniert nicht", fügt sie hinzu.
„Wen wundert's, wir sind in Italien", scherzt er.
„Sie müssen entschuldigen. Es steht mir nicht zu …"
„Sie brauchen sich nicht zu entschuldigen. Ich hätte Sie kaum eingeladen, wenn ich nicht wüsste, dass Sie nicht lange um den heissen Brei reden", löst sie die kurz aufgekommene Spannung auf.
Spätestens jetzt ist Herrhausen völlig klar, worüber sie mit ihm sprechen will.
Als Europas bekanntester Banker hat sich Herrhausen schon manche öffentliche Aussage geleistet, für die man einen anderen längst weggelobt hätte. Aber die Kollegen im Verwaltungsrat des internationalen Bankhauses fürchten seinen Intellekt und seine fachliche wie soziale Kompetenz, die ihm weltweit grosse Anerkennung und Glaubwürdigkeit beschert haben. Dennoch weiss Herrhausen, dass er auf der schwarzen Liste steht und sein Stuhl schon fester stand. Seine für einen Banker ungewöhnlich kreativen, alles andere als konservativen Gedanken und Feststellungen machten ihn zum Popstar der Finanzwelt. Aber nur in den Augen jener, die nicht zu dieser Welt

des Geldes gehörten. Auch ist öffentlich bekannt, dass er sich regelmässig mit linksideologischen Kritikern seines Bankhauses, der Ikone des Kapitalismus, austauscht. Anders als seine Vorgänger, stellte er sich den Vorwürfen an das System. Durch diese vielschichtigen Kontakte ausserhalb seines beruflichen Milieus ist ihm längst klar geworden, dass sich die Bankenwelt dringend um ein besseres Image bemühen muss. Auf Kongressen der Weltbank und in europäischen Gremien hat er sich immer wieder pointiert dazu geäussert. Vordergründig hat man ihm zugeklatscht, aber die Messer sind seit Langem gewetzt. Herrhausen fühlt sich derart geschwächt, dass er nichts mehr zu verlieren hat. Er weiss das sogar besser als seine noch zögerlichen Gegner im Verwaltungsrat. Im Herbst, spätestens Ende November, voraussichtlich am 30., will er sein Konzept zur Umstrukturierung des weltweit agierenden Bankhauses vorlegen. Das würde sein Waterloo werden, mit englischem oder dann halt mit französischem Ausgang.
„Ich finde Ihren Vorschlag zur Entschuldung der Dritten Welt sehr mutig“, fordert die Prinzessin ihn nun heraus. Touché.
„Das war kein Vorschlag.“
„Sondern?“
„Es wäre eine Notwendigkeit.“
„Aber?“
Herrhausen sieht demonstrativ über die Terrasse auf die Bucht von Neapel hinaus.
„Karim wird verdächtigt, den Oppositionellen im Sudan Waffen besorgt zu haben. 23 britische Soldaten sind dadurch ums Leben gekommen.“
„Wieso haben Sie meinen Brief nie beantwortet?“, übergeht sie die Provokation.
„Sie sollten sich mit diesen Fragen nicht allzu sehr beschäftigen. Ihr Engagement für Minenopfer ist mehr, als von Ihnen erwartet werden darf, Prinzessin.“
„Sie denken, ich würde mich mit unüberlegten Äusserungen in der Öffentlichkeit in Gefahr bringen?“, fordert sie ihn erneut heraus.
„Jedes Wort, das nicht dem königlichen Protokoll entspricht, geht wie ein Feuerwerk um die Welt. Auf jeder Titelseite wird es zu lesen sein, von Tahiti bis zum Nordkap“, ereifert er sich.
„Sie meinen, Sie würden besser damit umgehen können, weil Sie cleverer sind?“

„Das bin ich eben nicht. Lassen Sie es einfach bleiben. Sie legen sich mit Kräften an, die Ihr Vorstellungsvermögen weit übersteigen. Ich weiss, wovon ich rede."
„Eure Hoheit, ein Telefongespräch für Sie", meldet sich der Angestellte von vorhin. Er scheint überhaupt der Einzige im Haus zu sein ausser der Prinzessin und ihm, stellt Herrhausen fest. Alfred Herrhausen weiss genau, wie es in der Prinzessin aussehen muss. Ihm ging es damals genau gleich. Es ist noch gar nicht so lange her. Der besagte Brief, den er im Herbst letzten Jahres erhalten hatte, machte klar und deutlich, dass sie Bescheid weiss und sein Vorschlag zur Entschuldung nichts anderes bedeutete als einen Angriff auf die Vermögen der Superreichen. Und wenn eine wahrheitsliebende, sensible Frau wie sie die Zusammenhänge versteht, wird sie irgendwann in die Falle treten und damit ihr eigenes Schicksal besiegeln. Eine unbedachte Andeutung, eine durch Wut oder Enttäuschung hervorgerufene öffentliche Anklage oder am Ende sogar eine eigens dafür einberufene Pressekonferenz, alles würde er ihr zutrauen. Ein tragischer Autounfall ohne Schuldige, ein Attentat durch Terroristen, die man nie finden wird, ein verrückter Einzeltäter, dem man einen telegenen Schauprozess machen wird. Die Geheimdienste der Mächtigen lassen sich immer wieder etwas Neues einfallen. Nichts ist absurd genug, um nicht geglaubt zu werden.
„Es war Karim", erklärt die Prinzessin, als sie aus dem Haus auf die Terrasse zurückkehrt.
„Er komme bereits heute Abend zurück und würde sich freuen, wenn Sie zum Abendessen bleiben würden. Er hätte Ihnen einiges zu erklären."
Herrhausen glaubt nicht, dass das eine gute Idee wäre.
„Für ein Foto von Ihnen und Karim würde die ‚London Sun' viel Geld bezahlen", bemerkt die Prinzessin scherzend.
Herrhausen meint, dass er sich deswegen keine Gedanken mache. Niemand habe eine Ahnung, dass er hier sei, und falls doch ein Paparazzi-Helikopter auftauche, wäre er schnell unter dem Sonnenschirm verschwunden. Vielmehr glaube er, dass Karim ihn als Geschäftspartner haben wolle, und das sei definitiv aussichtslos.
„Glauben Sie, dass sich nicht doch etwas ändern würde, wenn Menschen wie Sie und ich öffentlich über diese Dinge sprechen würden?"

„Man würde es ohnehin nicht verstehen."
„Weil es noch nie so gesagt wurde", korrigiert sie ihn.
„Eben. Eine Lüge, die oft genug wiederholt wird, wird irgendwann zur Wahrheit."
„Und wie können Sie mit Ihrem Wissen dann diesen Job machen?"
„Das weiss ich auch nicht", entgegnet er ohne zu zögern.
Und er weiss es wirklich nicht. Aber es geht. Es geht, weil es eben immer so war und er sich nicht anmasst, etwas ändern zu können, nur weil er gerade Vorstandssprecher der grössten Bank Europas ist. Diese Welt wird zusammengehalten durch täglich gemästete Illusionen, gepflegte Teilnahmslosigkeit, Kreide fressende Heuchelei, gefeierten Ehrgeiz und skrupellose Machtgier – nicht zuletzt durch offen zur Schau getragene Eitelkeiten. Und die Lüge ist das Fundament. Die Wahrheit nichts anderes als ein lästiger Tagedieb, den man weggesperrt hat. Und sie, sie beide sitzen in der VIP-Lounge der Hölle.
„Ich bin also nichts anderes als eine Fussballweltmeisterschaft, ein Spielzeug der Klatschmagazine, ein Püppchen der Unterhaltungsindustrie?", fragt sie, ohne wohl wirklich eine Antwort zu erwarten.
„Brot und Spiele", entgegnet Herrhausen lakonisch.
„Meine Bank verwaltet einen Grossteil der Vermögen Ihrer erlauchten Familienmitglieder, die es sich in den Monarchien Europas gemütlich gemacht haben und sich von den Massen feiern lassen, wenn sie heiraten oder Kinder bekommen. Sie wären der Nestbeschmutzer. Man wäre nicht zimperlich", fährt er eindringlich fort.
„Glauben Sie, dass John Lennon …"
„Oder Abraham Lincoln?"
Sie schweigt, als erwarte sie die Lüftung eines Geheimnisses.
„Viele glaubwürdige Persönlichkeiten mit hohen ethischen Prinzipien haben unter mysteriösen Umständen das Leben lassen müssen. Aber es wäre Spekulation …"
„Es wären Verschwörungstheorien!", wirft sie ein.
Er sieht sie an und lacht. Sie fällt unmittelbar in das Gelächter ein. Vieles, was der Wahrheit nahe kommt, wird mit dem Stigma der Verschwörungstheorie belegt. Und wenn es sich nicht mehr verleugnen lässt, dann wird es bagatellisiert. Herrhausen hatte das im Bankgeschäft selber oft genug durchgeführt, durchführen müssen. Abstreiten und abwiegeln, was nicht bewiesen ist,

verharmlosen, was nicht mehr wegzudiskutieren ist. Und man glaubte ihm alles, jede noch so abstruse Erklärung. Er war eine Autorität, geschützt vom Mandat des Vorstandsvorsitzenden, wie ein deutscher Kanzler von der Aura des Amtes. Die offizielle Meinung der von den Mächtigen portierten Regierenden ist immer die Verschwörungstheorie, die für die Wahrheit steht.

Als Herrhausen die Villa Rilke verlässt, hat bereits die Dämmerung eingesetzt. Die letzte Stunde haben sie sich noch über ein Konzert von Elton John unterhalten, das vor einigen Wochen aus Australien übertragen worden war. Für beide gehört er zu den überragenden Künstlern im Musikgeschäft. Die Prinzessin ist seit Jahren eng mit ihm befreundet und würde ihn gerne mal mit Herrhausen bekannt machen. Aber vorher hat Herrhausen wiederholt betont, dass sie sich mit diesem Thema nicht mehr auseinandersetzen sollte. Darüber hätten sich schon hunderte Ökonomen den Kopf zerbrochen und es wäre noch nichts Gescheiteres dabei herausgekommen. Sie würde als „Prinzessin der Herzen“ einen guten Job machen.
Als er mit seiner Vespa unterhalb des Monte Solaro der Vermietung vor der Piazzetta entgegenrollt, sieht er Karims Helikopter über der Bucht auf die Villa Rilke zuhalten. Menschen wie die Prinzessin haben es schwer, mit diesem Wissen unbeschwert weiterzuleben. Und mit Karim hätte sie sich einen Lebenspartner ausgesucht, der es dem MI6, der NSA, dem Mossad oder wem auch immer leicht machen würde, ein politisches Motiv zu konstruieren.
Solange politische Ideologen die Hoffnungen der Massen nähren, kann das den Profiteuren des Systems nur recht sein. Denn Krieg ist auch nur ein profitables Geschäft wie jedes andere auch. Aber wer Hand an die Ideologie des Geldes legt, an den würde niemals eine Statue im Stadtpark erinnern. Man würde ihn vergessen machen, seine Leistungen verklären und Zeitzeugen ins Gebet nehmen. Vielleicht wäre die Welt eine andere, wenn sie von Frauen, von Müttern, deren Kinder wir alle sind, regiert werden würde, schwelgt er einen kurzen Moment in Träumereien.
Ob er selber ein guter Banker bleiben wird, fragt sich Herrhausen, als er sein Boot besteigt. Der Bursche von der Mole ist weit und breit nicht mehr zu sehen. Er hatte ihm das Geld wohl zu früh gegeben. Oder er hatte ihm ganz einfach zu viel gegeben.

Die See in der Bucht ist glatt wie ein Eishockeyfeld. Angelo hatte ihm die grosse Motorjacht also doch nur aufgeschwatzt. Recht hat er. Irgendwie muss Angelo schliesslich die Zinsen für seine neu angeschafften Boote bezahlen.

KAPITEL 32

„Man muss jedem Hindernis Geduld, Beharrlichkeit und eine sanfte Stimme entgegenstellen.“

Thomas Jefferson, 3. US-Präsident, 1743–1826

„Meine Damen und Herren, Sie haben jetzt Gelegenheit, Fragen zu stellen.“
Nachdem sich das Blitzlichtgewitter gelegt hat, melden sich die Journalisten zuhauf. Die Pressekonferenz im Hotel Zugerhof hat internationale Presse angelockt. Der Saal ist vollbesetzt. Das bereits aufgestellte Apéro-Buffet musste kurzfristig in einen anderen Raum verlegt werden.
„Herr Landolt, wie haben Sie sich kennengelernt?“, fragt ein italienischer Reporter, fast ohne Akzent.
„Herr Wassily Sidorov und ich wurden noch durch meinen Vater miteinander bekannt gemacht. Sein wirtschaftliches Engagement in der Schweiz zeigte uns, dass wir es bei ihm mit einem seriösen, langfristig orientierten Partner zu tun haben.“
„Steckt die Kolin Group in Schwierigkeiten? Wenn ja, hat es etwas mit der Beteiligung an YBF in Argentinien zu tun?“, wendet sich ein Journalist des Wiener Magazins an Rolf Landolt. Landolt schwitzt, unübersehbar. Maria Landolt-Duhalde, die sich im Hintergrund hält und nicht erkannt werden möchte, kennt die wahre Antwort auf diese Frage.
„Natürlich ist das Argentinien-Geschäft keine kleine Sache, aber finanzieren hätten wir das auch alleine können. In Tat und Wahrheit haben die Sidorov Investments und die Kolin Group schon einige Projekte gemeinsam und erfolgreich durchziehen können, bei welchen sich unerwartetes Synergiepotenzial offenbart hat“, beantwortet Landolt auch diese Frage, souverän und überzeugend. Landolt wischt sich mit einem Taschentuch den Schweiss von Stirn und Hals. Diese Antwort war eine glatte Lüge. Würde man ihn fragen, es käme ihm keine einzige gemeinsame Aktivität in den Sinn. Er steht sichtlich unter Stress.

Zumindest ist das für seine engeren Mitarbeiter und Maria Landolt deutlich zu erkennen.
„Herr Sidorov, erleben wir hier eine gefrässige, russische Heuschrecke, die sich einen Schweizer Elefanten einverleiben will?“, fragt Franziska Fischer.
Sidorov setzt sein gewohnt charmantes Pokergesicht auf, erklärt, dass Elefanten es in der Regel nicht vergessen, wenn sie einmal schlecht behandelt wurden, und ergänzt, dass er längst bewiesen habe, eben keine Heuschrecke zu sein, die alles kahl frisst und dann weiterzieht.
Nach weiteren Fragen, bei einigen ging es auch um den ermordeten Bundespräsidenten, worauf sein Sohn Rolf Landolt aber keine Kommentare abgeben wollte, eröffnet dieser das Buffet und bedankt sich für das grosse Interesse. Pressemappen seien beim Ausgang aufgelegt. Anschliessend verlässt er, ohne sich von jemandem zu verabschieden, den Saal. Ohne Geste geht er an Maria Landolt vorbei. Fischer bemerkt vielleicht als Einzige, wie aufgebracht er im Grunde ist. Sie ist davon überzeugt, dass Landolt gar nicht anders konnte, als sich auf Sidorov einzulassen. Der hatte das Cash, Landolt die renommierte Firma, den angesehenen Namen. Die Beteiligung an der argentinischen Erdölfirma YBF ist selbst für die Kolin Group kein Pappenstiel. Franziska Fischer steuert auf Wassily Sidorov zu, der mit zwei Herren im Gespräch ist. Als er sie wiedererkennt, schaut er sie an, als hätte er sie sich für heute Nacht ausgesucht und sie sollte dafür dankbar sein. Seinen Blick würde sie als männlich, durchdringend und erotisierend beschreiben, wenn sie müsste.
„Möchten Sie die Heuschrecke grillieren und dann als Aperitif vernaschen?“, provoziert er sie, bevor er ihren Namen weiss.
„Mein Name ist Fischer. Können wir kurz unter vier Augen sprechen, Herr Sidorov? Ich hätte Ihnen gerne noch die eine oder andere Zusatzfrage gestellt. Es ist für Sie nicht unerheblich, was unsere Leser von Ihnen halten.“
„Es tut mir leid, aber ich bin gerade im Gespräch mit diesen beiden Herren. Darf ich vorstellen, mein operativer Geschäftsleiter Herr Valentin Heller, und Herr Peter Berger von Bergtrade Enterprise.“
Franziska Fischer erstarrt für einen Moment, als sie den Namen Peter Berger hört. Anastasijas Ehemann?
„Um was geht es denn, Frau Fischer?“
Sie sagt, sie habe es sich anders überlegt, entschuldigt sich für

ihre Aufdringlichkeit, gibt ihm ihre Karte und bittet, bei Gelegenheit trotzdem zurückzurufen, es gehe um ein Interview im Zusammenhang mit Argentinien. Eigentlich wollte sie ihn auf Anastasija ansprechen. Über Hansruedi Gröbli, den Chauffeur, hatte sie erfahren, dass die beiden sich aus Kazan kannten und offenbar befreundet waren. Aber jetzt, wo Berger danebensteht, ist sie unsicher, ob sie nicht schlafende Hunde wecken würde. Wie gut kennen sich Berger und Sidorov? War das ein erstes Aufeinandertreffen? Oder haben sie schon jetzt geschäftlich miteinander zu tun? Und überhaupt wirkte Berger für einen frisch verwitweten Mann ausgesprochen zufrieden. Gut, er kann als Geschäftsmann trotz allem nicht den ganzen Tag mit einer Trauermiene herumlaufen. Dennoch, irgendwie wird das alles langsam zu viel für sie. Das können doch nicht alles Zufälle sein.

„Guten Morgen, Frau Fischer. Hier spricht Wassily Sidorov“, hört Fischer durch das Telefon.
„Guten Tag, Herr Sidorov. Ich nehme an, Sie rufen wegen der heutigen Schlagzeile zur gestrigen Pressekonferenz an“, reagiert Franziska Fischer schnippisch.
„Die Schlagzeile? Nein, wegen der rufe ich nicht an. Ich wusste ja, dass Sie mich nicht mögen. Interessant finde ich aber den Bezug zur verstorbenen Frau von Peter Berger. Was bezwecken Sie damit?“
„Ich weiss, dass Sie sie aus Kazan kannten.“
Sidorov schweigt. Sie hört nur seinen langsamen Atem.
„Herr Sidorov, sind Sie noch …“
„Sie war eine Bekannte, ja“, antwortet er schliesslich.
„Sie waren ein Paar!“, konfrontiert sie ihn mit ihrem Wissen.
„Wir sind ein paar Mal miteinander ausgegangen“, wiegelt er ab.
„Herr Sidorov, wir können noch lange Katz und Maus spielen. Ich weiss inzwischen so viel über Sie, über Ihre Geschäfte in Moskau, den Ursprung Ihres Vermögens, über Ihre geschäftlichen Beziehungen zu Berger, zum alten Landolt …“
„Hören Sie, Frau Fischer, wenn Sie wollen, können wir uns heute treffen. Ich werde Ihnen alles erzählen, was Sie wissen wollen, wenn ich es weiss. Sie werden zwar enttäuscht sein, aber ich habe keine Lust, jede Woche in Ihrer Zeitung über mich zu lesen.“

„Dann hat Sie die heutige Schlagzeile also doch ein bisschen getroffen?"
„Lunch? Im Thai Mai?"
„Ich werde da sein, Herr Sidorov."
Ein komischer Charakter, dieser Russe. Er wickelt alle um den kleinen Finger, hat es aber faustdick hinter den Ohren. Von ihrem Redakteur hat sie erfahren, dass Sidorov sich eine halbe Stunde vorher telefonisch bei ihm über den Artikel beschwert, sogar Andeutungen gemacht hat, dass er sich revanchieren werde, falls man sie weiterhin über ihn schreiben lasse. Dass er sich so weit herunterlässt, um sich persönlich mit ihr zu treffen? Der Mann scheint vor ihr Respekt zu haben. Mal sehen, was er ihr auftischen wird und was sie davon für bare Münze nehmen kann.

KAPITEL 33

„Da, wo der Wille gross ist, können die Schwierigkeiten nicht gross sein.“

Niccolo Macchiavelli, Schriftsteller, 1769–1527

„Nichts wäre passender und glaubwürdiger, als wenn ein Nachfahre des grossen Gottfried Keller die 1.-August-Rede auf dem Rütli hielte“, lobhudelt Professor Heinrich Portis.
„Nichts fände ich persönlich unpassender, als deswegen ermordet zu werden, meine Damen und Herren!“, wehrt Marco Keller entschieden ab.
„Herr Keller, offiziell ist Bundesrat Binzegger als Redner gemeldet. Niemand ausserhalb dieses Kreises wird vorher wissen, dass Sie die Rede halten werden. Sie werden einfach sehr kurzfristig einspringen, da sich der Bundesrat eine schwere Magenverstimmung zugezogen hat ...“
„Und ich werde dann so ganz zufällig eine vorbereitete Keller-Rede aus dem Hut zaubern, oder wie? Und überhaupt, Bundesrat Binzegger kennt die demokratischen und monetären Zusammenhänge mindestens ... wenn nicht sogar viel besser als ich. Und seine Glaubwürdigkeit steht ja wohl ausser Frage!“, redet sich Marco Keller in Rage. Seit Wochen schon rechnet er damit, endlich zu erwachen und zu realisieren, dass alles nur geträumt war. Das kann doch alles gar nicht wahr sein. Hinzu kommt, dass er nie, wirklich nie Politiker werden wollte. Und jetzt sollte er die möglicherweise wichtigste, wenn nicht die gefährlichste, die für ihn gefährlichste Rede der Schweizer Geschichte halten.
„Herr Keller, ich kann Ihre Aufregung verstehen, aber wir können Ihnen versichern, dass Sie immer die erste Wahl waren. Sie wurden von uns über Jahre aufgebaut. Dass Landolt und Lehmann zu denselben Schlüssen und Absichten gelangten, ist reiner Zufall, wenn auch ein erfreulicher, in dem Sinne, dass man mit eigenem Nachdenken zum gleichen Ergebnis kommen

kann“, führt Hans Christoph Muri aus. Bundesrat Binzegger schweigt, was er am liebsten tut. Keller ist überzeugt, dass auch Binzegger eigentlich nie Politiker werden wollte.
„Du wirst in die Geschichte eingehen, Marco!“, versucht Binzegger ihn aufzuheizen.
Portis holt eine Schachtel an den Tisch, stellt sie Keller direkt vor die Nase und hebt den Deckel ab.
„Dieser Brief ist die Rede, die Sie halten werden, Nationalrat Keller. Sie wurde vor über 100 Jahren von Gottfried Keller persönlich für Sie geschrieben. Lesen Sie sie in aller Ruhe durch. Dann entscheiden Sie. Wir werden Ihren Entscheid respektieren und jemand anderen finden, falls Sie sich dagegen aussprechen werden“, beschwichtigt Portis Keller mit gelassenem, väterlichem Tonfall. Wann endlich wird er aus diesem Albtraum erwachen, fragt sich Keller einmal mehr.

Am Abend trifft sich Marco Keller mit Franziska in einem Gasthaus im Stadtberner Mattenquartier. Gottfried Kellers Briefrede hat er zwar in seine Wohnung mitgenommen, aber noch nicht darin gelesen. Er weiss, dass er danach keine ruhige Minute mehr haben würde. Er ahnt auch, dass er nach der Lektüre nicht mehr werde ablehnen können, die Rütlirede zu halten. Vielleicht war diese Rede der einzige Grund für seine Geburt, der Sinn seines Daseins, die eigentliche Aufgabe seines Lebens, überlegt er hin und her. Nein, eigentlich glaubt er nicht daran, dass sich die Dinge noch ändern, aufhalten lassen. Diese Rede würde gehört, vielleicht sogar verstanden, aber dann wieder vergessen werden. Die Kadenz der Ruderer auf der Galeere der Wirtschaft wird weiter erhöht, dem Getöse des unausweichlichen Wasserfalls folgend, begleitet von den Kursfeuerwerken der New Yorker, Tokioter und Londoner Börse, den Altaren der Weltwirtschaft. Die privatisierte Planet Erde AG, der ausgebeutete, geschundene Globus wäre in eine digitale Geldsumme transformiert worden, die auf den Partys der Firmen-Händler, Aktien- und Devisen-Spekulanten und sozial desinteressierten Kreditherren ausgelassen gefeiert würde, während Tornados, Überschwemmungen, Erdbeben, Dürren, Grossbrände und Kriege die Menschen vor sich hertrieben. Die arbeitsteilige Wirtschaftsordnung mit ihren privatisierten Banksystemen, die eigentlich nichts anderes sind als die Nachfolgeinstitutionen der Getreidespeicher, die der Mensch erfunden hatte, um sich

gegen die Unbill der Naturgewalten zu schützen, verkehrt sich zu ihrer selbst geschaffenen Bedrohung. Frankenstein wendet sich gegen seine Schöpfer.
„Ich habe heute mit Sidorov zu Mittag gegessen", holt Franziska Marco aus seinen Gedanken.
„Mit Wassily Sidorov, den du heute so in die Pfanne gehauen hast?", reagiert Keller wieder geistesgegenwärtig.
„Genau mit dem."
„Und?"
„Er kannte Anastasija gut, aber ich denke nicht, dass er etwas mit ihrem Tod zu tun hat."
„Und wieso bist du da so sicher? Du beschreibst den Mann ja sogar öffentlich als durchtrieben, machthungrig und skrupellos", verweist Keller auf die Schlagzeile von heute Morgen.
„So habe ich das nicht formuliert!"
„So wird es aber gelesen, Franziska."
Sie warnt Keller. Was sie über Anastasija erfahren habe, würde ihm nicht wirklich gefallen. Vielleicht wäre es besser, er würde sie so in Erinnerung behalten, wie er sie kannte. Keller sieht Franziska regungslos ins Gesicht. Nein, sie würde Nastija nicht schlecht machen, weil sie auf sie eifersüchtig war. Und sie hatte auch immer das Gespür für die Wahrheit. Sidorov konnte ihr viel erzählen. Und wirklich gekannt hat er Anastasija tatsächlich nicht. Ausser ein paar Stunden pro Woche sahen sie sich kaum, und was sie von sich erzählte, war nicht wirklich viel. Aber er liebte ihren Humor, ihre Natürlichkeit, ihre Lebensfreude und ihren nach Zärtlichkeiten verlangenden, wunderschönen Körper. Sie war das pralle Leben, sein Leben.
„Muss ich es wissen, Franziska?"
Sie schüttelt den Kopf.
„Noch nicht, Marco."

KAPITEL 34

„Zwei Dinge sind unendlich: Das Universum und die menschliche Dummheit. Aber beim Universum bin ich mir nicht ganz so sicher."

Albert Einstein, Physiker und Nobelpreisträger, 1879–1955

Babette und Gottlieb Biedermann führen ein beschauliches und angenehmes Leben. Sie sind mit sich und ihrer Haarwasserfirma vollends beschäftigt, und selbst die täglich gemeldeten neuen Brandstiftungen in der eigenen Stadt beunruhigen sie nicht wirklich. Die Brandstifter würden sich als Hausierer in den Häusern einnisten, die sie später in Flammen aufgehen lassen, steht in den Zeitungen. Biedermanns bekommen Besuch. Der mittellose Hausierer Schmitz wickelt Gottlieb Biedermann um den kleinen Finger und nistet sich schliesslich auf dem Dachboden ein. Biedermanns aber wollen nichts sehen, es nicht ansprechen. Man müsse doch gerade in diesen Zeiten etwas Vertrauen haben, nicht jeden Besucher für einen Brandstifter halten, positiv denken und Menschlichkeit zeigen, reden sie sich immer wieder ein, um sich zu beruhigen. Selbst als Schmitz' Kollege Eisenring einzieht und vor aller Augen Benzinfässer auf den Dachboden bringt, bleiben Biedermanns ignorant und reden sich die Situation schön. Alles geschieht derart offensichtlich, dass die Biedermanns gar nicht anders können, als an einen Scherz zu glauben. Die Geschichte endet damit, dass sie persönlich den Brandstiftern Schmitz und Eisenring Streichhölzer aushändigen, weil diese kein Feuer dabei haben, um die Lunte zu zünden.
Nach der Vorstellung von Max Frischs Theaterstück „Biedermann und die Brandstifter" stehen die Zuschauer im Zürcher Schauspielhaus in Grüppchen zusammen und fragen sich, wen oder was Schmitz und Eisenring symbolisieren. Hitlers Nationalsozialismus? Frisch hatte mit dem Stück nach dem Zweiten Weltkrieg begonnen. Den Kommunismus? Frisch arbeitete in

Prag daran weiter, als die Tschechoslowakei widerstandslos sowjetischer Satellitenstaat wurde. Oder stehen Eisenring und Schmitz vielleicht für die Klimaerwärmung, die wachsende Kluft zwischen den Reichen und den Armen, das wiedererwachte Wettrüsten oder vielleicht für unser sich um den Globus ausbreitendes, neoliberales Wirtschaftssystem?

„Dafür, dass Frisch zeit seines Lebens in Zürich eine persona non grata war, wird dieses Stück aber ungewöhnlich häufig aufgeführt", meint Christian Landolt, der frischgebackene Bundespräsident.

„Menschen wie Frisch können Dinge sehen, die andere spät oder gar nie realisieren. Sie sind menschliche Seismographen, Frühwarnsysteme", fügt Peter Berger an. Berger und Bundesrat Landolt kamen während der Pause miteinander ins Gespräch. Landolts Frau Maria zeigte sich ganz begeistert von Anastasija Bergers Schuhen, während sich die Ehemänner kopfschüttelnd, Frauen und Schuhe, ihren Weissweingläsern widmeten. Peter Berger und Landolt fanden ebenso schnell Gesprächsstoff. Natürlich kennt Landolt den aufstrebenden Wirtschaftsführer bereits aus dem Wirtschaftsteil der Neuen Zürcher Chronik.

„Peter, was machst du denn hier?", ruft eine fremde Stimme aus der Menschenmenge, die vor der Garderobe stehend gehetzten Studentinnen metallene Nümmerchen ins Gesicht hält.

„Eugene Greenfield?! Das würde ich wohl besser Sie fragen!", antwortet Berger hocherfreut. Mit dem erbeuteten Mantel kämpft sich der grosse, wie ein Filmstar gebräunte Mann mit den auffälligen blauen Augen und dem schlohweissen Haar durch die Menge. Berger stellt ihn den Frauen und Landolt vor, die Stimmung ist aufgeräumt, der Abend noch jung und die Kronenhalle nicht weit. Greenfield erklärt auf dem Weg, dass ihn Geschäfte nach Zürich geführt hätten. Eine Bankenfusion, eine der grössten der Geschichte.

„Bundespräsident? Dann sind Sie der mächtigste Mann im Staat!", kommentiert Greenfield Landolts Erklärung zu seiner politischen Tätigkeit.

„Ich, der mächtigste Mann im Land? Nein, das ist immer noch der Präsident des Nationalrates. Ich darf den ausländischen Gästen nur als Erster die Hände schütteln und kriege am ersten August den besten Auftritt", wiegelt Landolt ab.

Maria hat längst bemerkt, dass sich die Augen ihres Ehemanns immer wieder zu der schönen Russin, Bergers Begleitung, ver-

irren. Berger kann es auch nicht entgangen sein, tut aber so, als hätte er nichts mitbekommen.
„Und Sie, Herr Greenfield? Was treiben Sie, um sich durchzubringen?“, fragt Landolt in seiner ureigenen Art.
„Meine Familie finanziert traditionellerweise Regierungsumstürze, Kriege und Waisenhäuser. Wir haben nichts anderes gelernt.“
Landolt, ein Charakterkopf mit auffällig nach vorne geschobenem Unterkiefer, grauem, leicht fettigem Haar und einem gedrungenen Körper, der offenbar gerne ungesundes Essen zu sich nimmt, hält ihm lachend das Glas entgegen.
„Wo sind eigentlich Ihre Bodyguards, Herr Minister?“, erkundigt sich Greenfield, nachdem sie alle miteinander angestossen haben. Berger erklärt, dass solches in der Schweiz unnötig sei. Greenfield entgegnet, da habe er aber anderes gehört. Dieses schreckliche Attentat in einem Schweizer Kantonsparlament könne jedenfalls noch nicht lange zurückliegen. Sogar in den USA habe er davon gehört. Betroffen müssen beide zustimmen.
„Wo sind denn Ihre Leibwächter, Mr. Greenfield?“, fragt schliesslich Anastasija forsch. Greenfield meint, er sei nicht wirklich bekannt. Sein Gesicht sei ohnehin ein Dutzendgesicht und wenn mal ein Foto von ihm veröffentlicht werde, dann sei es immer ein altes, von vor über 25 Jahren.
„Leute wie ich bevorzugen die Privatsphäre.“
Als Greenfield schliesslich eine Geschichte, seine Lieblingsgeschichte erzählt, ist Landolt ganz Ohr. Nicht ein einziges Mal sucht er währenddessen den Augenkontakt mit Bergers Frau, die mit Maria in ein Gespräch vertieft ist.
„Ihre Familie hat beide Seiten finanziert? Die französische und die britisch-holländisch-preussische? Aber das ist ja ein Nullsummenspiel? Einen der Kredite verloren Sie doch in jedem Fall, Herr Greenfield. Das ist ja so, als wenn Sie beim Roulette auf Rot und Schwarz gleichzeitig setzen?!“, unterbricht Landolt den unterhaltsamen Kosmopoliten.
„Nur wenn Sie Spieler sind, aber nicht, wenn Ihnen die Bank gehört, Herr Bundespräsident“, belehrt ihn der Financier Napoleon Bonapartes.

Christian Landolt sitzt schweigend im Fond seines Wagens. Es ist fast ein Uhr morgens, als sie die Heimfahrt angetreten ha-

ben. Berger, dessen Frau und der redselige Eugene Greenfield sind noch für einen letzten Drink eine Bar weitergezogen. Maria hat sich in Landolts Arme gekuschelt.
„An was denkst du, Christian? An die Russin?"
Landolt reagiert mit einem abschätzigen, kurzen Lacher.
„Maria, das sind alles nur Gerüchte. Entstanden durch mein trotz allem bis heute unverkrampft gebliebenes Verhältnis zu euch Frauen."
„Sie ist schön."
„Greenfields Geschichte beschäftigt mich", bemerkt Landolt fast geistesabwesend.
„Das klang nach einer handfesten Räuberpistole … dieser Greenfield ist doch nur ein Plauderer. Als Bundespräsident solltest du nicht mehr ganze Abende mit wildfremden Leuten in der Öffentlichkeit verbringen", mahnt Maria Landolt-Duhalde ihren Mann.
„Greenfield ist kein Unbekannter. Der Mann ist eine ganz grosse Nummer in der internationalen Hochfinanz."
„Und was beschäftigt dich so?"
„Seine Bemerkung am Schluss der Geschichte … nur wenn man ein Spieler sei, nicht wenn einem die Bank gehört … die Bank bestimmt die Regeln … wenn dir alle Banken gehören, dann gibt es kein Kreditrisiko … das Geld ist immer auf einer deiner Banken, oder nicht?"
Maria verdreht ihre Augen. Sie versteht kein Wort. Ihr sind solche Gedankenspielereien um diese Zeit einfach zu viel.
„Herr Käufeler, wenn Sie mich morgen früh abholen, um nach Bern zu fahren, erinnern Sie mich als Erstes daran, dass ich Lehmann anrufen soll", mahnt Landolt seinen Fahrer.
„Herrn Lehmann?"
„Genau, Jean-Claude Lehmann."

Landolt hängt seit einer halben Stunde am Telefon in seiner Limousine nach Bern. Draussen ziehen Landschaften und Dörfer vorbei. Ein Autofahrer, der ihn erkannt hat, streckt ihm auf der Autobahn zischen Baar und Luzern begeistert den hochgehaltenen Daumen entgegen. Landolt winkt zurück.
„Angenommen, alle Banken der Welt gehörten zu einer einzigen, zusammengeschlossenen Gruppe, dann bestünde für den Kreditgeber also praktisch kein Kreditrisiko mehr?", fasst Landolt zusammen, nachdem er lange, sehr lange nur zugehört

hat. Am anderen Ende der Leitung ist Lehmann, der Präsident der Nationalbank. Lehmann bejaht und ergänzt, das sei umso wahrer, je mehr Geld in digitaler Form Verwendung findet, also nicht mehr als zu Hause unter der Matratze aufbewahrtes Bargeld. Und durch die ganzen Rating-Kriterien werde jede Firma für den Kreditgeber auch immer transparenter. Man kennt Businesspläne, Marketingvorhaben, Lieferanten, Kunden, Konditionen usw. Erst vor wenigen Tagen wurde eine Studie veröffentlicht, wonach sich die Zahl der Banken in der Schweiz durch Fusionen und Übernahmen seit 1990 von 625 auf 331 reduziert habe. Landolt stellt sich vor, wie Napoleon Bonaparte in Greenfields Büro die Pläne seiner nächsten Schlacht bei Waterloo darlegt, um den Kredit zur Finanzierung seiner Armee zu bekommen, während im Nebenzimmer sein Gegner, Lord Wellington, möglichst gute Bedingungen aushandelt, um ein Heer entlöhnen zu können, welches das französische vom Platz fegen kann.
„Welche Sicherheiten können Sie uns anbieten, Herr Bonaparte?“, fragt Michael Greenfield.
„Die Air France, die staatliche Eisenbahngesellschaft, die Francecom, das staatliche Postwesen …“
Greenfield setzt auf Rot, auf Wellington. Und er setzt einen kleineren Betrag auf Schwarz, Schwarz ist Bonaparte.
„Sind Sie noch da, Herr Bundesrat?“, erkundigt sich Lehmann. Landolt erwacht aus seinem Tagtraum und bejaht.
„Es besteht auch kein Kreditrisiko mehr, wenn stattdessen das gesamte Bankwesen, also nicht die Einlagen selber natürlich, aber die Banken, nur noch demokratisch kontrolliert, also verstaatlicht wären, oder?“
Nach einigen Sekunden stimmt Lehmann zu.
„Dann müssten auch keine Gewinne und Managergehälter mehr maximiert werden? Banken würden nicht mehr an der Börse gehandelt. Banker wären wieder Beamte, die den Kreislauf des Geldes zum Nutzen der Bevölkerung gewährleisten, statt es mit immer abstruseren Anlagevehikeln zu vermehren.“
Lehmann stimmt abermals zu. Landolt schlägt vor, das Gespräch beim Mittagessen zu vertiefen, im Le Berne.
Lehmann verspricht, dass er da sein werde, aber erst gegen 12.30 Uhr.
Landolt wählt die nächste, in seinem Handy gespeicherte Nummer.

„Häusler? Sind Sie es? Hören Sie, besorgen Sie mir alle Bücher von diesem Professor, den Keller in seiner Interpellation erwähnt hat … Hanspeter Muri oder so ähnlich … und dann will ich ein Meeting mit dem wissenschaftlichen Beirat meines Departements … noch heute Abend!“, ordnet Landolt an, wartet Häuslers Antwort ab und legt dann das Handy zur Seite.
„Käufeler, geben Sie Gas. Ich habe die nächsten Tage viel zu lernen.“

KAPITEL 35

„Wer wirklich Autorität hat, wird sich nicht scheuen, Fehler zuzugeben.“

Bertrand Russell, Philosoph und Mathematiker, 1872–1970

Der Präsident des Nationalrates gratuliert als Erster Minister Christian Landolt zur gewonnenen Parlamentsabstimmung, dann folgt eine Hand der anderen. Landolts Gesetzesvorlage soll den Forschungsstandort Schweiz stärken und war während fast einer Woche von grossen Teilen des Parlaments bekämpft worden. Nach einer kurzen Pressekonferenz, einem Interviewmarathon mit den immer gleichen Fragen, wie es sich denn anfühle, nach einer langen Zeit der Opposition auf der anderen Seite zu sein, gar der Landesregierung vorzustehen, ob er denke, dass seine baldige Präsidentschaft das Verhältnis zur EU belasten könne, ob er von Anfang an überzeugt war, dieses schwierige Gesetz durch das Parlament zu bringen, geht es zum Abendessen mit der Partei. Parteipräsident und Ständerat Ueli Fritschi hält eine spontane Laudatio auf den Abstimmungssieger und Landolt selber die letzte Rede des Tages. Auf der Heimfahrt ins Zugerland liest er trotz Müdigkeit in den Unterlagen, die Häusler seit Tagen zusammenträgt und ihm jeweils auf den Schreibtisch legt. Auf seinem Handy entdeckt er Dutzende SMS. Die meisten sind Gratulationen, auch jenes von Rolf, seinem Sohn. Sie sind morgen Abend zum Essen verabredet.

Landolt glaubt langsam zu verstehen, was auf der Welt und in der Wirtschaft vor sich geht. Ein Kreditgeldsystem ist zu ewigem exponentiellem Wachstum verdammt. Das heisst, die zwei Prozent gefordertes jährliches Wirtschaftswachstum beziehen sich immer auf das Bruttosozialprodukt des vorangegangenen Jahres und sind damit logischerweise als absolute Zahl jedes Jahr mehr. Der russische Mathematiker Nicolai Kondratieff nannte das „die Exponentialkurve“. Die ist am leichtesten zu verbildlichen in einer Meereswelle, die sich auftürmt, sich schliesslich überschlägt und alles mit sich in die Tiefe reisst. Solange das Geld Anlage findet, verschuldungswillige private Haushalte, Unternehmen und Staaten, zu privatisierende Staatsunternehmen, käuflich und handelbar gemachte Natur oder billige Arbeit, trägt die Welle majestätisch eine Schaumkrone vor sich her. Ist die Kredit-Party zu Ende, kracht die Monsterwelle mit einem gewaltigen Rumps auf den Strand. Kriege oder jetzt der Klimawandel können als Sündenböcke herhalten, um die Welle krachen zu lassen und danach dasselbe System von Neuem zu installieren. Befindet sich ein Kreditgeldsystem wie nach einem Krieg oder einem totalen Wirtschaftszusammenbruch im Anfangsstadium mit entsprechenden Wachstumsraten, hat der Geldproduzent ein hübsches, stetig steigendes Einkommen. Neigt sich das System dem Ende seines Wachstums zu, wechselt er sein Vermögen in realen Besitz und bezieht seine Einkünfte neu durch die inzwischen privatisierten Verursachergebühren der Marktteilnehmer, die zum Wirtschaften Werbeplattformen, Verkehrsnetze, das Kommunikationswesen, Mietobjekte und schliesslich wieder neues Geld benötigen. Ein Spiel, das sich seit Dutzenden Generationen hat wiederholen lassen.

„Die Märkte sind unfrei, privatisiert … ‚privare', lateinisch, für ‚berauben'. Das Kapital beraubt die Demokratie ihrer freien Märkte", murmelt Landolt vor sich hin.

Er weiss, seine vorbereiteten Gesetzesentwürfe werden mehr als nur Furore machen. Gegen die Verstaatlichung des Bankwesens war die heute gewonnene Abstimmung ein Barbecue mit Schlaftabletten.

„Käufeler, danke für die angenehme Fahrt. Kommen Sie gut nach Hause und grüssen Sie Ihre Frau von mir. Morgen nehmen Sie sich bitte frei", sagt Landolt zu seinem Chauffeur, steigt aus dem Wagen und steuert zielstrebig auf die Haustür seiner Villa über dem Ägerital zu. Er geht durch den Wohnbereich, sieht, dass ein paar Lampen der Terrassenbeleuchtung brennen und beschliesst, noch einen Moment an der frischen Luft zu verbringen, bevor er sich endlich hinlegen wird. Ob die jetzt drei Tage lang gebrannt haben? So lange war er nicht mehr zu Hause. Maria ist in Argentinien und dem Personal hat er frei gegeben. Nur der Gärtner war da, um zum Rechten zu schauen. Und der hat ja wohl kaum tagsüber die Beleuchtung einschalten müssen. Er zieht sich die frische Luft tief in seine Lungen und

… und riecht einen fremden, schweren Geruch. Es könnte der ihm nicht unvertraute Geruch von Öl sein, vermutet Landolt.
„Was zum Teufel ist denn hier los?"
Landolt entdeckt ganz vorne an der Terrasse ein Bett, sein Bett. Die ihm unbekannte, scharlachrote Bettwäsche ist zerwühlt, Kissen liegen daneben auf dem Boden. Dann spürt er nur noch einen Schlag auf den Hinterkopf und sein Körper fällt erschlafft zu Boden. Der dunkle Schatten hinter ihm zückt sein Handy und drückt die Wiederholtaste.
„Alles wie geplant gelaufen … in den Pool? Ja natürlich, wie abgemacht!"

In seiner Villa in Stäfa hängt Peter Berger das Telefon auf, küsst der neben ihm sitzenden Anastasija die Stirn, füllt an der Bar die Gläser auf und bringt eines davon seinem Gast, um mit ihm anzustossen.
„Wassily, in wenigen Wochen werden wir die Kolin Group übernehmen. Dann gehören wir endlich zu den Global Playern. Ohne den alten Landolt werden wir mit seinem Sohn Rolf leichtes Spiel haben."
Der Russe stösst sein Glas gegen das von Berger und fragt, wann Maria aus Buenos Aires zurückkommen wird.
„Keine Panik. Sie wird an der Beerdigung die traurige Witwe spielen, wie wir es besprochen haben, Wassily."

„Der Präsident der Schweizer Nationalbank hat gesagt, dass er kein Nationalbankgold mehr verkaufen will?", fragt Eugene Greenfield, der an den bis zum Boden reichenden Fenstern seines Londoner Büros steht und den einmaligen Ausblick auf die Tower Bridge, Big Ben und das Parlament betrachtet. Jean-Claude Lehmann habe in einem kleinen Kreis verlauten lassen, es sei fahrlässig, die Goldreserven des Volkes weiterhin zu dezimieren. Er wolle an den offiziellen Festivitäten zum 100-jährigen Geburtstag der Schweizer Nationalbank begründet Stellung dazu nehmen. Auch hat er sich dafür ausgesprochen, dass die Feier nicht im kleinen Kreis stattfinden dürfe, sondern als grosses Volksfest organisiert werden müsse, erfährt Greenfield weiter von seinem telefonischen Gesprächspartner.
„Wir planen den Crash für 2011. Dann müssen meine Partner das Gold aller Notenbanken aufgekauft haben, auch das der Schweizer. Wir brauchen keine Konkurrenzwährung. Wer nach

dem Zusammenbruch des Währungssystems das Gold besitzt, gibt die neue Papiergeldwährung aus, die Weltwährung Tierra. Nichts kann das Vertrauen in Gold ersetzen, Mr. Midas."
Er hört zu, streicht mehrmals durch sein wildes, weisses Haar und dreht sich um, als seine Sekretärin das bestellte Mittagessen bringt.
„Überzeugen Sie ihn! Wenn nötig erinnern Sie ihn deutlich an seine Mitgliedschaft bei der Mont Pèlerin Society. Er wird dann schon verstehen … ja, halten Sie mich auf dem Laufenden."
Sie stellt am Tisch beim Fenster das Essen zurecht, öffnet den Wein und füllt aus der Karaffe Mineralwasser in eines der Gläser.
„Kein Wasser. Ich trinke heute nur Wein."

KAPITEL 36

„Handle so, dass die Maxime deines Handelns Grundlage für ein allgemeines Gesetz werden kann."

Immanuel Kant, Philosoph, 1724–1804

„Ich vermisse sie."
„Natürlich tust du das, Marco", sagt Franziska und umarmt ihn. Sein Körper ist völlig angespannt.
„Sie war eine wunderschöne, liebenswerte Frau. Das Leben hat ihr übel mitgespielt, aber du hast ihr viel Liebe gegeben."
Keller löst sich aus der Umarmung und holt sich den Stapel Papier, der auf dem Küchentisch liegt.
„Sie wollte mir alles beichten und hat dafür mit ihrem Leben bezahlt, Franziska."
Franziska Fischer nickt zustimmend mit dem Kopf.
„Wer hätte gedacht, dass Gottfried Keller meine Rede schreibt", scherzt Marco mit einem verkrampften Lachen.
„Wollen wir los?"
„Ja, wir sollten Binzegger nicht nervöser machen, als er schon ist", bemerkt Marco Keller.
„Dass die Rütlifeier doch noch stattfinden kann und wir das einem libanesischen Unternehmer zu verdanken haben, der die Sicherheitsvorkehrungen bezahlt … grotesk, nachdem sich Bundesrat Fritschi geweigert hat, dieses Tamtam auf einer Wiese mit Kuhmist mit Steuergeldern zu finanzieren …"
„Das lenkt noch viel mehr internationale Aufmerksamkeit aufs Rütli", fällt ihr Keller ins Wort, steckt das Manuskript der Rede ein, nimmt ihre Hand und zusammen verlassen sie die Wohnung in der Berner Junkerngasse. In ein paar Stunden wird Keller an Stelle von Bundesrat Binzegger eine Rede halten, die vor über 100 Jahren verfasst worden ist. In ein paar Tagen wird Gottfried Keller der berühmteste Politiker der Geschichte sein.

Dank

Im Besonderen danke ich meiner Korrektorin Helga Odermatt, Susanne Giger, Professor Hans Christoph Binswanger, René Kläy, Ivo Muri, Werner Morelli, meinem Lehrer für Mathematik Erwin Glanzmann, meinen Deutschlehrern Arthur Walker und Paul Portmann, sowie Landammann Joachim Eder, Professor Heinrich Bortis, Professor Hans Würgler, Karl Etter, Jean-Marc Seiler und Armando Rüedi.

Zum Roman „Das Geheimnis von Montreux“ inspirierte mich meine Tätigkeit im Parlament des Kantons Zug und das Studium nachfolgender Literatur:

Der Geldkomplex, St. Galler Beiträge zur Wirtschaftsethik 41, Haupt Verlag, 2008

Kleine Geschichte des Neoliberalismus, David Harvey, Rotpunkt Verlag, 2007

Die Wachstumsspirale, Hans Christoph Binswanger, Metropolis Verlag, 2006

Institutions, behaviour and economic theory, Heinrich Bortis,
Cambridge University Press, 2006

Der Gesellschaftsvertrag, Jean-Jacques Rousseau, Fischer Verlag, 2005

Geld und Magie – Eine ökonomische Deutung von Goethes Faust
Hans Christoph Binswanger, Murmann Verlag, 2005

Die Uhr, Ivo Muri, Zeit & Mensch Verlag, 2004

Die 29 Irrtümer rund ums Geld, Helmut Creutz, Signum Wirtschaftsverlag, 2004

Zukunft kann man nicht kaufen, Arno Gahrmann, Hörlemann Verlag, 2004

Sonderfall Schweiz, Thomas Eberle und Kurt Imhof, Seismo Verlag, 2003

Marktwirtschaft ohne Kapitalismus, Roland Wirth, Haupt Verlag, 2003

Politik, Aristoteles, Rororo Verlag, 2003

Eine Billion Dollar, Andreas Eschbach, Bastei Lübbe Verlag, 2003

Das Ende der Grossen – Zurück zum menschlichen Mass, Leopold Kohr,
Otto Müller Verlag, 2002

Der Mythos vom Geld – Die Geschichte der Macht, Stephen Zarlenga,
Conzett Verlag, 1998

Über den Prozess der Zivilisation, Norbert Elias,
Suhrkamp Taschenbuch Wissenschaft, 1997

Doch dann regiert das Volk, Markus Kutter, Ammann Verlag, 1996

Das vermeintliche Paradies, Michael von Orsouw, Chronos Verlag, 1995

Flora, Fauna und Finanzen – Über die Wechselbeziehung von Natur und Geld
Otto Schily, Hoffmann und Campe Verlag, 1994

Geld und Natur, Hans Christoph Binswanger, Edition Weitbrecht, 1991

Die Fugger - Kauf dir einen Kaiser, Günter Ogger, Knaur Verlag, 1978

Entnationalisierung des Geldes, Friedrich August von Hayek,
J.C.B. Mohr Tübingen, 1977

Geld – Woher es kommt, wohin es geht, John Kenneth Galbraith,
Drömer Knaur Verlag, 1976

Bisher von Thomas Brändle erschienen:

Hürat usgschlosse
Schweizer Mundartkomödie
Theaterverlag Elgg in Belp GmbH (Schweiz)
erhältlich beim Theaterverlag Elgg

Einen Augenblick bitte ...!
Humoristische Kurzgeschichten aus Zug, der Schweiz und der übrigen Welt
ISBN 3-85761-289-4, Verlag Kalt-Zehnder Zug (Schweiz)
online bestellbar bei: www.kalt.ch

Noch ein Stück, bitte ...!
Mehr humoristische Kurzgeschichten aus Zug, der Schweiz und der übrigen Welt
ISBN 3-85761-292-4, Verlag Kalt-Zehnder Zug (Schweiz)
online bestellbar bei: www.kalt.ch

www.thomas-braendle.ch